© Karin Nijkamp

Marieke Nijkamp hat sich schon immer für Bücher begeistert. Sie spricht ungefähr ein Dutzend Sprachen und hat Philosophie und Geschichte studiert. Sie ist Geschichtenerzählerin, Träumerin, Globetrotterin, Streberin und möchte Zeitreisende werden, wenn sie erwachsen ist. *54 Minuten*, ihr erster Roman, war ein Überraschungserfolg in den USA und über ein Jahr lang in den Top 10 der »New York Times«-Bestsellerliste. Die Autorin lebt in den Niederlanden.

Weitere Informationen gibt es unter *www.fischerverlage.de*

MARIEKE NIJKAMP

54 MINUTEN

Jeder hat Angst vor dem Jungen mit der Waffe

Roman

Aus dem amerikanischen Englisch
von Mo Zuber

FISCHER Taschenbuch

Für die Verwendung in der Schule stehen unter
www.fischerverlage.de/verlag/kita-und-schule
Unterrichtsmaterialien zum kostenlosen Download
zur Verfügung.

MIX
Papier | Fördert
gute Waldnutzung
FSC® C014496

2. Auflage

Unveränderte Neuausgabe
Erschienen bei FISCHER Kinder- und Jugendtaschenbuch
Frankfurt am Main, Dezember 2023

Die amerikanische Originalausgabe erschien 2016
unter dem Titel *This is Where it Ends*
bei Sourcebooks Fire, Naperville, Illinois, USA

Published by arrangement with Marieke Nijkamp
Dieses Werk wurde vermittelt durch die Literarische Agentur
Thomas Schlück GmbH, Hannover
Zuerst erschienen 2017 bei FISCHER FJB

Satz: Dörlemann Satz, Lemförde
Druck und Bindung: GGP Media GmbH, Pößneck
ISBN 978-3-7335-0768-8

Für meine Mom, in Liebe

KAPITEL EINS

10.01 Uhr – 10.02 Uhr

CLAIRE

Als der Startschuss die Stille zerreißt, sprinten die Läufer auf den Blöcken los.

In ein paar Wochen beginnt die Wettkampfsaison, allerdings hat anscheinend keiner Coach Lindt verraten, dass noch Winter ist. Er ist davon überzeugt, dass das Einzige, was uns auf Trab bringt, trainieren ist – selbst dann, wenn mir der Atem vor der Nase gefriert.

Hier in Opportunity in Alabama gehen gescheite Leute nicht vor die Haustür, wenn da draußen alles vor Frost erstarrt und voller Raureif ist. Wir decken uns mit Konserven ein, trinken heiße Schokolade bis zum Zuckerkoma und beten, man möge uns von der Kälte erlösen.

Trotz allem – lieber Coach Lindts Jahresanfangstraining, als Direktorin Trentons lange, quälende Ansprache zum Semesterbeginn über mich ergehen lassen zu müssen. Nach fast vier Jahren auf der Opportunity High kann ich ihren Vortrag auswendig rezitieren, was ich gerade erst heute Morgen beim Frühstück für Matt getan habe – hart arbeiten, Verantwortung übernehmen, die Möglichkeiten nutzen, wie es unser Ortsname nahelegt, dazu noch unser Schul- und ihr Lieblingsmotto: »Wir gestalten unsere Zukunft.«

Es klingt alles ganz glorreich, und dennoch weiß ich auch so kurz vorm Abschluss immer noch nicht, was mich in der Zukunft erwartet. Falls Opportunity mich geformt hat, ist es mir nicht aufgefallen. Laufen – das kenne ich. Diese Aschenbahn – die kenne ich. Ein Schritt nach dem nächsten, nach dem nächsten. Solange ich mich vorwärts bewegen kann, ist mir gleich, was vor mir liegt.

Ich rutsche aus und gerate ins Straucheln. Von seiner Position auf dem Feld aus flucht Lindt: »Claire! Pass doch auf! Ein falscher Schritt entscheidet über Erfolg oder Niederlage.«

Ich richte mich wieder auf und laufe weiter.

Vertrautes Lachen dringt durch den stillen Morgen und verleiht ihm Farbe. »Bist du über die Ferien eingerostet, Sarge? Selbst eine Schnecke könnte dich einholen, so wie du hier rumstolperst.« Auf der Bahngeraden fällt Chris neben mir in Schritt.

Ich atme tief ein, bevor ich entgegne: »Oh, halt die Klappe.«

Das bringt meinen besten Freund noch lauter zum Lachen. Der gleichmäßige Rhythmus seiner Schritte und seines Atems fordert mich dazu auf, mein eigenes Tempo zu finden. Wie immer wirkt seine Gegenwart stabilisierend auf mich. Mit einem Meter sechsundneunzig, gebleichten Haaren und blauen Augen ist Chris nicht nur der beste Läufer, sondern auch das athletische Aushängeschild der Schule. An Tagen, an denen wir Uniform tragen, fallen den Neuntklässlerinnen fast die Augen heraus.

Mit Chris neben mir werden meine Schritte kürzer. Die beiden anderen Läuferinnen der Schulauswahlmannschaft liegen weit zurück am anderen Ende der Strecke. Chris und ich bewegen uns vollkommen synchron, so dass sich die Luft vor uns teilt und den Weg freigibt.

Nichts kann uns aufhalten. Weder der Schnee noch die Zeit.

TOMÁS

Die Zeit ist abgelaufen. Die kleine Uhr im Regal schlägt gerade zehn mit einer nervigen kleinen Melodie, und ich blättere mit Überschallgeschwindigkeit durch die Hängeordner vor mir. Na, komm schon. Komm schon. Komm schon.

Es brauchte nichts weiter als ein bisschen Sekundenkleber – strategisch über die Schreibtischschublade meines Lieblingsspanischlehrers verteilt, *Mr Seht mich an, wie ich mein Ding schaukle, eine lebende Midlife-Krise*, damit Fareed und ich ungehindert ins Schulsekretariat eindringen konnten. Aber es hat beide unserer Schülerausweise gekostet, um das Schloss an Direktorin Trentons Tür auch nur zum Wackeln zu bringen. Und alles wäre umsonst gewesen, wenn ich jetzt nicht die Akte finde, die ich brauche. Als sich mir ein Ellbogen in die Seite bohrt, zucke ich zusammen. »Verflucht nochmal, Far. Was ist denn?«

Fareed verdreht die Augen und gibt mir zu verstehen, dass ich leise sein soll. »Da ist jemand im Flur«, raunt er mir zu. Dann schleicht er auf Zehenspitzen zur Tür zurück.

Mist.

Wie soll ich das denn erklären? *Nein, Ma'am, ich mache hier nichts weiter, als ein bisschen in den Schulakten zu schnüffeln?*

Ich bin mir allerdings ziemlich sicher, dass es rechtlich in Ordnung ist, wenn ich meine eigene Schulakte einsehe. Das kann ich zumindest als Ausrede benutzen. Die Tatsache, dass ich dabei unter A-C statt unter M-N suche, ist reiner Zufall. Außer Far weiß keiner, nach wessen Akte ich suche, und selbst er kennt nicht alle Details.

Falls nötig, kann ich immer noch Al-Sahar, Fareed als Deckmantel nehmen. Die Schulverwaltung schafft es zwar noch nicht mal, seinen Namen richtig einzuordnen, aber was soll's.

Eine Tür geht auf und zu, fällt ins Schloss. Vor dem Sekretariat sind quietschende Schritte zu hören.

Schritte, die vor dem Büro der Direktorin, in dem wir uns befinden, verharren.

Ich schließe leise die Schublade des Aktenschranks. Besser keinen Ärger einhandeln, und noch mehr Ärger gäbe es, wenn sie mich auf frischer Tat erwischten.

Wir halten beide die Luft an.

Nach dem, was sich wie eine Ewigkeit anfühlt, entfernen sich die Schritte wieder. Wer immer es gewesen sein mag, er war nicht hinter uns her, zumindest diesmal nicht.

AUTUMN

»Es ist alles eine Frage der Wahl, die ihr trefft, heute ebenso wie später. Euer Verhalten wird nicht nur ein Licht auf euch selbst, sondern ebenso auf eure Eltern, eure gesamte Familie und eure Schule werfen.

Wir hier in Opportunity sind stolz darauf, die Ärzte, Juristen und Politiker von morgen hervorzubringen. Und es ist die Wahl, die ihr jetzt trefft, die über eure Zukunft entscheiden wird. Ihr solltet euch fragen, wie ihr das Beste aus euch herausholen könnt. Fragt euch nicht, was eure Schule für euch tun kann, sondern was ihr für euch selbst leisten könnt.«

Mrs Trenton hält das Mikrophon locker in der Hand, während ihr Blick über die Menge schweift, als wolle sie sich jedes einzelne Gesicht merken. So viele Schüler, die kommen und gehen und nichts weiter hinterlassen als ihre Namen in Schultische geritzt oder an Toilettenwände gesprayt, und dennoch kennt sie jeden Einzelnen von uns.

Weiß um unsere Hoffnungen, unseren Liebeskummer, unsere schlaflosen Nächte.

Ihr Blick bleibt an mir hängen, und mein Nacken fängt an zu kribbeln. Ich strecke die Hand nach dem Sitz neben mir aus, aber er ist noch genauso leer wie zu Anfang der Versammlung.

Zu meiner Linken stöhnt Sylv. »Nach all den Jahren könnte sie sich doch mal was Neues einfallen lassen.«

»Willst du denn nicht dein Bestes geben?« Die Worte klingen schroffer, als sie gemeint sind.

Sie grummelt etwas vor sich hin.

Dabei stehen Sylv fast alle Türen der besten Colleges offen. Mit großer Sicherheit hat sie an jeder ihrer Wunsch-Unis Aussicht auf einen Platz. Ich sollte mich für sie freuen. Ich *freue* mich für sie.

Für mich jedoch ist das College der einzige Weg aus diesem Elend heraus, und Dad wird garantiert nicht dafür bezahlen, nicht wenn es ums Tanzen geht. »Sieh dir doch mal an, wie es deiner Mutter ergangen ist«, sagt er immer, als würde ich nicht sowieso schon die Tage, Stunden und Minuten seit Moms Unfall zählen. »Das Tanzen hat ihr alles weggenommen. Meine Tochter wird nicht dasselbe Metier wählen. Nicht, solange ich es verhindern kann.«

Das versucht er mir Tag für Tag zu beweisen. Und jetzt, wo Mom nicht mehr da ist, gibt es niemanden, der ihn davon abhalten könnte. Nicht vom Trinken und nicht davon, mich zu verprügeln. Es gibt niemanden mehr, der unsere Familie zusammenhalten könnte.

Ich nehme meinen zerknitterten Kaffeepappbecher und ziehe die löchrige Jeanstasche unterm Sitz hervor, verbanne Tys Stimme aus meinem Hinterkopf. Mein Bruder würde mir sagen, dass Mrs Trentons Ansprache mehr Wahrheit enthält, als ich mir vorstellen kann. Dass die Welt mir zu Füßen läge und es an mir wäre, das Beste aus meiner Zukunft zu machen.

Das habe ich mehrfach versucht und bin immer wieder gescheitert. Inzwischen steht mir der Sinn eher nach Flucht.

SYLV

Ich sinke tief in meinen Sitz zurück und schiele auf den freien Platz neben Autumn. Er kommt also doch nicht mehr, sonst wäre er schon hier. Er wird nicht mehr kommen. Ich bin in Sicherheit.

Er wird nicht kommen.

Der Knoten in meinem Magen löst sich, um sich mit jeder Drehung und Wendung meiner Gedanken wieder neu zusammenzuziehen. Ich könnte Autumn nach Tyler fragen, aber sie hängt ihren eigenen Erinnerungen nach. Heute sind genau zwei Jahre seit dem Unfall vergangen.

Sie weigert sich, ihre Trauer mit mir oder sonst wem zu teilen. Selbst wenn sie lächelt, ist sie nicht mehr dieselbe.

Und ich vermisse sie.

Manchmal, wenn sie glaubt, dass niemand sie sieht, bewegt sie sich, als würde sie fliegen. *La Golondrina* hat Mamá sie genannt. Die Schwalbe. Voller Anmut und Schönheit. Wenn Autumn tanzt, vergisst sie ihren Kummer und leuchtet.

Ich wünschte, sie würde immerzu tanzen.

Madre de Dios, wie sehr ich wünschte, ich könnte ihr ewig beim Tanzen zusehen.

Stattdessen ist es wieder Montag, und das Leben geht weiter. Die Versammlung ist zu Ende. Autumn hält sich so gerade wie ein Stock. Ich bin die Einzige, die weiß, dass sie, sobald sie kann, aus diesem Käfig fliehen und uns alle hinter sich lassen wird.

In der nächsten Stunde ist die letzte Gelegenheit zur Besprechung der Zwischenprüfung in Politik und Geschichte, und ich habe die Bücher noch nicht mal angefasst.

Mamá ging es wieder schlecht in den Ferien. Wir hatten vor, letzten Samstag zusammen in die Stadt zu fahren, aber als Abuelo mit dem Auto ankam, hat sie ihn kaum erkannt. Sie wollte das Haus nicht verlassen. Sie hat nicht verstanden, wo wir mit ihr hinwollten. Ich habe stundenlang bei ihr gesessen und ihr unsere Familiengeschichten erzählt. Noch tagelang danach war sie völlig orientierungslos, und ich werde das dumpfe

Gefühl nicht los, dass sie mit jedem Tag ein wenig mehr wegtritt, wie die Sterne in der Morgendämmerung.

Wenigstens mag ich Geschichte. Da weiß man immer schon im Voraus, wie es ausgeht.

CJ Johnson @KadettinCJJ

Müüüüde #OHS

🕛 **10.01**

Jay Eyck @Jay Eyck32

@KadettinCJJ

#keinTagsoverschnarchtwieeinverschneiterTag

🕛 **10.01**

CJ Johnson @KadettinCJJ

@Jay Eyck32 Schwänzt du etwa die Schulversammlung, um zu schlafen? 😝#mehrumdenKaterauszukurieren

🕛 **10.01**

CJ Johnson @KadettinCJJ

@Claire_Morgan Kann ich einen der Neuntklässler zum Kaffeeholen schicken?

🕛 **10.02**

KAPITEL ZWEI

10.02 Uhr – 10.04 Uhr

TOMÁS

Ich greife in die Schale auf dem Schreibtisch und werfe ein paar Pfefferminzbonbons ein. Fareed schielt um die Ecke zur Tür der Direktorin herein. Als er mir das O.k.-Zeichen gibt, mache ich mich wieder an den Aktenschrank. Ich muss mich ranhalten, wir haben nicht mehr viel Zeit.

Direktorin Trenton lebt vielleicht noch im prädigitalen Zeitalter, aber sie funktioniert wie ein Roboter. Ihre Ansprache geht immer bis exakt zehn Uhr. Danach bleiben noch fünf Minuten für Ankündigungen, bevor die Schulglocke läutet. Am Ende der Versammlung müssen alle in ihre Klassenzimmer rennen, um es rechtzeitig zur dritten Stunde zu schaffen. Zumindest theoretisch. Die Lehrer und die Verwaltungsangestellten sind ebenfalls in der Aula, und die beeilen sich nicht.

Deshalb drängeln zuerst alle nach draußen und fallen dann ins Schlendern, verweilen, schleichen sich raus zum Rauchen und um frische Luft zu schnappen (*nein, das schließt sich nicht gegenseitig aus, danke für den Hinweis*). Nikotin und Teer riechen immerhin noch besser als das, was meine Schwester einmal als unseren Duft Marke AULA bezeichnet hat, eine einzigartige Mischung aus Testosteron, Schweiß und angebranntem Kaffee.

Aber wir sind ganz schön unter Zeitdruck. »Ich hasse diesen Papierkram.«

»Dann solltest du vielleicht besser auf der Farm bleiben«, sagt Fareed übertrieben betont. »Für ehrliche Arbeit und hartes Schuften braucht es keinen Grips.«

»Sehr witzig.« Meine Finger gleiten über seine Akte, und ich ziehe sie heraus. »Willst du das Empfehlungsschreiben von Mr Brian für deine College-Bewerbung sehen?«

Er streckt die Hand danach aus, und ich werfe ihm den Ordner zu, wobei ein paar Blätter herausfallen, noch bevor er ihn auffangen kann.

»Du Idiot.«

Ich schnaube verächtlich. »Tut mir ja so leid.«

»Auf dem Foto sehe ich noch so jung und unschuldig aus«, sinniert Fareed, während er das Deckblatt betrachtet. Die Fotos der meisten aus unserer Klasse sind vor drei Jahren aufgenommen worden, als wir als *Freshmen* in die Neunte eingeschult worden sind. In diesem Fall allerdings –

»Das ist vom letzten Jahr!«

»Da siehst du mal, wie du mich verdorben hast. Ohne deine Superideen wäre ich jetzt ein 1A-Streber, hätte keinen Ärger, und die Mädchen würden mir in Scharen hinterherlaufen.«

»Klar doch.« Ich ziehe einen Ordner aus der Schublade. »Red dir das ruhig weiter ein.«

Fareed antwortet noch etwas, aber ich höre nicht mehr zu. Vom Deckblatt schaut mich ein bekanntes Gesicht an.

Bingo.

Browne, Tyler. Gegeltes blondes Haar, blasse Augen und dieser vertraute herablassende Gesichtsausdruck. Ein einziges Mal war sein Blick nicht voller Verachtung, und zwar als ich seinen Kopf gegen den Spind gerammt habe. Es juckt mir in den Fingern, es gleich noch einmal zu tun. Vermerkt die Verwaltung Vorstrafen in den Schulunterlagen? Wahrscheinlich eher nicht, wenn die Akte so leicht zugänglich ist. Bestimmt nicht, wenn der Schüler vorm Ende des vergangenen Schuljahres abgegangen ist. Außerdem weiß ich noch nicht mal, ob er überhaupt vorbestraft ist. Den Noten nach zu urteilen, war er ein völlig unauffälliger Schüler, der drei Jahre lang reibungslos alle Klassen durchlaufen hat.

Das Einzige, in dem er mit Pauken und Trompeten durchgerasselt ist, ist das Einmaleins der Mitmenschlichkeit.

Der letzte Eintrag in seiner Akte spricht jedoch Bände: *Wiedereinstieg, ab sofort.*

Sylvia hat es mir am Wochenende erzählt. Es war das erste Mal seit Monaten, dass sie mir etwas Persönliches anvertraut hat. Und sie sah dabei aus, als müsse sie sich vor lauter Angst übergeben. Doch sie hat sich geweigert, mir zu sagen, weshalb. Darum bin ich jetzt hier im Sekretariat und spioniere in den Schulunterlagen, um mich davon zu überzeugen, dass sie sicher ist. Es gilt das Vorrecht des Zwillingsbruders zu wahren.

Nicht dass ich es jemals öffentlich zugeben oder auch nur andeutungsweise zeigen würde, dass ich mich sorge. Es gilt eben außerdem das Ansehen des Zwillingsbruders zu wahren.

Ich lehne am Tisch der Direktorin und studiere die Akte. Geburtsdatum, Geburtsort – langweilig. Notfallinfo für den Vater, Mutter verstorben. Vorhergehende Schule, Aufnahmedatum – nichts, was ich nicht schon wüsste. Aktuelle Klasse: keine Angabe. Momentan noch nicht.

Einstufungstestergebnis: 2140 Punkte.

Oha. Ein verkanntes Genie.

Vielleicht erklärt das, warum Tyler, trotz seines großspurigen Gehabes, seine Drohungen nie umgesetzt hat. Er ist vielleicht ein Wurm, aber einer von der schlauen Sorte: ein harmloser.

AUTUMN

Mein Rücken tut weh. Ich kreise mit den Schultern, um die verspannte Muskulatur zu lockern. Sylv verharrt noch eine Weile, anstatt gleich die anderen aus ihrer

Klasse zu treffen. Sie knackt laut mit ihren Fingerknöcheln. »Alles in Ordnung?«

»Ich …« Ich zögere.

Ich bin heute Nacht schweißgebadet aufgewacht in der Erwartung, wie vor zwei Jahren, ein Klopfen an der Tür zu hören. Aber das Frühstück heute Morgen war wie immer. Ty war nirgendwo zu sehen, und nach diesem Wochenende war mir das völlig gleich. Wie zu erwarten, war Dad noch nicht aufgestanden. Er hatte gestern Abend angefangen zu trinken und seitdem nicht mehr damit aufgehört. Inzwischen versucht er schon gar nicht mehr, es geheim zu halten. Als Mom noch lebte, hat er nur getrunken, wenn sie nicht da war, und nur in seinen schlimmsten Phasen. Damals konnte er noch fröhlich sein und brachte Ty und auch mich zum Lachen.

Jetzt ist er der ganzen Welt böse, wegen allem, was ihn im Entferntesten an Mom erinnert.

Mir ganz besonders.

Ich weiß nicht genau, wie ich es ausdrücken soll. Nichts ist in Ordnung. Es geht mir schon lange nicht mehr gut. Es ist nicht nur der Tod von Mom. Dad – manchmal macht er mir Angst.

Und Ty. Ich mache mir Sorgen, Ty auch noch zu verlieren.

Aber Sylv und Ty hassen sich sowieso. Wie soll ich ihr dann verständlich machen, was in mir vorgeht?

Sie legt mir die Hand auf den Arm, bis ihr wieder einfällt, wo wir sind, und sie sich schnell nervös eine lange schwarze Locke hinters Ohr schiebt. Ihr Eyeliner passt zu ihrem hellblauen Top und lässt ihre Augen strahlen. An der Opportunity, wo viele von uns es vorziehen, unsichtbar zu bleiben, gleicht sie dem hellsten Schein auf der dunkelsten Bühne. Sie sieht mich erwartungsvoll an. »Es ist doch verständlich. Jahrestage sind oft nicht einfach. Du darfst ruhig traurig sein. Niemand würde dich dafür verurteilen, ich am allerwenigsten.«

Ich nicke, kann aber immer noch nichts sagen. Das Stimmengewirr um uns herum ebbt ab und verflüchtigt sich, während die Schüler die leergefegten Gänge zwischen den vier Sitzblöcken hinaufsteigen. Sylvs Blick schweift zum oberen Ende der Aula, wo ein paar der Footballspieler laut werden.

Ich zucke die Schultern. »Alles in Ordnung. Es geht mir gut.«

Sie würde es nicht verstehen. Niemand kann das.

Ich zähle die Minuten bis zur siebten Stunde, wenn der Musikraum hinter der Bühne dunkel und verlassen ist. Im Dunkeln bin ich allein.

Da bin ich in Sicherheit.

Sylv will gerade etwas sagen, aber da kommt ein Mädchen aus ihrer Klasse und stellt sich neben sie. Asha heißt sie, glaube ich. Sie hat sich öfter mal mit meinem Bruder gestritten, bevor er abgegangen ist. Ich kann und will mich nicht an sie erinnern.

Asha hält ihr Geschichtsbuch fest. Unter den Haarsträhnen in Regenbogenfarben wird ein schiefes Grinsen sichtbar. Sie flüstert Sylv etwas zu. Einen Augenblick lang erstarrt Sylv, bevor sie in Lachen ausbricht und laut entgegnet: »Ganz im Gegensatz zu dem, was ihr alle vermutet, freu ich mich nicht auf die Zwischenprüfung.«

Asha verdreht die Augen. »Du musst dir keine Sorgen machen.«

Sylv wird rot vor Verlegenheit, aber Asha hat recht. Sylv hat nur Einsen. Die Lehrer lieben sie. Selbst wenn sie wollte, könnte sie keine Prüfung verhauen.

Asha wendet sich fragend mir zu und liefert mir das Stichwort. Ich setze ein gespieltes Lächeln auf. »Die Zwischenprüfung ist erst nächste Woche, und ich hatte in den Ferien was Besseres vor, als zu lernen.«

»Banausin«, seufzt Sylv. »Wieso halte ich es bloß mit dir aus?«

Weil ich dir gehöre.

Die Knöpfe von Ashas Tasche klickern aneinander. Eine lila Strähne hängt ihr ins Gesicht, und sie wirft sie nach hinten. »Kein Stress? Du Glückliche.«

Ich Glückliche. Sylv schaltet sich ein, noch bevor ich etwas dazu sagen kann.

»Und was hast du wirklich gemacht?«

»Nichts.«

Um uns herum wird das Gedröhne lauter, aufgeregter. Direkt nach Mrs Trentons Ansprache herrscht immer erst einmal Chaos, jeder drängelt und schubst, um möglichst schnell herauszukommen, aber diesmal klingt es noch viel unbeherrschter.

Ein Lehrer bahnt sich einen Weg nach vorn, vermutlich um nachzusehen, warum es nicht vorwärtsgeht.

Asha grinst. »Die ganzen Ferien über? Rein gar nichts? Komm schon, erzähl.«

Sylvs Blick ist sanft und neugierig. Ich nage an meiner Lippe, will sie nicht enttäuschen. »Ich habe am Wochenende auf dem Speicher einen alten Videomitschnitt von meiner Mutter gefunden, bei dem sie Schwanensee tanzt. Es war ihre Probedarbietung für das Royal Ballet. Da war sie nicht viel älter als ich.«

Es sind nicht gerade geile, spannende Neuigkeiten, und ich rechne damit, dass Asha enttäuscht sein wird, aber stattdessen rückt sie näher heran. »War sie gut?«

Vor Überraschung muss ich lächeln.

Opportunity High ist eine Schule auf dem Land, und die meisten von uns kommen aus kleinen Orten in der Umgebung. Asha zählt nicht dazu. Sie kommt nicht aus Opportunity, wo jeder über mich und Mom Bescheid weiß. Sie gehört nicht zu unserem Revier aus bekannten Straßennamen, Kirchengemeinden und gemeinsamen Geheimnissen.

In Opportunity weiß jeder, dass Mom in allen großen Kompanien rund um die Welt getanzt hat: London, Moskau, New York. Sie hat mehr Länder besucht als wir alle zusammen. Mit ihren Reiseberichten hat sie mich rastlos und unzufrieden gemacht. Ganz gleich, wie sehr die Erinnerung an sie schmerzt, sie tanzen zu sehen ist etwas anderes. »Sie war phantastisch.«

Sylvs Schulter berührt meine. Ihr warmes Lächeln

verleiht mir Stabilität. Es ist, als würde ganz Opportunity sich einfach auflösen. Wir befinden uns in der Phase zwischen einem neuen Zuhause und der Flucht aus dem alten. Es wird nicht mehr lange dauern, da werden wir an unseren Geheimnissen ersticken. Dann wird ihr bewusst werden, dass ich sie gar nicht verdient habe, und sie wird mich ebenfalls verlassen.

CLAIRE

Nach einer weiteren Runde wirkt die kalte, klare Luft erfrischend, auch wenn ich das Coach Lindt bestimmt nicht erzählen werde. Der Winter sollte sich an den Dezember halten, an Weihnachten, und uns danach in Ruhe lassen. Wenn wir unsere Siegesserie fortsetzen wollen, brauchen wir so viele Stunden wie nur möglich, um uns auf den nächsten Wettkampf vorbereiten zu können.

Mein Übungsteam beim Kadettenkorps wird auch bald wieder mit dem Training loslegen. Für die jüngsten Kadetten ist es erst ihr zweites Trainingsjahr, und sie fangen gerade an, Fortschritte zu machen. Auch ohne den Frost geht mir genug durch den Kopf.

Ich schiele zur Seite und sehe, wie Chris grinst. »Was?«

»Du brütest vor dich hin.«

»Stimmt gar nicht.«

Er schnaubt bloß.

»Wie waren deine Ferien?« Wir fragen wie aus einem Mund dasselbe zur selben Zeit.

»Es war merkwürdig, dass Tracy an Matts Geburtstag nicht da war, auch wenn er jetzt: Zitat, ›auf die Highschool geht und schon erwachsen ist‹, soll heißen: Warum machen wir uns denn alle immer solche Sorgen um ihn?« Mein kleiner Bruder versucht sich nicht anmerken zu lassen, wie sehr ihn die Kälte in den Gelenken schmerzt oder wie sehr er unsere Schwester vermisst, die weit weg in einer fremden Einöde ist. Wir drei sind nicht mehr ständig in Verbindung.

»Wie geht's ihr bei ihrem Einsatz?«

Vorsichtig antworte ich: »Ihre Wachen sind ohne größere Vorkommnisse. Genauso, wie es sein sollte.«

Chris nickt. Sein Vater, Lieutenant Colonel West, bereitet sich gerade auf seine siebte Tour vor. Wir wissen beide, wie es ist, mit einem Teil des Kopfes auf der anderen Seite der Erde zu sein und sich ständig fragen zu müssen, was da im Sand und der unnachgiebigen Hitze gerade passiert. Wir dienen aus Stolz – und um den Erwartungen unserer Eltern zu genügen.

Selbst ich. Und ich würde es tun, wenn ich nur wie Tracy sein könnte, die alles verkörpert, was ich gerne wäre – sein sollte: mutig, unerschütterlich, selbstsicher. Alles, was ich nicht bin.

»Wenigstens hat Matt keine Fieberschübe mehr gehabt«, sage ich nach einer halben Runde. Seit Matt auf der Opportunity ist, geht es ihm besser. Der Lupus wirkt sich dennoch auf seine Gelenke aus, und an den meisten Tagen kann er nicht ohne Krücken gehen. Aber er hat sie als Lichtschwerter getarnt und behauptet, sie seien für das Duell: Jedi gegen Kadettenkorps. »Es gefällt ihm, dass seine Freunde auch hier sind. Dadurch war der Start ins neue Schuljahr nicht ganz so schwer.« Im Stillen füge ich hinzu, was wir alle denken. Es ist gut zu wissen, dass Matt nicht allein ist.

»Wirst du ihn fragen, ob er nächstes Jahr bei den Kadetten mitmacht?«, will Chris wissen. »Um die Tradition zu wahren?«

»Selbstverständlich.« Auch diese Unterhaltung haben wir schon öfter geführt, und ich gebe mich dem Vertrauten hin.

»Gut. Er hat immer noch drei Jahre vor sich. Opportunity wäre nicht dasselbe ohne einen aus eurer Familie beim Kadettenkorps.«

Ich ringe mir ein Lächeln ab, das bestimmt wie eine Grimasse wirkt. Nächstes Jahr, wenn ich nicht mehr hier sein werde, Chris weit weg und alles anders sein wird, völlig unabhängig davon, ob es im Kadettenkorps von Opportunity einen Morgan gibt oder nicht.

»Freust du dich auf West Point?«, frage ich ihn, als wir uns der Längsseite der Bahn zuwenden.

Chris zuckt die Schultern. Für ihn war die Militärakademie immer eine klare Sache gewesen. Als er die Zusage erhalten hat, haben wir zusammen gefeiert. Das war schon immer sein großer Traum gewesen.

Aber heute scheint auch er ein wenig abwesend. An diesem ersten Tag unseres letzten Schulhalbjahres, zählt der gesamte zwölfte Jahrgang die Tage bis zum Abschluss. Noch einmal Ferien, noch einen Sommer bis zum Erwachsenwerden. Bevor wir uns getrennt haben, hat mir Tyler erzählt, dass das Beste an der Highschool wäre, so schnell wie möglich rauszukommen. Aber ich wünschte mir, es würde nicht so bald zu Ende gehen. Es wird schwer werden, sich von den anderen in unserem Laufteam, unseren Kadetten sowie allen anderen zu verabschieden. Das Leben wird farbloser sein ohne Chris, ohne ihn täglich zu sehen.

Also laufen wir. Nicht nur in Runden um die Aschebahn. Wir rennen auf alles, was uns noch erwartet, zu. Wir laufen nebeneinander her, solange es noch geht.

SYLV

Autumn bleibt unentschlossen zurück. Ihre graublauen Augen spiegeln den Konflikt wider, doch diese seltenen Momente, wenn sie über ihre Mutter spricht, sind wie die Morgendämmerung, und wenn sie sich öffnet, ist sie die Sonne. Ich sehe sie nicht gern so verletzlich, aber es ist immer noch besser, als sie dabei zu beobachten, wie sie Mauern um sich herum hochzieht.

Meine Hand zuckt an meiner Seite, und es juckt mich, Autums Hand zu nehmen. Aber ich rühre mich nicht, um sie nicht zu erschrecken.

»Sie hat den sterbenden Schwan vorgetanzt, was im

Nachhinein eine gewisse Ironie hat. Sie war jung und unbekümmert und … zerbrechlich. Ich kann mich gar nicht so an sie erinnern. Sie kam mir immer so stark vor.«

Nur ein paar Jahre nach diesem Vortanzen wurde Joni Browne Primaballerina am Royal Ballet. Sie war unbezwingbar, genauso wie Autumn, wenn sie mit ihrer Mutter zusammen war.

Um uns herum summen die anderen geschäftig und fragen, was uns so lange aufhält, doch ich möchte gern noch etwas länger in diesem Augenblick verweilen, bevor der Unterricht anfängt.

»Weißt du schon, was du vortanzen wirst?«, ermuntere ich sie.

Asha spitzt die Ohren. »Oh, du bist auch Tänzerin. Bewirbst du dich schon?«

Autumn wirft mir einen strafenden Blick zu. Sie spricht nur noch selten übers Tanzen.

Mach dir keine Gedanken, mime ich wortlos. Asha wird es verstehen. Sie ist in Ordnung.

Autumn trainiert seit Monaten im Musikzimmer – und ich schicke die Bewerbungen für sie ab. Kann sein, dass ihr Vater sie dafür hasst, aber ich wäre eine miese Freundin, wenn ich nicht erkennen würde, wie viel es ihr bedeutet. Es ist ihre große Chance, hier wegzukommen, und sie hat ein wenig Glück verdient. Obwohl sie auch an Schulen, die näher liegen, vortanzen könnte oder warten, bis sie im letzten Schuljahr ist, doch sie hat sich New York in den Kopf gesetzt.

Das war einmal unser beider Ziel gewesen.

Ich stecke die Hände in die Hosentasche und taste nach der Zusage, die ich seit fast zwei Wochen mit mir herumtrage.

»Ich werde in Juilliard vortanzen«, sagt Autumn leise. »Aber ich habe mich noch für kein Solo entschieden.«

»Mein Klavierlehrer sagt immer, es gibt keine wahrere Musik als Gefühle«, vertraut uns Asha an.

Sie hat mir gesagt, dass sie durch die Welt reisen möchte, bevor sie ihr Musikstudium aufnimmt. Sie und Autumn könnten gute Freundinnen sein, wenn sie sich ein bisschen besser kennenlernten. Wenn Autumn eine Menge Leute besser kennenlernen würde, wäre sie vielleicht nicht immer so allein.

»Er sagt, dass Musik voller großem Leid und Glück zugleich sein sollte, voller Gewitterwolken und Sterne, Hauptsache voller Gefühl. Ich vermute, das trifft auch aufs Tanzen zu.«

Autumn kommt ein bisschen aus ihrer Reserve heraus und lächelt zaghaft. »Ich habe mir überlegt, eine eigene Komposition zu tanzen anstatt etwas, das für andere choreographiert wurde. Früher, als ich noch Unterricht hatte, haben Mom und ich öfter darüber gesprochen.«

Davon hat sie mir noch nie etwas erzählt. Es ist, als wären die beiden ganz in ihrem Element, bei dem alles um sie herum vor schöpferischen Möglichkeiten nur so sprüht. Dagegen bleibt mir nur das öde Opportunity und weiter nichts.

Ich bewege mich auf den Gang zu. »Zeig ihnen, wer du bist, dann können sie dich gar nicht ablehnen.«

Autumn dreht sich grinsend zu mir um. Schmetterlinge flattern in meiner Brust. »Nur Geplänkel.« Sie wird wieder ernst. »Hast du schon was vom Brown-College gehört?«

Ein Neuntklässler rempelt an meinen Ellbogen, und ich lasse den Brief in meiner Tasche los. »Nein, noch nichts.«

Was soll ich ihr denn sonst sagen? Dass ich das Ticket in der Tasche habe, nach dem sie sich so sehr sehnt? Dass ich noch nicht mal weiß, was ich damit anfangen soll? Bevor Mamá krank wurde, wäre ich vor Freude an die Decke gesprungen über diese Chance. Aber wie soll ich jetzt von hier weggehen können?

Autumn würde das nie verstehen.

Sie verzieht mitfühlend das Gesicht. Asha schneidet ebenfalls eine Grimasse.

In der Reihe vor uns kichert eine Gruppe von Neuntklässlerinnen. Neben ihnen blättert ein Junge verzweifelt in seinem Schulbuch, während sein Freund die Augen verdreht. Um uns herum quasseln alle über die Ferien, den Unterricht und die Prüfungen.

Wenn jemand ernsthaft wissen wollte, wie es auf der Opportunity Highschool zugeht, wäre der Moment zwischen der Ansprache von Direktorin Trenton und der ersten Unterrichtsstunde der geeignetste Zeitpunkt. Die Woche hat begonnen, und es gibt kein Entrinnen mehr, doch wir starten gemeinsam in sie hinein.

Und gleich werden wir hoffentlich auch frische Luft abbekommen.

Nur dass zwar alle vorwärts drängen, aber niemand den Raum verlässt.

An: Schwester
Ich weiß, dass du beim Training bist, aber mach dir nicht so viele Sorgen um mich, okay? ☺ Ich geh gern zur Schule. Und ich bin viel zäher, als ich aussehe.

An: Schwester
(PS: Die Rede war genau, wie du gesagt hast. Ebenso gut hättest du sie halten können, und es wäre niemandem aufgefallen.)

KAPITEL DREI

10.04 Uhr–10.05 Uhr

AUTUMN

Was Asha sagte, ging mir unter die Haut. Sylv kann nicht verstehen, dass tanzen mehr als ein Traum, mehr als ein Beruf ist – mein Herzblut hängt daran. Asha versteht das.

Ich wünschte mir, ich wüsste mehr von ihr, von ihrer Musik. Aber noch bevor ich sie danach fragen kann, sind wir bereits auf dem Gang. Das Gedränge um mich herum wird mit jedem Schritt dichter. Rucksäcke rempeln in mich hinein, Schultern treffen aufeinander. Ich habe keine Ahnung, warum niemand rausgeht. Es ist viel zu voll hier.

Meine Finger schließen sich um die Glücksbringer an meinem Armband: ein Ballettschuh aus Silber und die handgefertigte Maske, die Mom mir einmal aus Venedig mitgebracht hat. Die grüne Farbe ist abgeblättert, die Ecken abgeschliffen, aber die vertraute Form hat eine beruhigende Wirkung auf mich und hilft mir, im Gleichgewicht zu bleiben.

Wenn auch nur kurz.

Asha zuckt lächelnd mit den Schultern. »Viel Glück

beim Vortanzen«, ruft sie mir noch zu, bevor sie sich durch die Menge weiterzwängt.

Wie alle früher oder später. Ich gehe einen Schritt zurück und warte, bis das Geschiebe aufhört.

Außer Sylv habe ich hier keine Freunde, keine Familie, bis auf einen Bruder, der immer wieder verschwindet, und einen Vater, der mich verachtet. Nur das Tanzen hält mich am Leben. Es wird mich befreien, und ich darf nichts dazwischenkommen lassen.

CLAIRE

Die Bahn liegt offen vor uns. Nach einer weiteren Runde hellt sich Chris' Laune sichtlich auf. Das konnte er schon immer, er wirft seine Sorgen ab wie einen Wintermantel. »Zeit, loszulaufen und Spaß zu haben, Sarge.«

Ich grinse. »Jawohl, Commander.«

Er zwinkert mir zu, und als wäre er nicht gerade eine Meile gelaufen, zieht er lässig an mir vorüber, so dass ich ihn nur noch von hinten sehe. Na klar, er ist ein Langstreckenläufer und hat noch nicht mal die Hälfte seines Trainings hinter sich. Aber es hebt nur noch stärker hervor, wie lächerlich langsam ich heute bin.

Das ändert sich allerdings gerade.

Als ich das nächste Mal an Coach Lindt vorbeikomme, nicke ich ihm kurz zu, woraufhin er den Knopf an der Stoppuhr drückt. Ich lege noch einen Zahn zu.

In der letzten Saison haben wir mit dieser Strategie begonnen, mein Training darauf ausgerichtet, dass ich die meiste Zeit des Rennens ein gutes Tempo halten kann und am Ende noch genug Energie übrig habe, um über die halbe Bahnlänge einen Sprint hinzulegen.

Alles um mich herum löst sich auf, alle Gedanken an Matt und Tracy. Das Brennen in meinen Waden. Die bohrenden Sorgen darüber, das Drill- und Kadettenkorps-Training hinzukriegen. Meine drei Teamkollegen, von denen jeder gerade auf seinem Teil der Strecke läuft und versucht, seinen eigenen Rekord zu verbessern.

Alles um mich herum verschwindet, bis auf den Rhythmus meiner Schritte und die kalte Luft auf meinen Wangen.

Wenn ich laufe, kann ich endlich frei atmen.

Ich sprinte über die Ziellinie und sehe mich nach Coach Lindt um. Er grinst. Die Tribüne bei der Bahn löst sich in dem weißen Nebel auf. Jemand hat WIR SCHREIBEN GESCHICHTE in die Holztreppe bei der Zielgeraden geritzt.

Ein Lächeln zuckt um meinen Mund. Diese drei Worte sind Coach Lindts Variante unseres Schulmottos, sein Anfeuerungsruf. Er funktioniert tatsächlich, weil wir Geschichte geschrieben haben, und ich habe keinen Zweifel daran, dass wir auch dieses Jahr wieder an der Bundesstaatsmeisterschaft teilnehmen werden, zum siebten Mal in Folge.

Dies ist mein Team. Hier gehöre ich hin.

Hier und jetzt stehen wir für alle zusammen ein.

TOMÁS

Nachdem ich in der Akte keine Antworten gefunden habe, stopfe ich sie wieder zurück und knalle die Schublade zu. Sinnlos. Lächerlich. Einfach nur beknackt. Tyler kehrt an die Schule zurück, und meine Schwester hat eine Höllenangst vor ihm, aber ich weiß immer noch nicht, warum. Ich kann leider absolut nichts für sie tun.

»Wie wär's, wenn wir den restlichen Tag auch noch blaumachen?« Fareed lehnt im Türrahmen, den Fuß auf einem Besucherstuhl. Er benutzt die Ecke seiner Karteikarte, um sich eine Haarsträhne aus der Stirn zu streichen. »Ich hasse Montage.«

Ich lasse die Rolle des beschützenden Bruders sausen und schlüpfe wieder in mein Opportunitys-berüchtigtster-Schüler-Kostüm. Es passt mir wie angegossen, wie ein abgetragener Handschuh. »Alter, geht es uns nicht allen so? Die Montage sind am schlimmsten. Aber ich arbeite hart an meinem toughen Image. Wenn ich nicht mit allen anderen leide, würde ich damit meinen Ruf aufs Spiel setzen.«

»Ach komm schon, gib's doch zu. Du hast ja nur Schiss, dass Trenton es deinem Großvater erzählt. Was wär denn das Schlimmste, was er dir antun könnte? Dich fürs Schwänzen verprügeln? Du weißt doch selbst, dass es dem Alten völlig gleich ist.«

Ich strecke mich. »Ich nehm's mal an.«

Das Ding ist, dass ich tatsächlich Angst habe. Bevor

Fareed hierher gezogen ist, war ich Opportunitys berühmt-berüchtigtster Gangster. Das hat mir zwar niemand wirklich bestätigt, aber ich könnte mir gut vorstellen, dass sie von meinem Einfallsreichtum absolut angetan sind.

In diesem Jahr teilen wir uns die zwielichtige Ehre, und nur Far allein weiß, dass ich immer wieder heimlich die Seiten wechsle. Ich geb's ja zu, ein Tag ohne Nachsitzen ist wie ein Tag ohne Sonne oder Katzen oder irgend so ein Quatsch. Aber ich mache tatsächlich meine Hausaufgaben und habe meistens halbwegs gute Noten. Ich habe mit der Direktorin eine Vereinbarung getroffen: Ich halte mich weitestgehend an die Regeln und gehe zum Unterricht. Ich lasse mich nicht mehr bei etwas erwischen, wie heimlich die Schulakten einzusehen – auch nicht für meine Schwester, selbst wenn sie das Risiko wert ist. Ich benehme mich ordentlich, und im Gegenzug ruft Mrs Trenton nicht bei meinem Großvater an.

Nicht weil ich mich vor seiner Wut und seiner Enttäuschung fürchten würde. Verdammt, ich überrage ihn um zwei Kopflängen; so beeindruckend ist er nun auch wieder nicht.

Ich habe mehr Angst davor, dass er es Mamá erzählt, und ich möchte nicht, dass sie mich so in Erinnerung behält.

Flüchtig streife ich Autumns Handgelenk, dann gehe ich durch die Reihe, um nachzusehen, was da hinten los ist. Sie kann es nicht leiden, wenn ich sie in der Öffentlichkeit anfasse, aber in den letzten Monaten war sie die Einzige, die mich aufrecht gehalten hat. Sie ist wild entschlossen, aus Opportunity abzuhauen, und wenn es erst einmal so weit ist, wird es mich wahrscheinlich zerreißen.

Ich wünschte, ich könnte auch hier weg. Ich wünschte, ich könnte bleiben. Die Schüler um mich herum stehen still. Das aufgeregte Gesumme ist einem unbehaglichen Raunen gewichen. Etwas stimmt nicht. Was geht hier vor sich? Die Türen sind verriegelt.

Eine der Cheerleader bemerkt entnervt, dass jetzt nicht die rechte Zeit für Streiche sei. Ein paar Sitze weiter kichert eine Neuntklässlerin nervös. Am Ende jedes Gangs reihen sich die Schüler bei den Flügeltüren, die normalerweise aufschwingen sollten, sich heute jedoch kein Stück bewegen. Bei der Bühne ruft jemand, dass der Notausgang ebenfalls verschlossen sei. Wir sind hier eingeschlossen.

Die Schulglocke läutet.

Zu meiner Linken öffnet sich eine der Türen. Eine einzelne Gestalt tritt ins Neonlicht. Einen Moment lang halte ich sie für meinen Zwillingsbruder, der auf seine Art mal wieder versucht zu beweisen, dass er der desinteressierteste und zugleich interessanteste Schüler auf der Opportunity ist. Uns alle einzuschließen gehört zu der Art von Streichen, die ihm einfallen könnte. Früher wäre ich bei so etwas noch dabei gewesen.

Doch unter der schwarzen Strickmütze stehen blonde Haarzipfel hervor.

Merkwürdigerweise ist es das Erste, was mir auffällt: die blonden, abstehenden Haare um ein allzu bekanntes Gesicht. Und mit ihm kommen die Erinnerungen – ein unbändiges Grinsen. Ein gefährlicher Hunger. Das erregte Getuschel um mich herum könnte ebenso gut meinem Geist entsprungen sein. *Nicht jetzt. Nicht heute. Noch nicht.*

Bitte, nicht.

Es dauert einen Moment, bis ich seinen erhobenen Arm wahrnehme.

Oben in den Gängen bleiben alle wie angewurzelt stehen, und alle Augen sind auf den Schatten im Durchgang gerichtet. Von überall her dringt das Wort Pistole zu mir, bis die Menge still wird und regungslos verharrt. Ich fühle weder Panik noch Schock, nur eine große Niederlage.

Das war's.

»Mrs Trenton? Ich hab da mal eine Frage.« Der Finger legt sich um den Abzugshahn.

Dann drückt er ab.

MEIS ABENTEUER

Derzeitiger Standort: zu Hause

Opportunity sieht immer gleich aus. Ein bisschen kleiner als Jinan, wo meine Großeltern leben. Ein bisschen grauer, wenn man gerade von der anderen Seite der Welt kommt. Aber ganz gleich, woher ich zurückkehre, es ist immer wieder schön, nach Hause zu kommen. Und noch schöner, nicht mehr zur Schule gehen zu müssen.

Jetzt aber erst mal meine Mails abrufen, ordentlich Schokolade essen und das Tagwerk beginnen.

Kommentare: [0]

KAPITEL VIER

10.05 Uhr – 10.07 Uhr

TOMÁS

Nachdem ich die Akte wieder in den Schrank verfrachtet habe, nehme ich einen gläsernen Briefbeschwerer vom Tisch und spiele damit, werfe ihn hoch in die Luft und fange ihn wieder auf. Ich gehe auf die Zimmertür der Direktorin zu und öffne sie behutsam, blicke vorsichtig durch die Glasscheiben des Büros.

Als die Schulglocke läutet, warte ich darauf, dass die Flure sich füllen. Die Versammlung sollte jetzt zu Ende sein, und keiner hält sich länger in der Aula auf als unbedingt nötig.

Aber die Korridore bleiben leer, als wären wir beide die Einzigen im Gebäude.

Die Ruhe ist beängstigend. »Far?«

Er ist immer noch dabei, seine Testergebnisse zu überfliegen, nicht dass sie dadurch irgendwie besser würden. Dann sieht er auf. »Was denn?«

Ich mache den Mund auf und schließe ihn wieder. Was soll ich denn sagen? Es ist zu ruhig? »Leg deine Akte zurück. Wir sollten los, bevor Trenton kommt.«

Hey, schwach, Alter.

Ich schiebe mich ins Vorzimmer, wo noch immer die blaue Bildschirmsperre auf dem Monitor der Sekretärin leuchtet. Neben der Tastatur steht ein gerahmtes Foto von einer Katze. Ich werfe den Briefbeschwerer hoch in die Luft und fange ihn wieder auf. Die hirnlose Wiederholung hat etwas Tröstliches. »Far, komm schon.«

Wo sind sie denn alle?

Werf. Fang.

Werf.

Zwei laute Knallgeräusche zerreißen die Luft. Der Briefbeschwerer gleitet mir aus der Hand und zerbirst auf dem Boden in tausend Teile.

»Was war das denn?« Fareed erscheint auf der Türschwelle, immer noch seine Akte in der Hand.

Ich will nicht, kann nicht – »Was, verdammt nochmal, war das?«, wiederholt Fareed lauter. Obwohl er es weiß, wir wissen es beide. Wir waren oft genug mit meinem Großvater und meiner Schwester jagen. Wir haben genug Filme gesehen. Fareed ist in einem Kriegsgebiet aufgewachsen. Wir wissen, wie sich Schüsse anhören.

Aber das kann nicht sein. Das kann nicht hier gewesen sein.

»Wir müssen hier raus«, sagt Fareed, »jemandem Bescheid sagen.« Trotz des gehetzten Blicks ist seine Stimme klar und besonnen. Sie lässt ihn älter wirken.

Ich nicke zustimmend, während mich die Stille um uns herum mit voller Wucht trifft. Ich weiß, dass die Flure leer sein sollten. Wir haben Stunden damit zugebracht, für den Ernstfall zu proben. Aber es wurde kein

Alarm ausgelöst. Niemand hat Deckung gesucht. Keiner ist durch die Flure gerannt. Ich schüttle den Kopf. »Nein.«

Nein. Nein. Nein. Scheiße, nein.

Sie sind alle noch in der Aula, alle, auch meine Schwester. Ich muss sie da rausholen.

Ich kann sie nicht noch einmal im Stich lassen.

SYLV

Tyler ist wieder da. Tyler ist wieder da.

Tyler ist wieder da.

Dieser Refrain pocht laut durch meinen Kopf, ebenso wie die nächsten Schüsse, die durch die Aula hallen. Tyler ist wieder da. Die Worte reizen mich zum Erbrechen und führen dazu, dass ich mich unter dem Sitz verkriechen will. Wieder erstarre ich vor Schreck, genauso wie bereits vor ein paar Monaten.

Ich weiß nicht, was ich tun soll. Ich weiß nicht, wohin flüchten. Autumn und ich sind auf der anderen Seite des Gangs, nur ein paar Reihen unterhalb von Tyler. Zu weit von den Seitenflügeln entfernt, um es dort hinaus zu schaffen. Zu weit unten, um unbemerkt nach oben zu den Türen zu gelangen. Von allem zu weit entfernt.

Um uns herum macht sich Panik breit. Schreie hallen mir in den Ohren wider. Die Lehrer in der Nähe der Türen versuchen sich Tyler zu nähern, doch er knallt zielstrebig einen nach dem anderen ab, wie alle anderen, die ihm zu nahe kommen. Bei jedem Schuss zucke ich zusammen. Wir sind nicht nah genug, um die Gesichter der Lehrer zu erkennen, und dafür bin ich fast schon dankbar. Er hat sie einfach so kaltgemacht. *Ah Dios.* Das darf nicht wahr sein.

Die Schüler steuern auf die anderen Türen zu, drängen vorwärts, doch keiner verlässt den Raum.

Tyler ist wieder da.

Manche rennen hilfeschreiend durch die Sitzreihen. Ein Schüler und eine der Schülerinnen von auswärts liegen vor Tyler ausgebreitet auf den Klappsitzen. Der Junge hat noch den Rucksack über der Schulter, während sein Blut bereits mit dem des Mädchens zusammenfließt.

Ich kann mich nicht rühren.

Bekomme keine Luft.

Auf der Bühne versammeln sich alle um Direktorin Trenton, die Lehrer, ihre Sekretärin. Mr Jameson, unser aller Lieblingsenglischlehrer, kniet neben Mrs Trenton und versucht das Blut zu stillen, aber sie ist am Kopf getroffen, und was da herausläuft, ist nicht nur Blut, sondern ihr Hirn. Hinter ihnen flüchten sich ein paar vom Chor zu den Seitenflügeln, wo die Umkleidekabinen und die Lichtanlage untergebracht sind. Ms Smith, eine ältere Bibliothekarin, schleicht sich zum zweiten Notausgang an der Seite der Aula. Oder besser gesagt, sie humpelt langsam und gepeinigt, weil sie erst letztes

Jahr eine Hüftoperation hatte. Den Rücken Tyler zugewandt, bewegt sie sich scheinbar vollkommen angstfrei.

Sie ist dreiundsiebzig. Ihre jüngste Tochter ist gerade wieder schwanger geworden, und ihr ältester Enkel wird heute elf. Sie hat ihr ganzes Leben im selben Haus in derselben Straße gewohnt.

Erst gestern hat sie ein frischgebackenes Brot für Mamá vorbeigebracht, so wie jeden Sonntag. Als ich einmal krank war, hat sie mir Hühnerbrühe gekocht.

Nein. Nein. Nein. Nein.

Dios te salve, Maria, llena eres de gracia: el Señor es contigo. Bendita tu eres entre todas las mujeres y bendito –

Mein Blick schweift wieder zu Tyler. Seine Haarfarbe gleicht so sehr der von Autumn, dass mir übel wird.

Du wirst dich noch an mich erinnern.

Ich habe ihn nie vergessen können.

Mit seinem Blick streift er die Menge, verharrt nah bei der Tür, wo alle vor ihm zurückweichen. Selbstsicher hält er die Pistole. Tyler ist wild entschlossen, vollkommen treffsicher. Selbst Abuelo könnte ihm nicht beikommen.

Er richtet die Waffe auf die Bibliothekarin und drückt ab.

Sie tritt von der Tür zurück und sackt zusammen.

Mit der freien Hand schiebt er sich eine Haarsträhne unter die Mütze zurück.

Autumn stellt sich vor mich, als wolle sie mich schützen, dabei sollte ich sie beschützen.

Dios te salve, Maria ... Die Worte schmecken befremdlich in meinem Mund. Ich weiß nicht mehr, was dann kommt. Ich zittere am ganzen Leib und kann nicht mehr aufhören.

Verwirrt stolpert eine Neuntklässlerin an mir vorbei durch die Reihe. Einer der Sportler zieht sie am Arm, aber es gibt keinen Ausweg. Sie schreit und hämmert mit den Fäusten gegen seine Brust. Er hält sie fest an sich gedrückt.

Autumn wendet sich mir zu, doch obwohl ich sehe, dass sich ihre Lippen bewegen, verstehe ich nicht, was sie sagt.

Alles, was ich mitbekomme, ist das überraschte Lächeln auf Mrs Trentons Gesicht, als die Kugel sie trifft, und das Entsetzen derjenigen um sie herum, die herbeigestürzt sind, um ihr zu helfen. Ich höre Stöhnen und Weinen und Schreien. Tod. Sterben. Blut überall.

Tyler ist wieder da.

CLAIRE

Um fünf nach zehn ertönt ein weiterer Schuss. Es hat schon fast etwas Komisches, als Coach Lindt daraufhin auf die Startschusspistole in seiner Hand blickt, als ob er sie, ohne es zu merken, abgefeuert hätte. Aber er hat den Schuss nicht abgegeben; das kam aus der Schule.

Noch ein Schuss, gleich mehrere. Mein Herz schlägt in demselben unregelmäßigen Rhythmus.

Chris, der am nächsten bei der Schule ist, legt die gut zehn Meter zwischen sich und den Flügeltüren zur Sporthalle zurück, noch ehe einer von uns reagieren kann. Ohne Erfolg rüttelt er an den Türgriffen, tritt gegen die Tür. Ich bin mir nicht sicher, ob er vor Schmerz oder aus Verzweiflung so wütend ist.

Die kalte Luft dringt mir unter die Haut bis auf die Knochen. Das Einzige, woran ich denken kann, ist, wenn Chris sich jetzt eine Muskelzerrung zuzieht, fällt er in der letzten Saison aus dem Rennen, noch bevor sie überhaupt angefangen hat. Unsere Saison. Unser Team. Wir vier. Alles darüber hinaus, alles, was dem, was wir gehört haben, irgendwie einen Sinn geben würde, ist einfach zu viel.

Einen Augenblick lang ist alles reglos und still, nur unser Atem erzeugt Wolken. Dann fängt Esther an zu schluchzen. Als sie bei der Ziellinie ankommt, legt Avery ihr den Arm um die Schultern.

Wir warten darauf, dass jemand uns sagt, was zu tun ist. Wir richten die Aufmerksamkeit auf Coach Lindt, der die Schlüssel für die Turnhalle hervorgezogen hat. Doch die Türen lassen sich nicht öffnen, weil sie entweder klemmen oder von innen verriegelt sind. Coach Lindt ist ganz blass und schweigsam.

Wir wenden uns Chris zu, aber der sieht mich flehend an.

Ich erstarre. Ich weiß, wie man gehorcht, anderen

folgt, aber es war immer Tracy, die alles unter Kontrolle hatte, sowohl beim Kadettenkorps als auch zu Hause. Ich übernehme nicht gern das Kommando, aber ich weiß von ihr, wie es geht. *Komm schon, du kannst das.* Selbst Tyler hat mir mal gesagt, dass ich viel mehr aus mir machen könnte.

Und wenn da drinnen etwas passiert, ist auch Matt dabei, der mich braucht.

Mit tiefem Atmen versuche ich, die ätzende Galle wieder hinunterzuwürgen. Ich richte mich auf und sprinte zu den anderen hinüber, klopfe aus Gewohnheit meine Trainingshose ab, auf der Suche nach dem Handy, das in der Umkleidekabine liegt.

»Wir müssen die Polizei anrufen. Hat irgendwer ein Handy einstecken?«

Keiner sagt etwas.

»Coach?«

Coach Lindt ist eigentlich verpflichtet, ein Handy für Notfälle dabeizuhaben, aber er lebt immer noch im letzten Jahrhundert – und niemand hat sich je daran gestört. Wir sind in Opportunity, wo nie etwas passiert.

»Wo ist der nächste Notrufmelder?«, frage ich.

Coach brummt: »Im Haupteingang hängt einer.«

Die Opportunity Highschool ist vor fünf Jahren umgezogen, nachdem die alte Schule von einem Wirbelsturm nach Oz getragen wurde. Das neue Gebäude ist supermodern – größere Sportplätze, schicke Ausstattung, nicht allzu weit ab vom Schuss. Es hat mir hier von Anfang an richtig gut gefallen, wie mein zweites Zuhause. Bis eben.

»In der Tankstelle die Straße runter gibt es auch ein öffentliches Telefon«, fällt mir gerade ein. »Und wir könnten Jonah verständigen.«

Alle sehen mich verwirrt an.

»Der Sicherheitsbeamte hier.« Meine Teamkollegen haben wahrscheinlich noch nie seinen Namen gehört, nie ruhige Nachmittage mit ihm in seinem Dienstwagen verbracht. »Er sollte auf dem Parkplatz sein. Er hat ein Funkgerät und kann uns bestimmt helfen. Wir werden uns in Gruppen aufteilen. Coach, gehen Sie los zum Notrufmelder. Passen Sie gut auf sich auf und machen Sie einen Bogen um das Schulgebäude.«

Coach Lindt nickt bedächtig. Normalerweise folgen wir ihm oder Chris, unserem Mannschaftsführer. Aber Lindts Pläne haben nie weiter gereicht als bis zur Grenze unseres Trainingsgeländes. Er hört mir zu, obwohl meine Stimme bebt und zittert.

»Esther, Avery«, wende ich mich an die beiden Teamkolleginnen. Normalerweise sind sie sehr geschwätzig, jetzt allerdings nicht mehr. »Findet heraus, ob sich die Notausgänge öffnen lassen, aber bleibt weg von den Fenstern. Falls ihr da reinkommt, versucht ein Telefon zu finden. Falls nicht, versucht ein Auto kurzzuschließen. Es ist mir ganz gleich, was ihr macht, aber alarmiert alle und jeden.«

»Wir beide« – ich zeige auf Chris und mich – »wir suchen Jonah. Wenn er nicht vorn auf dem Gelände ist, laufen wir zur Tankstelle und rufen von dort Hilfe.« Ich sauge tief die Luft ein. »Wir wissen nicht, was da drinnen vor sich geht, doch wenn es sich nach einer Schießerei anhört, dann behandeln wir es wie eine Schießerei. Wir brauchen hier so schnell wie möglich Notfalleinsatzkräfte.«

Chris nickt mir zu. »Ein guter Plan.« Die drei Worte reichen aus, um alle in Bewegung zu versetzen, aber ich höre auch sein unausgesprochenes Versprechen heraus: *Wir machen das zusammen. Wie immer.* Er wird ebenso auf mich hören wie ich auf ihn. Deshalb müssen wir immer in der Nähe des anderen sein.

Avery und Esther nehmen ihre Wasserflaschen und laufen los. Unser Coach folgt ihnen geschockt.

Chris wirft mir meinen Iso-Drink zu, und ich nehme ein paar Schlucke, bevor ich die Dose wegwerfe.

Weitere Schüsse pfeifen durch die eisige Luft, und wir laufen los.

AUTUMN

Sylv schreit, als ich sie zu mir heranziehe, ihre Hände kalt in meinen. Ihr Blick huscht nervös von links nach rechts. Ein paar Schritte von uns entfernt, auf der anderen Seite des Gangs weiter oben lässt Asha ihre Bücher fallen. Sie hält die Arme um sich geschlungen, und trotz ihrer farbenfrohen Kleidung sackt sie zusammen wie ein Häufchen Elend. Beim nächsten Schuss erschrickt sie so sehr, dass sie fast instinktiv zu uns zurückkehrt.

Die anderen drängen sich zusammen, um so weit wie möglich von Tyler wegzukommen. Sie klettern über die Klappsitze, um auf die andere Seite der Aula zu gelangen, wo der Andrang genauso groß ist. Die Türen zum Flur sind verschlossen und die Notausgänge anscheinend ebenso. Die Türen hinter der Bühne führen lediglich zu den Umkleideräumen und der Requisitenkammer.

Kein Weg führt mehr nach draußen.

Unten bei der Bühne ducken sich ein paar Unglückselige zwischen die Sitze, andere zittern auf dem Gang. Die Lehrer und ein paar der Schüler ziehen die Verletzten hinter Stühle, um sie zu schützen. Die Chorsänger, die schnurstracks hinter der Bühne verschwunden sind, sind nicht wieder aufgetaucht, aber sie würden sich auch kaum trauen, wieder nach draußen zu laufen und die weithin sichtbare Bühne zu überqueren.

Tyler steht noch immer in der Türschwelle im Schutz der Wände um ihn herum, mit der Waffe in der Hand. Er rührt sich nicht. Das muss er auch nicht, er ist in der überlegeneren Position. Er lehnt sich zurück und lässt den Terror auf uns wirken, feuert auf alle, die ihm zu nahe kommen.

Der Schütze.

Zwei Wörter, die sauer und fremd klingen: mein Bruder.

Ich beiße mir in die Wange und konzentriere mich auf den Schmerz. Ty hatte sich wieder angemeldet, um sein letztes Jahr abzuschließen. Er hatte heute einen Termin bei Mrs Trenton, um mit ihr über seine Möglichkeiten zu sprechen. Er wollte alles wieder in Ordnung bringen.

Mein Bruder, der meine Blutergüsse versorgt hat, wenn Dad mal wieder seinen Kummer nicht mehr aushielt. Der mich dabei unterstützte, heimlich zu tanzen. Ich greife nach dem Ballettanhänger. Auch nach allem, was er getan hat, ist er immer noch mein Bruder.

Einmal hat er Dads Gürtel mit dem bloßen Arm abgefangen und ihn damit von mir abgelenkt. Anschließend hat er einen Witz gemacht und mir das Haar zerzaust. Er ist der einzige echte Angehörige, den ich noch habe.

Das kann nicht er sein.

Und ausgerechnet heute.

Ich sollte mich erheben und ihn zur Vernunft bringen.

Aber er hält die Pistole in der Hand, und seine Augen funkeln gefährlich. Sylv klammert sich an mich, und wir ducken uns beide. Zwischen den Sitzen erkenne ich den erstarrten Körper einer meiner Klassenkameradinnen. Ihr Gesicht ist hinter einer Büchertasche verborgen. Blut fließt über den Boden. »Wir müssen hier weg«, bringe ich mühsam hervor.

Zuerst reagiert weder Asha noch Sylv. Nach einem Moment, der mir wie eine Ewigkeit vorkommt, nickt Asha. Sie beugt sich hinunter, um ihre Bücher aufzuheben, und starrt sie an. Es ergibt keinen Sinn, sie mit sich herumzuschleppen. Sie werden ihr keinen Schutz bieten.

Ein erstickter Schrei wabert von den untersten Reihen zu uns herauf.

Vorsichtig stehe ich auf. Ich zupfe Sylv am Ärmel. Sie scheint es nicht zu bemerken. Solange Tyler von dem Tumult abgelenkt wird, will ich das ausnutzen. »Komm schon, wir müssen hier weg.«

Ich werfe einen Blick auf meinen Bruder.

In der Reihe, die an unsere stößt, erkenne ich ein schmächtiges Mädchen mit Zahnspange und übergroßer Brille. Geraldine. Sie ist in der Neunten, ein Freshman. Ich kenne sie nur, weil sie im Musikzimmer immer singt. Ihre Hände sind zu Fäusten geballt. Sie wankt unentschlossen hin und her, dann läuft sie schnell den Gang hoch zur Tür.

Sie wirft sich vorwärts – ein Grand Jeté –, und ich stelle mir vor, genauso zu tanzen wie sie. Sie bewegt sich grazil.

Die Kugel erwischt sie im Flug.

Sie stolpert und fällt. Eine andere Neuntklässlerin spurtet los, vielleicht, um ihr zu Hilfe zu eilen, und bleibt dann abrupt stehen, als Tyler einen weiteren Schuss abfeuert, diesmal auf die Uhr über der Bühne.

Er lächelt. »Bitte bleibt auf euren Plätzen.«

Eine schreckliche Stille legt sich über die Aula. Wir sind alle Gefangene hier.

CJ Johnson @KadettinCJJ
WAFFE. HILFE. #OHS
🕔 **10.06**

Alex Saxon @AlexDoesTwitter
@KadettinCJJ Im Ernst? Die Nachrichten bringen nichts davon ... #OHS
🕔 **10.06**

George Johnson @G_Johnson1
@KadettinCJJ GEHT'S DIR GUT. SAG MIR, DASS ALLES IN ORDNUNG IST.
🕔 **10.06**

George Johnson @G_Johnson1
@KadettinCJJ MEINST DU DAS IM ERNST? DANN RUFE ICH JETZT 911 AN.
🕔 **10.07**

Abby Smith @nochSoEinA.Smith
@KadettinCJJ @G-Johnson1 George, ich fahr sofort los zu euch #OHS
🕔 **10.07 | 🔁 2 retweets | ♥ 16 likes**

Anonym @gelangweilterOpportunist
@KadettinCJJ Ich weiß ja, dass Montage ÄTZEND sind, aber das ist krank. #falscher Alarm #OHS
🕔 **10.07 | 🔁 15 retweets**

George Johnson @G_Johnson1

@nochSoEinA.Smith @KadettinCJJ OB DAS SO KLUG IST? LASS DAS LIEBER DIE OFFIZIELLEN MACHEN.

🕛 **10.07**

Jay Eyck @JEyck32

@KadettinCJJ Was geht da vor sich? #OHS

🕛 **10.07**

KAPITEL FÜNF

10.07 Uhr – 10.10 Uhr

TOMÁS

Sonnenlicht fällt zum Fenster herein. Die Scherben des Briefbeschwerers werfen bunte Regenbogen an die Wände. Fareed geht zum Schreibtisch der Sekretärin hinüber. Inzwischen ist er blasser als ich, und mir fällt kein Witz dazu ein.

Er verschließt die Tür zum Sekretariat, das uns vom Flur trennt, greift dann zum Telefon und wählt die 911. Ich hample um den Schreibtisch herum, unfähig stillzustehen. Wenn es nach mir ginge, würde ich sofort zur Aula rennen und mich davon überzeugen, dass es sich um einen Streich handelt, mit dem wir ausnahmsweise mal nichts zu tun haben – mich vergewissern, dass es sich um einen ganz normalen Montagmorgen handelt.

Aber Fareeds Vernünftigkeit hält mich davon ab. Ich habe nie behauptet, das Hirn in diesem Verein zu sein. Mein Part sind mehr die schrägen Einfälle und die Impulsivität.

Ich drehe mich auf dem Absatz um und ramme meine Faust in den Materialschrank. Das dünne Holz splittert beim Aufprall und schneidet mir in die Handknöchel, aber auch der Schmerz bringt keine Erleichterung.

»Was hat der Schrank dir denn getan?«, fragt mich Fareed.

Am anderen Ende der Leitung klickt es, und eine gedämpfte Stimme dringt durch den Hörer.

Ich halte inne.

»Ich rufe aus der Opportunity Highschool an«, sagt Fareed, nachdem er unsere Namen genannt hat. »Wir haben Schüsse gehört.« Er hört sich dabei ganz ruhig an. Der Fareed, den ich kenne, mit seinem stets provozierenden Grinsen, ist verschwunden. Diesen Fareed kenne ich nicht. Er spricht langsam und deutlich, damit sein afghanischer Akzent nicht so stark durchkommt. Als Nächstes werden sie ihn verdächtigen. Es wäre nicht das erste Mal. Sobald in der Schule etwas passiert, wird er verhört, selbst wenn er nicht das Geringste damit zu tun hat. Ich hasse das. Es ist so was von ungerecht. Aber wenigstens lassen sie dafür mich in Ruhe.

Von der anderen Seite kommt etwas Unverständliches, und Fareed antwortet darauf: »Wir haben mehrere Schüsse gehört. Ich weiß nicht, ob jemand verletzt ist.« Er hört einen Moment schweigend zu. »Nein. Nein, wir sind nicht verletzt.«

Ich rücke ein Stück näher, aber ich ahne die nächste Frage der Zentrale bereits. Wo seid ihr? Wie viele von euch sind da?

»Nur wir beide. Wir sind im Büro der Direktorin. Die anderen Schüler und die Lehrer sind bei einer Versammlung in der Aula. Von dort sind die Schüsse anscheinend gekommen. Wir waren noch nicht hinten in der Schule. Nein, machen wir nicht. Bevor die Schießerei losging, haben wir Schritte gehört, aber sonst nichts.«

Könnt ihr raus? Das hätte ich gefragt, aber vom anderen Ende folgen weitere Instruktionen. Es hat fast etwas Beruhigendes zuzuhören. Das leise Gemurmel aus der Leitung und die gelegentlichen Schüsse sind die einzigen Laute weit und breit. Hier sind wir sicher. Denke ich.

»Ja, ja. Das Sekretariat ist im Verwaltungsflügel. Auf der Ostseite des Gebäudes. Im Erdgeschoss. Der Parkplatz der Direktorin ist direkt vorm Fenster. Er ist ganz eindeutig zu erkennen.«

Ich lächle freudlos. Der Parkplatz der Direktorin war einmal nahe bei der Aula, dort wo alle Lehrer parken, aber mein älterer Bruder hat Mrs Trentons Wagen pink besprüht, nachdem die beiden wegen, äh, erzieherischer Meinungsverschiedenheiten aneinandergeraten waren. Danach hat sie ihr neues Cabrio so abgestellt, dass sie es im Auge behalten konnte.

»Wir haben die Tür abgeschlossen. Uns ist niemand sonst begegnet. Wir wissen nicht, was im übrigen Gebäude vor sich geht.«

Schüsse. Drohungen. Tod.

»Wir könnten im Notfall durchs Fenster entkommen.«

Es wäre nicht das erste Mal, dass wir so entwischt sind, aber nie unter diesen Bedingungen.

Ich strenge mich an, um die Antwort zu verstehen. Ich will hier nicht raus, solange ich nicht weiß, was mich da draußen erwartet.

»Ja, ich denke, wir sind in Sicherheit. Wenn wir von hier aus Richtung Süden gehen, kommen wir gar nicht in die Nähe der Aula.«

Fareed starrt mich an, während er den Anweisungen lauscht. Er schüttelt den Kopf, und ich kann mir schon vorstellen, was sie sagen. *Lauft weg, solange ihr könnt. Versteckt euch. Macht euch nicht zur Zielscheibe.* Es ist das Erste, was uns alle unsere Anleiter beim Notfalltraining beigebracht haben: *Bringt euch in Sicherheit.*

Was sie uns aber nicht gesagt haben, ist, dass Weglaufen, um die eigene Haut zu retten, nur statthaft ist, wenn man dabei niemanden zurücklässt. Wenn ich in der Aula wäre, wollte ich schon, dass jemand kommt und nach mir sieht. Ich wollte hoffen können.

»Ja, wir werden das Fenster öffnen und draußen warten. Soll ich noch in der Leitung bleiben?« Fareeds Hand zittert, und er nickt mir noch einmal kurz zu und sagt dann: »Okay, okay. Wir warten draußen. Danke.«

SYLV

Die Schreie werden leiser. Meine Sicht trübt sich, als ob meine Verbindung zur Außenwelt abgeschnitten wäre. Die Luft ist abgestanden. Atmen schmerzt.

Autumns Geflüster, während sie an meinem Arm zieht, zerrt an mir. Ich möchte mit ihr in Kontakt treten. *Halt mich fest. Beschütze mich.* Doch ich bin wie erstarrt.

Und dennoch geht mir Tylers Stimme auf die Nerven. Ich kann nicht, will nichts damit zu tun haben. Hier nicht. Jetzt nicht. Niemals.

Mit einem Mal überfallen mich all meine Sorgen: Mamás leerer Blick. Abuelo, der sich müht, die Farm aufrechtzuerhalten, während er sich um Mamá kümmert. Meine älteren Brüder, die mir Fragen stellen, die ich nicht beantworten kann: Wo wirst du nächstes Jahr sein? Was willst du machen? Wie geht es dir?

Wenn ich die Augen schließe, sehe ich die beiden Menschen vor mir, die mir am meisten bedeuten – die beiden, an denen ich mich festklammere und die ich zugleich von mir stoße. Mein nichtsnutziger und für mich trotzdem perfekter Bruder, der irgendwie, gleich in der allerersten Stunde des ersten Tages zu Beginn des neuen Schuljahres, im Büro der Direktorin gelandet ist. Er ist irgendwo da draußen, hoffe ich, bete ich.

Und Autumn. Immer und immer wieder Autumn.

Tyler hat einen Keil zwischen uns getrieben, selbst wenn ich meiner Familie nie davon erzählen würde. Tomás würde ihn fertigmachen, und es würde das letzte bisschen Familie, was Autumn noch hat, zerstören.

Das Einzige, was uns einen Sinn verleiht, sind die Geschichten, die uns miteinander verbinden. Und ich halte an meinen gut fest. Vor meinem elften Schuljahr und Autumns zehntem hat sie mich mitgenommen zu einem verlassenen alten Schuppen ein wenig außerhalb des Orts – ein Überbleibsel der Farm, die da einmal gewesen war. Wir haben uns jeden Abend im Kornfeld getroffen und den neuesten Tratsch der Nachbarn ausgetauscht, die immer genau zu wissen scheinen, was in Opportunity los ist.

Außerdem diente ihr der Schuppen seit letztem Sommer als Tanzstudio. Unter einer goldenen Decke verborgen, in der schwülen Augusthitze gehörte die Zeit uns. Tagsüber war Autumn, wer immer sie sein wollte. Wenn wir zusammen waren, zeigte sie mir, wie sich tanzen anfühlte.

Bis sich eines Abends auf einen Schlag alles änderte.

Die fedrigen Maisblüten schienen in der untergehenden Sonne zu lodern, und die hohen Stängel hielten die neugierigen Blicke fern. Ich arbeitete an meinen College-Bewerbungen und sah zu, wie die frühen Baumwollpüschel im Wind trieben, während Autumn tanzte. Ich wusste noch nicht, für welches Fach ich mich einschreiben sollte, wusste noch nicht mal genau, ob ich überhaupt aufs College wollte. Schließlich ging es Mamá tagtäglich schlechter. Aber Autumn zuliebe füllte ich die Anträge aus. Wir hatten immer geplant, gemeinsam aufs College zu gehen.

»Glaubt ihr vielleicht, dass es niemand mitkriegt, wie ihr euch beide jeden Abend davonschleicht? Ich dachte, ich hätte mich verständlich ausgedrückt.«

Erschrocken zuckte ich zusammen, und als ich sah, woher das kam, gefror mir das Blut in den Adern.

Ich hatte Tyler seit dem Abschlussball der Mittelstufe nicht mehr gesehen, wo er mich gegen die Wand gedrängt und mir mitgeteilt hat, dass ich Autumn verderben würde. Er war ein eifriger Beschützer seiner Schwester vor Bedrohungen, die kein anderer in Opportunity wahrnahm oder wahrnehmen wollte, wie im Falle ihres Vaters. Er traute keinem. Es machte ihn unberechenbar, gefährlich und zu jemandem, dem man besser aus dem Weg ging.

»Hau ab, Tyler.«

»Es ist verboten, das Grundstück zu betreten. Ihr könnt mir nicht erzählen, ich soll abhauen.«

»Verschwinde!« Ich holte meine Bücher unter dem Baum hervor und stopfte sie in meinen Rucksack. »Oder geh rein, wenn du Autumn tanzen sehen willst.«

Tyler sieht haargenau so aus wie seine Schwester oder besser andersherum. Beide haben diese strohblonden Haare, seine hinter die Ohren geschoben, ihre damals noch etwas länger. Mit seiner Wildlederjacke und seinen polierten Stiefeln sieht er älter aus als siebzehn und sogar im klassischen Sinn schön.

Seine Mundwinkel verzogen sich zu einem gequälten Lächeln, sein gieriger, abschätzender Blick ließ mich erschaudern.

Ich wartete seine Antwort gar nicht erst ab, sondern schlang mir die Tasche um. »Sag Autumn, dass ich sie morgen sehe.«

Ich ging bis zum Rand des Baumwollfeldes, doch Tyler folgte mir. Er machte keinen Hehl daraus. Er pfiff ein fröhliches Liedchen, während er in meinen Schatten trat und sein Atem mir im Nacken kitzelte.

»Früher habe ich mich mal für ihr Tanzen interessiert, bevor du gekommen bist und sie mir weggenommen hast.«

»Ich habe niemanden irgendwem weggenommen«, blaffte ich ihn an.

Mit dem Fingernagel fuhr er meinen Arm entlang. »Lüg doch nicht. Du hast meine Schwester verdorben.« Er legte mir wieder die Hände auf die Schultern, bohrte seine Nägel in meinen Hals.

»Ich weiß nicht, wovon du redest.« Ich fuhr zurück in dem Versuch, mich loszureißen, aber er drückte nur noch fester zu. Ich zerkratzte ihm die Hände und hoffte inständig, dass Autumn ihn gehört hatte und nach uns sehen käme. Vielleicht würde sie nicht den ganzen Abend tanzen und diesmal nicht die Zeit vergessen.

Wie sie es immer tat.

Ich ließ meine Tasche fallen und trat ihm fest auf den Fuß. Er drehte mir den Arm um. Ich taumelte und fiel auf die gepflügte Erde.

Als ich mich wieder aufrappeln wollte, zog er mir die Beine weg. »Was zwischen dir und Autumn läuft, ist krank. Es ist vollkommen unnatürlich. Meinst du, du kannst einfach so in unser Leben eindringen und mir meine Familie wegnehmen? Du brauchst jemanden, der dir zeigt, wo's langgeht.«

»Deine Familie!«, rief ich verzweifelt. »Wann war denn das letzte Mal, dass du dich für Autumn interessiert hast? Du weißt doch überhaupt nicht, was Familie ist.«

Als ich versuchte, mich wegzudrehen und davonzukriechen, trat er mir mit dem Stiefel in den Bauch, so dass ich mich vor Schmerz krümmte. Mit den Knien hielt er meine Arme fest, die Hände auf meinem T-Shirt. Als er sich zu mir hinunterbeugte, roch ich seinen sauren Atem. »Sie haben mich verlassen. Alle.« Sein Grinsen nahm den Schrei aus meinen Lungen. Mit dem Finger strich er mir den Kiefer entlang, ich konnte mich nicht rühren.

»Wenn dein Bruder mir das nächste Mal in die Quere kommt, werde ich ihn umbringen. Merk dir das.« Tyler schwebte über mir, während der Himmel sich lila färbte. »Und ich werde dafür sorgen, dass du an mich denkst.«

Ich konnte damals nicht weglaufen, nicht entkommen, ganz gleich wie sehr ich es versuchte. Seitdem gehe ich ihm aus dem Weg.

»Denk dran.«

Und jetzt hat er mich gefunden.

CLAIRE

»Danke«, sagt Chris, sobald wir weit genug von den anderen entfernt sind.

Mein Atem geht flach. In den Knien spüre ich die Erschütterung vom Laufen auf dem harten Asphalt.

Obwohl ich keine Erklärung für Chris' Zögern brauche, gibt er dennoch eine ab. »Die Schule war immer ein sicherer Ort.« Er ringt nach Worten. »Ich –«

Ich nicke ihm zu. »Ich weiß.« Hier passiert sonst nie etwas.

Der Parkplatz der Schüler ist voller Autos, obwohl die meisten von uns mit dem Bus fahren. Eine einspurige Straße in beide Richtungen führt zur Opportunity High. Hinter dem Trainingsgelände der Schule erstreckt sich ein Waldgebiet, doch vor der Schule dehnen sich die Felder aus, so weit das Auge reicht. Irgendwo da hinten fängt die Zivilisation an. Hier gibt es nur das platte, offene Land und den schiefergrauen Himmel darüber.

Am Eingang zum Parkplatz stehen zwei Wagen, einer davon ist Jonahs Streifenwagen. Die weiße Farbe wirkt fast grau unter all dem Staub, und das dunkelblaue Schullogo ist völlig verschrammt. Ich habe viele Stunden auf dem Beifahrersitz zugebracht, die Knie gegen das Armaturenbrett gepresst, und an einem der Schokomuffins gemümmelt, die Jonah mitgebracht hat.

Wir haben uns letztes Jahr zufällig kennengelernt, als ich den letzten Bus nach Hause verpasst hatte, nachdem Mom angerufen und mir mitgeteilt hatte, dass Matt ganz schnell ins Krankenhaus musste. Jonah hatte die Erlaubnis erhalten, mich in die Stadt zu fahren. Wir haben uns die ganze Fahrt über unterhalten, und seine abgefahrenen Anekdoten waren genau das, was ich zur Aufmunterung gebraucht hatte.

Als ich mich ein paar Tage später bei ihm bedankte,

setzten wir unser Gespräch fort. Er sagte mir, dass es nicht gern gesehen wurde, wenn er Schülerinnen bei sich im Auto hatte, weil man es als unpassend betrachten könnte. Aber er lächelte dabei, und sein Protest war nicht besonders lautstark. Es dauerte nicht lange, dann gab er nach.

Als Matt aus dem Krankenhaus entlassen wurde, gab er mir eine seiner Figuren für Jonah mit. Er räumte ihr einen Ehrenplatz auf der Ablage ein. Und ich hatte einen Ort gefunden, an dem ich nachdenken und mich zurückziehen konnte – weg von dem bedenklichen Gesundheitszustand meines Bruders und dem Armeeeinsatz meiner Schwester, weg von Chris und all den Erwartungen. Mit Jonah konnte ich einfach nur reden.

Ich fühle mich augenblicklich sicherer bei dem Gedanken an Jonahs Nähe. Die meisten Schüler sehen über ihn hinweg, und die Eltern beklagen den Übergriff auf die Privatsphäre. Aber Jonah hat mir einmal gesagt, dass es ihm gleich ist, ob man ihn mag, Hauptsache, er kann seine Pflicht erfüllen. Ich wünschte, mir ginge es ebenso.

Ich werde langsamer und umrunde den Wagen. Von außen wirkt er leer. Ein Pappbecher von der Bäckerei im Ort steht auf der Ablage. »J?«

Ein weiteres Auto scheint willkürlich quer über drei Parkplätze abgestellt. Diesen Wagen kannte ich einmal ebenso gut wie Jonahs.

»Claire?«, ruft mir Chris zu. »Ist das nicht –«

»Ja ...« Mehr bringe ich nicht heraus.

Es ist eine ganze Weile her, dass ich Ty gesehen habe, in erster Linie, weil er von der Schule abgegangen ist, dabei habe ich immer damit gerechnet, dass er wieder zurückkommt. Seine Ausbildung ist ihm zu wichtig. Er ist stolz darauf, sich an die Regeln zu halten, selbst wenn es kein anderer tut, ganz gleich, wie lächerlich die Regeln auch sein mögen. Es sieht ganz und gar nicht nach ihm aus, den Wagen so abzustellen, aber die Motorhaube steht offen. »Sieht so aus, als springt sein Auto nicht an. Wahrscheinlich sind sie los, Hilfe holen oder ein Überbrückungskabel.«

Ich atme tief ein. Ty ist wieder da. Wir sind weniger allein.

Trotz allem, was vorgefallen ist, ist Ty in Ordnung. Auch wenn wir nicht mehr zusammen sind, Ty hat immer an mich geglaubt. Er lächelt mir immer noch zu, wenn ich in den Laden seines Vaters komme, und er fragt jedes Mal nach Matt.

Wenn er in der Schule ist, wird er Matt beschützen. Und wenn er erst nach Mrs Trentons Rede angekommen ist, wird er uns helfen.

Er muss uns helfen.

Chris übernimmt wieder die Führung, und ich laufe wie gewohnt dankbar hinter ihm her.

»Warum ist keiner hier geblieben? Warum sind sie nicht mit Jonahs Wagen los?«, fragt Chris. Er nähert sich der Beifahrertür, aber Tys Wagen ist abgeschlossen. »Hat Jonah ein Funkgerät?«

Ich öffne die Tür an Jonahs Wagen und werfe einen

Blick hinein. Kalte Luft umfängt mich. Sein Funkgerät ist nicht da. Die Kabel sind aus der Station gerissen. Mein Herz hämmert in meinem Hals. »Chris?«

Ich drehe mich zu Chris um, doch er hat das Gesicht, das so weiß wie der Raureif auf dem Rasen ist, gegen die Scheibe von Tys Auto gedrückt. »Claire, hier drin sind Munitionskisten.«

»Was?« Ich gehe zu ihm hinüber und trete gegen einen Schuh. Beim Aufwärmen habe ich schon oft aus Versehen gegen die Schuhe meiner Teamkolleginnen getreten, deshalb sehe ich erst gar nicht hinunter, wenigstens nicht sofort.

»Und ein Waffenkoffer«, bemerkt Chris, der seine Bestandsaufnahme fortsetzt.

Ich sehe nach, worüber ich eben beinahe gestolpert wäre. Die Zeit läuft heute schubweise, dreht so auf, dass sie unmöglich rast, um gleich darauf wieder quietschend herunterzufahren und sich schmerzvoll langsam hinzuziehen. Und jetzt ist sie gerade komplett stehengeblieben.

Jonahs Stiefel, Jonahs Füße, ragen unter dem Wagen hervor.

Als ich in die Hocke gehe und mit den Fingern über seine Socken streife, sind seine Fußgelenke kalt. Ich stütze mich mit dem Arm auf dem Asphalt ab und bücke mich, um unters Auto zu sehen. Da ist Blut auf dem Boden und Jonah, der merkwürdig verdreht unter dem Auto liegt. Er starrt mich mit leerem Blick an.

Ich unterdrücke einen Schrei, als Chris mit zittriger

Stimme sagt: »Claire, ich glaube nicht, dass Tyler etwas passiert ist.«

AUTUMN

Angst und Überlebenswille sind zwei Seiten derselben Medaille. Das hat Dad mir beigebracht. In den letzten beiden Jahren hat er es immer wieder bewiesen. Die Heidenangst ist unsere stärkste Kraft, weil wir nur Angst haben, wenn wir etwas zu verlieren haben – unser Leben, unsere Lieben … unsere Würde.

Es ist ewig her, seit ich das letzte Mal Angst hatte.

Aber jetzt ist Tyler hier. Mein Bruder. Mein Tyler. Sein Lächeln straft die Pistole in seiner Hand Lügen, doch zugleich sind alle davon gebannt. Obwohl es tausend zu eins steht, sind wir machtlos.

Was würde Dad wohl dazu sagen?

»Komm her«, ich ziehe Sylv zu mir heran und flüstere ihr etwas Beruhigendes ins Ohr. Ihre Augen sind schreckgeweitet, und Tränen laufen ihr über die Wangen. Sie wimmert etwas Unverständliches, reagiert jedoch auf meine Berührung. Ihr Atem geht leichter, als würde ihr Verstand ein sicheres Versteck gefunden haben. Wo immer das sein sollte, ich hoffe, sie bleibt da.

»Komm mit. Vertrau mir.« Ich fasse sie beim Handgelenk und ziehe sie sanft hinter mir her. Jeder kennt Ty, kennt mich, wir müssen hier weg.

Die Stimmung in der Aula kippt.

Beim Tanzen lernt man die Menschen nach ihrer Körperhaltung zu beurteilen, wie sie ihre Hände zu Fäusten ballen, wenn sie sich fürchten, die ausladenden Armbewegungen, die sie vollführen, wenn sie aufgeregt sind. Drohung und Sehnsucht in einem flüchtigen Seitenblick und die knallharten Gesten der Angst, des Kampfes oder der Verzweiflung.

»Sylv.« Ich zerre sie durch unsere Sitzreihe hinter mir her, so weit wie möglich weg von Ty, warte gar nicht ab, bis Asha nachkommt. Doch auch hinter der letzten Reihe finden wir kein Versteck, weil uns diejenigen um uns herum mit zornigen Blicken strafen.

Mit der freien Hand presse ich den Ballettschuhanhänger fest in meine Handfläche.

Ty macht einen Schritt in den Raum. Die Tür fällt hinter ihm zu. Die Stille in der Aula ist undurchdringlich, als befänden wir uns in einem Vakuum. Um uns herum könnte die Welt untergehen, und wir würden nichts davon mitbekommen.

Tyler zieht ein Schloss aus der Tasche und wirft es einem hellblonden Jungen, der ihm am nächsten ist, zu, ein schmächtiger Kleiner, der es beinahe fallen lässt. »Schließ mal bitte diese Tür ab.«

Der Junge zittert am ganzen Leib. Er macht einen Schritt vorwärts, so langsam, als würde ihn das Gewicht des Schlosses nach unten ziehen. Als er zögernd stehen bleibt, trifft ihn eine Kugel an der Schulter.

»SOFORT«, hallt Tys Stimme durch die Aula. »Bitte.«

Der Junge hält sich den Arm. Er taumelt.

Die anderen Schüler sehen entsetzt zu. Wir starren ebenso. Keiner hilft ihm. Wir kämpfen nicht. Ich mache den Mund nicht auf. Unser Selbsterhaltungstrieb regiert.

Der Junge sackt in sich zusammen, und ein Mädchen mit Zöpfen streckt die Hand nach ihm aus, um ihn aufzufangen. Ich glaube es ist CJ. Sie ist ebenfalls in der Elften.

Sie sieht erst Ty, dann die Knarre an. Bisher hat Ty jeden abgeknallt, der ihm zu nahe kam. Tyler nickt gnädig und erteilt ihr damit die Erlaubnis. Ich schätze, es ist gleich, wer uns einschließt, Hauptsache jemand übernimmt es.

CJ stützt den Jungen, der die Kette mit dem Schloss um die Türgriffe schlingt. Als das Vorhängeschloss einrastet, berühren sich ihre Hände.

Jetzt sitzen wir völlig fest.

Der Schlüssel fällt auf den roten Teppich. CJ beugt sich reflexartig hinunter, um ihn aufzuheben, und bleibt dann wie angewurzelt stehen.

Ty wedelt mit der Pistole. »Gib ihn mir.«

Sie betrachtet die Waffe und geht dann, ohne zu zögern, auf ihn zu. Wir halten alle den Atem an, um zu sehen, was mit ihr geschehen wird.

Nichts.

Er streckt die Hand aus, lässt sich von ihr den Schlüssel geben und lässt sie zu dem Jungen zurückkehren, dem sie geholfen hat.

Noch einmal tönt Tys Stimme durch die Aula, mit einem unbeteiligten Tonfall, als würde er über das Wetter plaudern. »Mit den meisten von euch habe ich nichts am Hut. Also zwingt mich nicht, meine Kugeln unnötig zu verschwenden.«

Unsere Angst schenkt ihm Behagen. Sie nährt ihn. Dies – dies ist alles bis ins Letzte durchdacht: die Waffe, die Schlösser, der Zeitpunkt, die Toten. Er hat sein Vorhaben genauestens geplant.

Mein Bruder hatte schon immer einen besonderen Hang zur Theatralik.

Jay Eyck @JEyck32

Waffe? Was zum Teufel ... #OHS

🕘 **10.07**

Jay Eyck @JEyck32

Kann mir mal jemand sagen, was da in der OHS los ist? #OHS

🕘 **10.08**

Jay (@JEyck32) → Kevin (@KeviiinDR)

Alter, was geht da ab? Meld dich mal.

🕘 **10.08**

KAPITEL SECHS

10.10 Uhr–10.12 Uhr

SYLV

Die Erinnerungen überfallen mich, und ich wünschte, ich könnte einfach vergessen, so wie Mamá, aber die Gegenwart sieht nicht besser aus.

Die Stille in der Aula ist spürbar spannungsgeladen, nur dass es gar nicht wirklich still ist. Überall um mich herum ist unterdrücktes Schluchzen, Beten und Fluchen zu hören – Freunde, die versuchen, sich gegenseitig zu beruhigen: »Halt meine Hand fest.«

»Vertrau mir.«

»Wir kommen hier heil wieder raus.«

Einige flüstern in ihre Handys: »Hilf mir.«

»Ich weiß nicht, was ich machen soll.«

»Wir müssen uns verteidigen. Wir müssen ihn erledigen.«

Eine Welle der Furcht schwappt über uns, und Tyler kostet seine Macht aus. Er ist der Einzige, der sich in diesem Augenblick nicht verloren vorkommt.

Eine von den Cheerleadern sitzt zwischen zwei Reihen im Schneidersitz auf dem Boden. Sie hat ihre Tasche auf dem Schoß und spielt mit dem Schlüsselanhänger herum, während ihr die Tränen übers Gesicht rinnen.

Ich taste mit der Hand nach dem Handy in meiner Tasche. Zum ersten Mal seit Monaten möchte ich meinen Bruder hören. Aber wenn er nicht rangeht – wenn Tyler ihm begegnet ist –, dann würde es mich umbringen.

Der Junge in der Reihe vor uns hat keinerlei derartige Bedenken.

»Mom? Nein … nein, ich kann nicht lauter sprechen … Mom, hör mir doch mal zu … In der Schule ist jemand.« Seine Stimme bebt. »Nein, ich meine jemanden mit einer Waffe. In der Schule ist jemand mit einer Pistole.«

Tyler mit einer Waffe, korrigiere ich im Stillen. Nicht einfach nur irgendwer. Tyler.

Er geht den Gang entlang auf die Bühne zu, anscheinend völlig unbeeindruckt von ein paar Schülern, die sich zusammenrotten, um ihn aufzuhalten. Er sieht sich um und merkt sich die Gesichter. Alle halten so viel Abstand wie möglich; er hat sie in der Hand.

»Nein, Mom. Mom. Das ist keiner von meinen Freunden. Hast du verstanden? Wir kommen hier nicht raus. Wir sind hier drin eingeschlossen. CJ ist nichts passiert. Ich dachte schon, er würde sie abknallen. Sie ist irgendwo auf der anderen Seite der Aula.« Die Stimme versagt ihm. Ich strecke die Hand nach ihm aus, um ihn anzustupsen. Er wird die Aufmerksamkeit auf uns lenken, und wenn er tot ist, kann er CJ auch nicht mehr helfen. »Mom, ich habe solche Angst.«

Auf halbem Weg den Gang entlang feuert Tyler eine Kugel in die Decke. »Hat euch niemand beigebracht, dass es unhöflich ist zu telefonieren, während jemand anderes spricht?« Er dreht sich auf dem Absatz um und wirft einen Rundumblick auf den hinteren Teil der Aula. Ganz gleich, was da zwischen uns sein mag, ich bin mir sicher, dass sein Blick mich finden wird, wie immer. Ganz gleich, wo ich hingehe oder wie weit ich laufe, ich kann mich nicht vor ihm verstecken.

Ein Lächeln spielt um seine Mundwinkel, bevor er weitergeht.

Der Junge vor mir wimmert. Das Handy rutscht ihm aus der schlaffen Hand unter den Sitz. Die Stimme am anderen Ende wird schwächer.

CLAIRE

»Nein«. Nein, es muss noch eine andere Erklärung dafür geben, dass Jonah tot unter Tys Auto liegt. Seine Schwester hat sich das Auto geliehen. Es gab einen Unfall. »Nicht Ty, er kann es nicht gewesen sein.« Bitte.

Chris hatte Jonah hervorgezogen, um seine Lebenszeichen zu überprüfen, doch jetzt schüttelt er den Kopf und schließt Jonah die Augen. Mit besorgtem Blick streckt er die Hand nach mir aus, doch ich weiche vor ihm zurück.

»Claire ...«

»Nein. Das kann nicht sein. Ich kenne Ty.«

»Bist du dir ganz sicher? Es spricht alles dagegen.«

»Traust du mir nicht?«

»Ich traue ihm nicht. Er war nie gut für dich.«

Ty ist ein wunder Punkt zwischen uns. Das war er immer, und alles in mir rebelliert – gegen Chris, gegen diese Situation, gegen besseres Wissen. »Das kannst du nicht für mich entscheiden.«

Chris geht auf mich zu. »Er hat dich belogen.«

Ich werde nicht akzeptieren, dass Ty so etwas getan hat. Er hat an mich geglaubt, als niemand sonst es getan hat. Er hat mich geliebt. Er hat vielleicht nicht immer die Wahrheit gesagt, aber er hat mich auch nie belogen.

»Vergiss es«, presse ich hervor. Wir haben jetzt nicht die Zeit für so etwas. Hoffentlich hat es Coach Lindt inzwischen zum Notfalltelefon geschafft, aber falls nicht, müssen wir aktiv werden. »Wir müssen zur Tankstelle und Hilfe holen.«

»Wir könnten Jonahs Wagen nehmen«, schlägt Chris vor.

Ich habe gar nicht nachgesehen, ob die Schlüssel noch stecken, aber allein der Gedanke, den Wagen zu benutzen, während Jonah – tot daliegt ... Ich bringe es nicht über mich.

Ich muss hier weg. Weg. Weg. Weg.

Der Widerhall meiner Schritte auf dem Asphalt bildet einen beruhigenden Rhythmus. Die Straße erstreckt sich vor uns.

Eins, zwei, drei, vier. Eins, zwei, drei, vier. Ich zähle

immer weiter durch, so wie es unser Coach auf der Bahn macht.

Eins, zwei, drei, vier.

Eins.

Zwei.

Drei.

Vier.

Chris folgt mir auf den Fersen. Ich bin total angespannt. Aber mit dem steten Tempo gewinnen meine Gedanken immer mehr freien Lauf.

»Du weißt, dass du nicht dasselbe machen musst wie deine Schwester. Du kannst noch so viel mehr. In Opportunity weiß man gar nicht, was man an dir hat. In Opportunity gibt es eine Menge Dinge, die keiner weiß.« Ty strich mir über die Handinnenfläche. Da ich den Kopf an seine Brust gelegt hatte, vibrierten seine Worte in meinen Ohren. »Ich werde nicht zulassen, dass die Armee mir mein Mädchen wegnimmt und sie zwingt, etwas darzustellen, was sie nicht sein will. Du hast Träume, die du verfolgen solltest.«

Ich sah zu ihm auf. Der schwarze Ring um sein Auge, die Erinnerung an eine weitere Schlägerei, demonstrierte, wie wenig sich Opportunity um seine Träume scherte. Ich wusste, dass seine Narben viel tiefer saßen als die Blutergüsse. Doch mit mir fühlte er sich sicher und ich mich mit ihm.

Wir saßen in seinem Auto vor dem Schulgelände und starrten auf die leere Straße vor uns, dieselbe Straße, die Chris und ich jetzt entlanglaufen. Opportunity ist ein verschlafener Ort. Manchmal sind die einzigen Autos auf dieser Straße die Wagen, die nach Opportunity High und zurück fahren. Sogar die Tankstelle ist fast verlassen und überwuchert von Steppenhexen und allem möglichen anderem. Matt hat dort immer seinen verdeckten Superheldenstützpunkt verortet.

Ty hat Matt einmal versprochen, ihn nach Feierabend zu einem Besuch dahin mitzunehmen, weil Mr Browne sowohl die Eisenwarenhandlung auf der Main Street als auch die Tankstelle gehört. Ty wollte ihm dort Gespenstergeschichten erzählen und ihn mit Süßigkeiten vollstopfen. Das hätte Matt total gefallen. Er bewunderte Ty sehr, und Ty war ebenso gern mit ihm zusammen.

Aber das war noch vor dem Abschlussball der Mittelstufe, vor unserer Trennung.

An jenem Tag allerdings hielt Ty mich noch in den Armen, und wir machten uns keine Vorstellung davon, was auf uns zukommen würde.

»Was könnte denn mein Traum sein?«, fragte ich ihn. Tracy und ich hatten so lange denselben Traum, dass es fast aberwitzig war, überhaupt an einen anderen Weg zu denken.

Ty schlang die Arme noch fester um mich. »Ich habe mir immer vorgestellt, dass du unterrichten könntest. Du bist so gern mit den unteren Klassen zusammen, und sie sehen zu dir auf.« Er beugte sich zu mir herunter und küsste mich auf den Kopf. »Außerdem wärst du dann auch weiterhin in meiner Nähe.«

»Ganz schön frech.« Ich bohrte Ty den Finger in die Rippen. »Und wovon träumst du? Willst du den Laden deines Vaters übernehmen?«

»Vielleicht.«

»Weißt du, du könntest überall hin und sein, wer immer du willst.«

»Ich weiß.« Er legte eine kurze Pause ein. »Ich würde gern mit dir zusammenziehen.«

»Hier in Opportunity?«

»In eine der verlassenen Farmen am Ortsrand. Dort wäre es ruhiger. Und geschützter. Irgendwo, wo wir beide sicher wären.«

Ich lächelte traurig und wollte ihm seinen Traum nicht mies machen. Fast alle in unserer Klasse redeten davon, aus Opportunity wegzuziehen, aber Tyler, obwohl er hier nicht glücklich war, tat es nie. Manchmal fühlte es sich an, als ob wir beide auf demselben Weg waren, aber in entgegengesetzte Richtungen. »Du hast schon alles durchdacht und geplant, oder?«

»Das habe ich. Und eines Tages werde ich es der Welt schon zeigen. Sie werden mich niemals vergessen.«

Ty wollte es der Welt schon noch zeigen.

Und jetzt ist die Schule zu seinem Schlachtfeld geworden.

Nein.

Der Gedanke bringt mich zum Straucheln. Die Angst legt sich mir um den Hals und drückt zu, während mich die Schwerkraft nach unten zieht.

Starke Hände fassen mich am Ellbogen. Chris zieht mich wieder hoch. Ich ringe nach Luft.

»Denk nicht darüber nach. Lass es nicht an dich heran. Lauf einfach weiter.« Chris verschränkt seine Finger mit meinen.

Ich nicke und fühle mich unendlich klein. Wenn mir nicht die Luft ausginge, würde ich ein Gebet an wen auch immer sprechen.

Nach etwa zwanzig Schritten geht mein Atem wieder regelmäßiger, dafür werde ich langsamer. Meine Beine brennen. Nach noch einmal dieser Entfernung will ich meine Hand wegziehen, doch er packt sie nur noch fester. Ich drücke ebenfalls zu. Wir schaffen es vielleicht nicht, das zusammen durchzuziehen, aber wir kriegen es mit Sicherheit auch nicht allein hin.

TOMÁS

Fareed geht wieder ins Büro der Direktorin und öffnet dort das Fenster. Ich schleiche mich in den Flur und suche die Umgebung ab. Die langen Korridore sind verlassen. Die Türen zum Büro des Schulberaters und zum Materiallager abgeschlossen. Jenseits des Verwaltungsgebäudes liegen die Türen zum Schulhof, in die Freiheit und Sicherheit. Die Hauptgänge führen tiefer ins Gebäude, zu den Klassenzimmern und zur Aula.

Die Schießerei hat aufgehört. Es ist ganz still, und das ist noch viel entsetzlicher.

Wir können jetzt nicht einfach so weg.

Der Rat aus der Notfallzentrale ist der einzige Rat, den wir haben, doch eine unheimliche Ruhe überkommt mich. Falls es nicht einen zweiten Schützen gibt, befinden sich alle am anderen Ende der Schule, was bedeutet, wir können uns hier frei bewegen.

Fareed nähert sich mir von hinten. »Du wirst noch berechenbar auf deine alten Tage«, bemerkt er. Der vertraute Akzent ist wieder da. Wir haben es nicht nötig, uns gegenseitig etwas vorzumachen. »Wenn jemand dir sagt, dass du etwas nicht tun sollst, ist schon klar, dass du genau das tun wirst.«

»Hast du das Fenster aufgemacht?«, entgegne ich.

»Beide.«

Ich nicke.

»Wir sollten auch die Eingangstüren öffnen«, schlägt Fareed vor.

»Wir können hier nicht einfach abhauen.«

Fareed antwortet erst mal nichts, weshalb ich zögerlich hinzufüge: »Sylvia ist in der Aula. Ich muss ihr beistehen. Ich kann mich nicht einfach zurücklehnen und abwarten. Nicht noch einmal.«

Er packt mich am Arm und zwingt mich, ihn anzusehen. Dafür, dass er der dürrste Zwölftklässler in der Geschichte von Opportunity High ist, hat er erstaunlich viel Kraft – und ist erstaunlich resolut. Diese Seite an ihm kannte ich bisher noch gar nicht. »Wenn hier niemand sonst rumläuft, heißt das, dass die Türen der Aula zu sind, und wir wissen nicht, ob der, der geschossen hat, drinnen oder draußen ist. Wenn du wild entschlossen bist nachzusehen, dann nehmen wir besser Werkzeug mit.«

Ich ziehe fragend die Augenbrauen hoch.

»Beim Hausmeister«, sagt er. »Wir könnten Schraubenzieher und Hämmer aus Neils Lager holen. Ich schätze mal, damit kannst du besser umgehen als mit Akten.«

Ich lege mir die Hand auf die Brust und gebe vor, schockiert zu sein. »Das kränkt mich zutiefst, werter Kollege. Derart profane Betätigungen sind unter meiner Würde.«

In jeder anderen Situation hätte Fareed die Augen verdreht. In jeder anderen Situation hätte ich über seine Empörung geschmunzelt. Aber heute hören sich alle Witzeleien blöd an, obwohl wir es auch weiterhin nicht lassen können. Ich stopfe die Hände in die Hosentaschen. »Gute Ansage.«

»Yo.« Er imitiert meine Pose und setzt sich Richtung Südeingang in Bewegung.

Wir drücken uns an die Wand, halten an jeder Ecke erst einmal inne. Als der nächste Schuss knallt, klingt der Widerhall gedämpfter.

Ich schüttle mich. »Wer macht denn so was?«

Fareed starrt mich mit finsterer Miene an. »Lass uns darüber nachdenken, wenn wir rausgefunden haben, was wir machen können«, sagt er leise. Er wirkt stoisch, doch zugleich auch traurig. Hat er Verwandte im Krieg verloren? Ich habe ihn noch nie danach gefragt.

Mir schießt noch etwas durch den Kopf. »Fareed, wann warst du das letzte Mal bei einer von Mrs Trentons Ansprachen? Wenn ich mich recht entsinne, ist Neil bei so was nie dabei. Womöglich kann er uns helfen.«

Fareed geht unbeirrt weiter. »Ja, vielleicht.«

Wir biegen um die letzte Ecke.

Das Büro des Hausmeisters liegt zwischen dem Haupteingang und der Sporthalle eingebettet. Durch die Glasscheiben der Flügeltür kann man den schiefergrauen Himmel über uns erkennen. In mir erwacht eine Sehnsucht, draußen zu sein, frische Luft zu atmen. Aber die Türen sind mit schweren Kettenschlössern verriegelt. Wir können nirgendwo hinaus. Die Tür des Hausmeisterbüros steht weit offen.

AUTUMN

»Früher hat es mir hier gut gefallen. Opportunity High, Opportunity, Ort der Möglichkeiten. Es klingt so hoffnungsfroh.«

Tys blanker Hohn sorgt dafür, dass mir fast das kärgliche Frühstück wieder hochkommt. Morgens zu Hause war ich regelrecht erleichtert, als er nicht auftauchte, auch wenn mir davor graute, allein zur Schule zu gehen, vor allem heute, an diesem besonderen Tag. Aber immer noch besser, als Tys unvorhersehbaren Launen ausgesetzt zu sein. Meine ganze Konzentration war darauf ausgerichtet, früher in Juilliard angenommen zu werden und das nächste Halbjahr abzuschließen, damit Sylv und ich Opportunity so schnell wie möglich hinter uns lassen konnten.

Es kommt mir vor, als hätte ich diese Pläne vor Ewigkeiten gemacht.

Ich ziehe Sylv zu der am weitesten entfernten Tür hin. Es ist gar nicht einfach, sich durch all die anderen Schüler hindurchzuzwängen. Einerseits will ich Sylv im Blick behalten, andererseits so schnell wie möglich dafür sorgen, dass wir notfalls wegrennen können. Solange wir in dem Gedränge feststecken, gibt es kein Entrinnen.

Normalerweise würde ich Sylv eine der langen schwarzen Locken aus dem Gesicht streichen, aber sie klammert sich fest an meine Hände, und es ist nicht damit zu rechnen, dass sie so bald wieder loslassen wird.

Ich will gar nicht, dass sie loslässt.

»Ich wollte dazugehören.« Tys Stimme hebt und senkt sich zu einem Singsang. In der einen Hand hält er die Pistole, die andere hat er auf den Hosenbund gelegt. Über Hemd und Hose hat er einen Gurt mit Munitionspackungen festgeschnallt, womöglich sogar eine zweiten Waffe. »Stattdessen habe ich alles verloren.«

Dad sagte immer: »Dieser Junge hat die Anmut eines

Jägers und die dazugehörigen Instinkte und Flinkheit obendrein.« Irgendwie habe ich das Gefühl, dass er dabei aber an etwas anderes dachte als an das hier.

Die Menge teilt sich vor Ty. Mit jedem seiner Schritte, weichen die Schüler vom Gang immer weiter in die Sitzreihen zurück, drängen sich zu den Seiten des Raums – alles, um die Entfernung zwischen sich und Tyler zu vergrößern. Gemeinsam könnten wir so stark sein, aber die Pistole hat uns zu Einzelkämpfern werden lassen.

»Ihr alle mit eurem perfekten Leben, wisst ihr, wie es sich anfühlt zu verlieren? Interessiert euch das überhaupt?«

Als er bei der ersten Reihe ankommt, steuert Ty weg vom Gang, die Stufen zur Bühne hinauf. Mit wachsamem Blick streift er das Publikum. Wie viele von uns haben ihn gekränkt?

Vom Bühnenrand her rücken Mr Jameson und drei andere Lehrer langsam näher an Ty in der Mitte heran. Haben sie vor, ihn einzukreisen? Ich ziehe abrupt die Luft ein. Dann unterschätzen sie ihn aber, wie es viele so oft tun.

Mrs Trentons Blut klebt an den Händen unseres Englischlehrers. Ich weiß auch nicht, was Tyler vorhat, aber wenn sie versuchen wollen, ihn aufzuhalten, wird alles nur noch schlimmer werden.

Mit einem Schlag hat Tyler seine Aufmerksamkeit auf die Handvoll Leute auf der Bühne gerichtet. »Wenn ihr euch kooperativ zeigt, werden vielleicht ein paar von euch heil nach Hause kommen. Alles, was ihr dazu tun müsst, ist mir gut zuzuhören. Kein Geschrei, kein Wegrennen, keine Handys und schon gar keine Versuche, mich zu entwaffnen. Diesmal werdet ihr mir alle zuhören.«

An: Schwester
HILF MIR WIR SIND HIER GEFANGEN.

An: Schwester
Claire, ich hab solche Angst. Er erschießt Leute. Was soll ich machen? CLAIRE BITTE GEH RAN

KAPITEL SIEBEN

10.12 Uhr–10.15 Uhr

SYLV

Heimat, Familie, Land und Gott: Dies ist das Credo von Opportunity, Ort der Möglichkeiten. Sowohl der Bürgermeister, der seine Abstammungslinie bis zum Bürgerkrieg zurückverfolgen kann, als auch die älteren Farmer wie Abuelo, die über die Ernte und das Wetter tratschend vor der Kirche herumstehen, predigen es. Es verleiht unserer Gemeinde Rückhalt und gibt uns einen Sinn. Obwohl ich das Ticket, das mich hier herausbringt, bereits in der Tasche habe, möchte ich nicht weg.

Die Brownes sind seit Generationen ein Teil von Opportunity, neuerdings gehören sie allerdings nicht mehr dazu. Als Mrs Browne starb, hat Ty gegen alle aufbegehrt, die versuchten zu helfen. Er aß nichts von dem, was sie brachten, wies die Beileidsbekundungen höhnisch zurück. Aber das Dorf verzieh ihm seine Art zu trauern. Bis Mr Browne anfing, seinen Kummer in Alkohol zu ertränken und Tyler den seinen in Hass. Allmählich fingen die Leute in Opportunity an, den Rückzug und die Ablehnung persönlich zu nehmen. Keiner in der Stadt bemühte sich mehr, sie unter die Fittiche zu nehmen.

Schließlich haben wir sie ganz verloren.

Autumn war die Einzige, die von alldem nichts bemerkte, und falls doch, war es ihr anscheinend gleichgültig. Jetzt starrt sie Tyler an. Sie ist zwar blass, aber ihr Blick ist feurig. Sie ist viel stärker, als man es von ihr erwarten könnte. Sie hat keine Angst mehr. Nicht so wie ich seit Monaten.

Das einzige Mal, dass sie Tyler genauso gesehen hat wie ich, war, als wir den ersten Sommerabend zusammen verbrachten und ich ihr erzählte, dass Tyler seit dem Junior-Abschlussball der Elftklässler über uns Bescheid weiß.

»Meinst du, dass Ty uns dafür hasst?«, fragte sie mich.

»Er würde dich niemals hassen.«

Mit angespannter Miene zupfte sie achtlos an einem Löwenzahn auf der Wiese. »Er ist nur noch wütend. Er scheint sich aus nichts mehr was zu machen.«

Es war das erste Mal, dass sie zugab, dass ihr Bruder nicht so perfekt war, wie sie ihn gern darstellte, und das letzte Mal, dass wir darüber gesprochen haben. Als ich mich an sie schmiegen wollte, zuckte sie zurück und wandte sich ab.

»Was ist los?«

Noch ehe sie ihr Hemd zurechtziehen konnte, fielen mir die blauen Flecken an ihrer Schulter auf.

»Ich bin gegen einen der Holzträger in der Scheune gerannt. Mein ganzer Arm tut weh.«

»Autumn …«

»Nichts passiert.« Sie zerquetschte die Blume in ihrer Hand und sah mir direkt in die Augen, als wollte sie mich dazu herausfordern, ihr zu widersprechen.

Aus Mitgefühl verkniff ich es mir. Sie tanzte in jeder freien Minute, jedem Augenblick, in dem sie sich von Mr Browne wegstehlen konnte, und sie wirkte müde und argwöhnisch. Ty war alles, was ihr an Familie blieb. In diesem Moment wollte ich sie nicht wissen lassen, wie sehr auch er sich verändert hatte.

»Tyler ist vielleicht sauer auf den Rest der Welt, aber dich würde er niemals hassen.«

Autumn schien nicht überzeugt. »Du kennst ihn nicht so gut wie ich.« Das stimmte, aber es war so ziemlich das Einzige an jenem Abend, an dem wir uns gegenseitig etwas vormachten.

Ich grabe die Fingernägel in meine Handfläche. Opportunity hat Tyler verstoßen und seine Familie damit ebenfalls, aber Autumn ist es nie aufgefallen. Sie genoss es, allein zu sein. Sie wollte sich nicht gebunden fühlen, und Opportunity schien sie einzuengen.

»Zurück auf eure Plätze. Ich will nicht, dass sich jemand heimlich an mich heranschleicht.« Tylers Stimme hallt durch den Raum.

Autumn drückt meine Hand noch fester. »Pssst«, murmelt sie geistesabwesend und zieht mich noch enger zu sich heran. »Bleib hier. Er darf dich nicht entdecken.« Die meisten Schüler trauen sich sowieso nicht, sich zu rühren, aber Tyler scheint das nicht zu beeindrucken.

Dann wendet er sich wieder der Bühne zu. Die nächste Kugel trifft eine sich nähernde Lehrerin ins Bein. Mit einem Stöhnen bricht sie auf der Bühne zusammen.

»Runter da«, ruft er. »Runter von der Bühne.«

Mr Jameson bleibt wie angewurzelt stehen, aber weder er noch die anderen verlassen die Bühne.

Tyler feuert abermals, diesmal auf die verbleibenden Chormitglieder auf der Bühne. Sie kreischen, während die Lehrer sich zu den ersten Reihen hinunterflüchten.

Im Grunde genommen sitzen sie dort fest, aber wenn ich die Wahl hätte zwischen dem Leben und dem Tod von jemand anderem, würde ich auch nicht zögern.

»Es gefällt mir, wie aufmerksam plötzlich alle sind. Habt ihr vorher auch schon mal dran gedacht, mir zuzuhören?«

In einer Ecke kauert Mrs Noble, die neue Geschichtslehrerin der Neuntklässler, und presst sich gegen die Wand. Sie hat erst in diesem Jahr angefangen zu unterrichten. Ich kann mir nicht vorstellen, dass sie sich etwas Derartiges ausgemalt hat. Ihr Gesicht ist voller roter Flecken, und ihre Haare stehen nach allen Seiten ab.

Der letzte Lehrer auf der Bühne ist Mr Jameson. Er steht ganz aufrecht da. Er ist bestimmt genauso entsetzt wie wir alle, aber was mich am meisten berührt, ist nicht das Nervenzittern seiner Hände oder die Schweißflecken unter seinen Achselhöhlen. Es ist sein ergreifend schmerzverzerrtes Gesicht.

Er streckt immer wieder die Hände nach Tyler aus, in dem Versuch, mit ihm in Kontakt zu treten, so wie er es mit jedem seiner Schüler in all seinen Klassen getan hat. Er hätte Tyler zugehört.

Wir alle hassen es, Opportunity High zu lieben, und alle lieben es, die Schule zu hassen. Wir können unseren Schulabschluss kaum erwarten, aber zugleich wollen wir gar nicht weg von hier. Diese Schule ist etwas Besonderes – von den blöden leuchtend roten Ziegelsteinen, die dafür sorgen, dass die Schule modern und anders wirkt, angefangen bis hin zu unserem Maskottchen, dem Ozelot von Opportunity.

Doch es ist Mr Jameson, der diese Schule zu etwas ganz Besonderem macht. Mr Jameson kennt jeden Einzelnen beim Namen, er ist derjenige, der mit uns über unsere Träume und unsere Zukunft spricht, der ein besserer Studienberater ist als unser tatsächlicher Studienberater.

Immer zu Beginn des Frühjahrssemesters zündet er für den letzten Jahrgang in dem offenen Feld neben der Schule ein Lagerfeuer an. Es ist eine Tradition, bei der sich alle um Mitternacht versammeln und er den Schülern etwas vorliest: Eine Legende. Eine Kurzgeschichte. Ein Märchen. Nachdem alle so viele Marshmallows in sich hineingestopft haben, dass ihnen schlecht ist, fordert er die Schüler dazu auf, ihre Wünsche auf Himmelskerzen zu schreiben. Dann lassen sie die Wünsche in den Himmel zu den Sternen, oder was immer für höhere Kräfte sie dort vermuten, steigen. Jede Klasse träumt gemeinsam von etwas Größerem als dem irdischen Dasein.

Es klingt vermutlich furchtbar kitschig, aber die Zwölftklässler fahren jedes Jahr von neuem total darauf ab. Sogar Mei, die Tochter von Mr Jameson, die bis zu ihrem Abschluss letztes Jahr demonstrativ alle Klassen ihres Vaters mied, hat letztes Jahr davon geschwärmt. Denn wir alle haben Träume, egal wer wir sind. Dieses Ritual hat Mr Jameson berühmt und Opportunity High zu unserem Zuhause gemacht.

»Mr Browne, das ist bestimmt nicht …«, beginnt Mr Jameson.

Ein erschrockenes Murmeln geht durch die Aula.

Bitte, sagen Sie nichts.

TOMÁS

Far schiebt sich an mir vorbei auf die Flügeltür zu und versucht sie zu öffnen. Die Schlösser klackern gegen das Sicherheitsglas, das Geräusch hallt von den Wänden wider. Ein Gefühl von Platzangst steigt in mir auf, was nicht gerade hilfreich ist.

»Komm schon«, sage ich etwas zu laut. »Wir wissen ja nicht, ob sich noch Leute außerhalb der Aula aufhalten.«

Vermutlich nicht. Höchstwahrscheinlich nicht. Aber wir sollten es nicht riskieren.

Mit der Schuhspitze schiebe ich die Tür zum Hausmeisterbüro auf und linse hinein. Neil ist der Einzige, dem Mrs Trentons Reden ganz offiziell erspart bleiben. Er wäre auf keinen Fall in der Aula gewesen. Aber auch von ihm ist nichts zu sehen. Ist er zur Aula gegangen oder unterwegs, um Hilfe zu holen?

Ich knipse das Licht an. Die Leuchtstoffröhre taucht den Raum in einen gespenstischen Widerschein.

Ich taumle zurück.

Neil ist doch da. Keine Ahnung, was ich mir erhofft hatte. Vielleicht, dass er an einen Stuhl gefesselt, mit einem Knebel im Mund dasitzt, wie im Film, mit irrsinnigem Blick und Schweiß auf der Stirn vom Kampf mit den Fesseln. Er würde außer sich sein vor Wut und zugleich dankbar, dass wir ihn befreien.

Stattdessen sitzt er auf dem Boden gegen einen seiner Einbauschränke gelehnt, seine Hände mit einem Kabelbinder zusammengeschnürt, so festgezurrt, dass seine Finger schwarz sind. Um den Hals ebenfalls Kabelbinder, mit denen er erwürgt wurde. Seine Augen sind leer, sein Gesicht ähnlich verfärbt wie seine Hände. Am Hals hat er blutige Kratzer, als ob er versucht hätte, das Plastik mit bloßen Händen zu zerreißen.

Mir klingeln die Ohren, und mein Magen stülpt sich um. Ich ziehe den Mülleimer heran und übergebe mich, bis kein Gramm Nahrung mehr in mir ist.

Danach fühle ich mich kein bisschen erleichtert.

»O Gott«, Fareed lehnt sich an die Wand. Er murmelt etwas, doch ich kann nicht verstehen, was er sagt. Es hört sich an wie ein Gebet oder so was, in der Sprache seiner Vorfahren.

Wahrscheinlich sollte ich auch beten. Großvater würde es von mir erwarten, aber ich bin wie betäubt beim Anblick von Neils reglosem Körper.

Ich muss zu Sylvia. Ich muss in die Aula. Mit dem Ärmel wische ich mir über den Mund. »Gib mir die Flagge da drüben im Regal«, sage ich zu Fareed mit einer Stimme, die ich selbst kaum wiedererkenne. Es kommt mir vor, als wären wir jeweils die wechselseitige Ausgabe von uns selbst. Ich kann Neils starrenden Blick nicht länger ertragen und drücke ihm die Augenlider zu. Seine Haut fühlt sich wächsern an, und etwas in mir weigert sich, zu akzeptieren, dass er das wirklich ist, weigert sich, zu kapieren, dass das hier tatsächlich geschieht. Während eine andere innere Stimme fordert, dass ich etwas unternehme, auf der Stelle.

Fareed reicht mir die Flagge – Opportunitys blau- und purpurfarbenes Schul-Logo mit dem Motto in Schrägschrift darunter. Gemeinsam ziehen wir sie über Neil, so dass sein Gesicht von »Zukunft« bedeckt wird.

»Der Schütze befindet sich entweder unmittelbar außerhalb der Aula oder mittendrin. Wir brauchen alles, was wir finden können, um die Schlösser zu knacken«, bringe ich gerade so heraus. »Fräsen, Brecheisen, Schraubenzieher, Zangen, Schraubenschlüssel – was immer Neil hier hat. Verdammt, warum nicht auch Hämmer. Wenn sie für nichts anderes taugen, können wir damit wenigstens die Scheiben einschlagen und so die Polizei alarmieren oder den Weg nach draußen bahnen.«

Während ich mit meinen Erläuterungen fortfahre, ist Fareed bereits auf den Schreibtisch des Hausmeisters gestiegen und holt Werkzeugkasten und Verbandszeug aus einem der Regale herunter. Ich ziehe eine Schublade auf und sehe nach, was ich sonst noch Brauchbares finde. Ich bezweifle irgendwie, dass Neil einen Satz Dietriche oder einen Generalschlüssel da hat, aber notfalls tun es auch Büroklammern.

Oder eine Pistole.

Es geht nicht darum, das Feuer zu erwidern, oder um Selbstverteidigung. Es geht um Rache. Wenn dieser Typ meiner Schwester oder sonst wem auch nur ein Haar krümmt, bringe ich ihn um. Ganz langsam und gezielt.

Aber wir haben Schulgesetze gegen Schusswaffen, die sowohl für die Schüler als auch für das Kollegium gelten. Selbst wenn Neil eine Waffe für den Notfall hätte, wäre sie sicher verschlossen, und sie zu finden und dann noch ranzukommen würde viel zu lange dauern.

Ich stopfe mir eine Hand voll Büroklammern in die Taschen und nehme Fareed den Bolzenschneider und ein Sammelsurium anderer Werkzeuge ab. Wir müssen tun, was wir können, und beten, dass die Polizei bald eintrifft.

Ich befinde mich gerade in einem Albtraum. Ich wache bestimmt gleich auf.

Wenn es dabei nicht um Jonah ginge, könnte ich mich glatt selbst davon überzeugen, dass ich mir das alles nur einbilde. Könnte mir einreden, dass es keine Schüsse waren, sondern ein Mikrophon, das umgefallen ist, oder ein Kurzschluss im Lautsprecher. Und morgen würden wir darüber lachen, dass wir wegen einer technischen Störung die Polizei samt Nationalgarde gerufen haben. Für Tracy wäre es der beste Witz der Welt.

Nur, dass ich weiß, wie ein Schuss klingt, und ein Mikrophon von einer Startschusspistole oder einer Halbautomatikwaffe unterscheiden kann. Ich bin dem Tod schon von Angesicht zu Angesicht begegnet.

Ich weiß, dass das hier real ist.

»Ich werde es der Welt schon noch zeigen. Und sie werden mich nicht so einfach vergessen.«

Ty wollte es der Welt schon noch zeigen.

Die kalte Luft brennt mir in den Lungen. Vor Chris und mir dehnt sich die Straße aus, doch es hat keineswegs den Anschein, als kämen wir unserem Ziel näher.

Eins, zwei, weiter geht's.

Drei, vier, wir schreiten voran.

»Komm schon, Sarge. Mutig voran.«

Tränen der Wut brennen mir in den Augen. »Nenn mich nicht so. Nie mehr.«

Chris ist völlig verdutzt. Und im selben Moment, noch bevor ich etwas dagegen unternehmen kann, purzeln mir die Worte nur so aus dem Mund. »Ich hätte es doch wissen müssen, wenn Ty der Attentäter ist.« Wie habe ich nichts davon mitkriegen können, wie er wirklich ist. Ich bin davon ausgegangen, dass wir immer ehrlich zueinander waren.

Chris schüttelt ungläubig den Kopf. »Woher hättest du das wissen sollen? Tyler ist clever. Er ist bestimmt vorsichtig vorgegangen. Du darfst dir dafür nicht die Schuld geben.«

»Ty hat mir erzählt, dass er schon dafür sorgen würde, dass sich die Welt an ihn erinnert. Er hat es mir gesagt, Chris. Ich hätte etwas dagegen unternehmen können. Es wäre niemals geschehen. Ich hätte alle davor bewahren können. Ich hätte Matt beschützen müssen. Ich habe nichts dergleichen getan.«

Chris beißt die Zähne zusammen und zieht die Schultern hoch. Er atmet ein paar Mal tief ein und aus, verlangsamt das Tempo.

Ich passe mich seinem Schritt an.

»Hat Tyler dir jemals etwas davon gesagt, dass er eine Knarre mit zur Schule bringen will?«, fragt Chris schließlich.

Ich schüttle den Kopf.

»War er wütend, als er dir erzählt hat, dass er es der Welt schon noch zeigen würde?«

»Seit seine Mom starb, war Ty nur noch zornig«, entgegne ich. »Aber auf mich war er niemals wütend. Er hat mich gut behandelt. Er hat mir zugehört, mich getröstet, unsere Zukunft geplant.« Ty hat immer versucht, für alles eine Lösung zu finden. Wenn ich mal einen schlechten Tag hatte und am liebsten was zertrümmert hätte, hielt er mich fest und besänftigte mich. Ich habe ihm vertraut. Auch wenn er selbst nicht an seine Beteuerungen glaubte. »Aber, ja, er war mal wieder grundlos mit Tomás und Fareed aneinandergeraten. Du brauchst keine Entschuldigungen für mich zu suchen, Chris.«

»Mach ich gar nicht.« Er schweigt ein, zwei Schritte lang, sein Atem geht angestrengt. »Weißt du, ich habe mir immer vorgestellt, dass wir das letzte Rennen zusammen laufen würden. Wie unser erstes Rennen. Erinnerst du dich daran? Ich habe meine Laufschuhe vergessen gehabt, aber anstatt mir für den Testlauf ein paar zu borgen, war ich davon überzeugt, dass es schon ausreichen würde, alle Rennen in der Mittelstufe gewonnen zu haben, um einen Platz im Team zu ergattern. Wir waren beide davon überzeugt, was wir doch für phantastische Läufer sind. Ich weiß immer noch nicht, was der Coach in uns gesehen hat.«

»Wenigstens habe ich die richtigen Schuhe dabeigehabt«, wende ich lahm ein.

Chris' Mundwinkel verziehen sich nach oben. »Du bist zehn Minuten zu spät gekommen.«

Das war an dem Tag, an dem Tracy sich als Soldatin verpflichtet hatte. Sie rief mich an, um es mir mitzuteilen, und ich habe mich in der Toilette eingeschlossen, um mit ihr zu reden und ihr ein wenig die Nervosität zu nehmen.

»An dem Tag hab ich zum ersten Mal ein Rennen verloren. Danach habe ich mich immer absichtlich zurückgehalten. Nicht, weil du nicht gut genug wärst, um mich zu schlagen, sondern, weil du es bist. Du bist so viel besser als ich, und es gibt Tage, da gibt es für mich nur das Laufen. Wenn ich schon verliere, dann zu meinen Bedingungen. Aber zu wissen, dass du neben mir läufst, hat mich weitermachen lassen.« Er zögert einen Moment. »Du kannst es mit jedem aufnehmen.«

Ich drehe mich zu Chris um und starre ihn an, doch sein Blick ist auf die Straße vor uns gerichtet. Diesmal ist es nicht Angst, die bei mir Herzflattern auslöst.

»Und ich hab immer gedacht, du wärst einfach großzügig und hast mich gewinnen lassen, damit ich mich besser fühle.« Das hat uns von Anfang an zu richtig guten Freunden gemacht, von jenem ersten Tag an. Wenn Ty sich nicht mit mir im Englischunterricht zusammengetan hätte, wenn er mich nicht zuerst gefragt hätte, ob ich mit ihm ausgehen will, hätte ich vielleicht herausgefunden, ob mir Chris womöglich mehr bedeuten könnte. Aber ich bin gar nicht auf die Idee gekommen, dass er mehr von mir wollte als nur meine Freundschaft.

Chris streicht mir flüchtig über die Hand. »Ich habe nie geglaubt, dass du gewinnen musst, um perfekt zu sein.«

AUTUMN

Alle Blicke in der Aula sind auf die zwei Personen auf der Bühne gerichtet. Die Sitzreihen vorn sind leer bis auf einige Lehrer. Alle anderen haben sich möglichst weit von Tyler entfernt. Er steht im Rampenlicht, im Zentrum des Universums.

Und ich – ich sollte mehr Angst haben.

Aber ich weigere mich.

»Mr Browne …«, versucht es Mr Jameson noch einmal. Er macht einen zögerlichen Schritt auf Tyler zu.

»HÖR ZU.« Tyler schwenkt die Pistole zur Seite. Ein lauter Schuss durchdringt die Stille. Von hier aus kann ich nicht erkennen, ob er jemanden getroffen hat. Ich bin mir nicht sicher, ob er es selbst weiß oder ob es ihm überhaupt darauf ankommt. »Die Zeit des Redens ist vorbei. Bewegen Sie sich.« Er wartet darauf, dass Mr Jameson seinem Befehl folgt, und fährt ungnädiger fort: »Auf der Stelle.«

Mr Jameson ist ganz grau im Gesicht. Auf seinem Hemd haben sich dunkle Schweißflecke gebildet. Er nickt, verharrt aber dennoch zögernd auf den Stufen.

Ty lässt den Abzugshahn für einen Moment los und entspannt die Schultern. »Gut, das sollte nicht zu schwierig werden.« Tyler steht mit dem Rücken zur Wand, so dass sich niemand von hinten an ihn heranschleichen kann. »Um zu überleben, muss man wissen, wer seine Freunde sind. Wem man vertrauen kann. Und wie man aufhört, sich darüber Gedanken zu machen.«

Es ist vollkommen still im Raum, ein jeder zu verängstigt, um etwas zu sagen. Sie haben die Arme um einander gelegt, die Finger ineinander verschränkt.

Ein kurzes, genüssliches Lächeln huscht über Tys Gesicht, ein Lächeln, wie ich es erst vor ein paar Tagen an ihm gesehen habe, als er meine Ballettschuhe Dad unter die Nase gehalten und ihm damit verraten hat, dass ich immer noch tanze. Tys Lächeln war genauso kalt wie das von Dad. Und er stand daneben, als Dad mir zeigte, dass das, was er einst fürs Tanzen, für mich empfunden hat, zusammen mit Mom gestorben ist.

Ich massiere meinen Nacken und versuche die Anspannung etwas zu mildern. Gestern hat Ty noch geschworen, dass es ein Versehen gewesen sei. Er lachte durch die Tränen. Wir brauchen einander, sagte er, weil wir sonst niemanden haben. Während er meine Blutergüsse versorgte, sagte er mir, dass er sich um mich kümmern würde, dass er ein Attest vom Arzt fälschen würde, weil es besser wäre, wenn ich zu Hause bliebe. Er schwor mir, dass es nichts gäbe, was ihn glücklicher mache, als mich tanzen zu sehen. Es erinnere ihn an die Zeit, als Mom noch lebte und wir zusammen zu ihren Aufführungen gegangen sind. Er sagte, dass, auch wenn er nicht Dads volles Ausmaß an Wut abbekam, er genau so viel verloren habe.

Ich glaubte ihm. Wollte ihm glauben. Er ist schließlich mein Bruder.

»Wo sind meine ehemaligen Klassenkameraden? Hebt die Hände.« Tys Stimme klingt kalt. Es lässt mir die Nackenhaare hochstehen. Ein paar melden sich zaghaft. Die meisten rühren sich nicht, verharren zusammengekauert. Es ist, als lade man den Tod ein, sich zu Wort zu melden, aber Ty ist es ernst. Er kneift die Augen zusammen. Ein weiterer Schuss lässt mich aufschrecken.

Peng.

»Ihr Feiglinge. Hände hoch.«

Ein paar andere der Zwölftklässler heben die Hand. Ich drücke Sylv noch fester bei der Schulter, um sicherzustellen, dass sie sich nicht meldet.

»Schon besser.« Es kommt mir vor wie ein aus dem Ruder gelaufenes Spiel von *Alle Vögel fliegen hoch*, und vielleicht ist es ja auch genau das für Ty. Immerhin ist es ihm gelungen, mit einer einzigen Frage fast alle Mitschüler der Abschlussklasse ausfindig zu machen.

All diejenigen, die er verachtet.

Er lässt die Pistole lässig baumeln und macht ein paar Schritte auf den Rand der Bühne zu.

»Habt ihr mich vermisst? Ich habe mich immer gefragt, wie ihr darauf gekommen seid, dass ich nicht gut genug bin. Egal wofür.«

Er dreht sich auf dem Absatz um und reißt die Pistole mit einer einzigen schwungvollen Bewegung hoch. Ohne noch einmal hinzusehen, ohne mit der Wimper zu zucken, zieht er den Abzugshahn, zielt auf Mr Jameson und drückt ab. Die erste Kugel trifft ihn am Arm. Die zweite durchbohrt seine Brust. »Lektion eins: Binde dich nicht, und du wirst nicht verletzt.«

Niemand rührt sich. Alle sind vollkommen geschockt. Obwohl ich verzweifelt versuche, ruhig zu bleiben, zittern mir die Hände.

»Sei schlau. Stell dich nicht dem Typ mit der Waffe in den Weg.«

Der Lauf der Pistole schwingt erneut in Richtung des Zuschauerraums und visiert einen Schüler an, der zwischen den Reihen kauert. Ich erkenne Jordan, einen von Sylvs Freunden, ihr Partner im Chemielabor, der immer die langweiligsten T-Shirts trägt, heimlich jedoch ein großer Basketball-Fan ist.

Jordan, der geholfen hat Sylvs Mutter zu betreuen, nachdem sie erkrankt war, der Arzt werden will und nächstes Jahr mit dem Medizinstudium anfängt.

Jordan, der sich nicht gemeldet hat.

»Lektion zwei: Befolge die Anweisungen.« Tyler geht in die Hocke und nimmt ihn genau ins Visier. Dann zieht er den Abzugshahn.

»Peng, peng, du bist tot.«

Jay Eyck @JEyck32

OMG #OHS

🕓 **10.13 | 🔁 74 retweets**

Jay Eyck @JEyck32

Neinneinnein. Das darf nicht wahr sein. Ist da jemand in der #OHS?

🕓 **10.14**

Anonym @gelangweilter Opportunist

@JEyck32 Hahaha, Kumpel, mach weiter so. Bist du immer noch besoffen?

🕓 **10.14**

Jay (@JEyck32) → Kevin (@KeviiinDR)

Bitte antworte. Sag mir bitte, dass du o. k. bist.

🕓 **10.15**

KAPITEL ACHT

10.15 Uhr – 10.18 Uhr

TOMÁS

Weitere Schüsse zerreißen die Stille. Wenn Schraubenzieher und Büroklammern alles sind, was ich zur Verfügung habe, dann benutze ich eben Schraubenzieher und Büroklammern. Das ist immer noch besser, als gar nichts zu tun.

»Müssen wir zuerst diese Türen aufkriegen?« Fareed zögert einen Moment vor dem Hausmeisterbüro und starrt in Richtung Haupteingang, unserem Tor zur Freiheit. Seine Frage lässt mich unvermittelt innehalten. Wir brauchen einen Notausgang. Aber wenn wir diese Türen zuerst aufbrechen, verlieren wir wertvolle Zeit, die uns für die Aula fehlen wird.

»Wir könnten die Fenster einschlagen?«, denkt er laut nach. »Dann könnten die Leute da rauskriechen. Oder wir könnten die Ketten zerschneiden.«

Mein Blick fällt auf den Bolzenschneider in meiner Hand, und ich werfe ihn Far zu. Er fängt ihn gerade noch so auf.

»Schneid die Ketten hier durch, falls du's schaffst«, sage ich. »Und wenn du fertig bist, mach dich an den

Haupteingang. Öffne so viele Türen wie möglich, und dann komm wieder zu mir.«

Fareed nickt.

»Falls die Polizei hier eintrifft, bevor du fertig bist, pass auf, dass sie den Schneider nicht für eine Waffe halten«, sage ich. »Nur so, für alle Fälle.«

Er schneidet eine Grimasse. »Geschwind wie der Wind. Es gilt, Jungfrauen in Not zu befreien und Menschenleben zu retten.«

Einen Moment lang stehen wir reglos da und starren einander an. Wir würden gern witzig klingen, aber so angeschlagen, wie Fareed aussieht, sind wir alles andere als das.

Ich salutiere mit einem der Schraubenzieher und mache mich dann auf den Weg durch die leeren Flure. An jeder Ecke rechne ich damit, dass mir durch die Gänge Schüler entgegenströmen, warte auf das Knallen, das vom Öffnen und Schließen der Flurspinde zeugt. Wenn ich die Augen zumache, sehe und spüre ich meine Mitschüler um mich herum. Ein ganz gewöhnlicher Schultag.

Meine Füße bewegen sich so schnell durch die Flure, dass ich fast abhebe, doch je mehr ich mich der Aula nähere, desto lauter schlägt mein Herz. Ich lausche in die Stille und warte auf das unumgängliche Knallen von Schüssen.

Ich werde langsamer und schleiche mich bis zur Ecke vor, spähe den Flur hinunter.

Niemand zu sehen.

Vor den Türen zur Aula treffen drei leere Flure aufeinander. Hier ist das Herz der Opportunity Highschool. Die blauen Türen der Spinde, die sich an den Wänden entlang reihen, wurden während der Winterferien frisch gestrichen. Sie sehen unbenutzt aus, als wäre alles an der Schule neu und unwirklich.

Treppenhäuser führen nach oben zu den Unterrichts- und Werkräumen und dem Dach darüber.

Es gibt fünf Flügeltüren, die in die Aula führen. Vier davon sind mit Ketten und Schlössern verriegelt. Die ganz rechte nicht. Dadurch wird mir bewusst, wie ungeschützt die Aula ist. Jetzt, wo diese Türen verschlossen sind, bleiben nur noch die Notausgänge und der Zugang zu den Flügeln, wovon keiner direkt nach draußen führt. Wenn der Schütze auf diese Türen vorbereitet war, war er höchstwahrscheinlich auch auf alle anderen Eventualitäten vorbereitet. Das bedeutet, dass die Aula praktisch unzugänglich ist, der perfekte Ort, um alle gefangen zu halten.

Ich gehe vorsichtig weiter, aber meine Sneakers quietschen dennoch auf dem frischgewachsten Linoleum. An der unverschlossenen Tür gehe ich besser vorüber und direkt auf die ganz links zu. Möglicherweise ist sie von innen verschlossen, und falls derjenige mit der Waffe sich davon entfernt hat, erscheint es sicherer, am äußeren Ende zu beginnen, sicherer, es nicht darauf ankommen zu lassen. Ich mache mir lieber an dem Schloss vor meiner Nase zu schaffen.

Versuche mich zu konzentrieren, ohne zu lauschen.

Unmöglich.

Damit keiner herunterfällt, stopfe ich mir die Schraubenzieher in den Gürtel und bewege mich auf die Tür zu. Von der anderen Seite dringt kein Geräusch hindurch. Die Aula ist für Musikaufführungen und Bandproben mit Schlagzeug gebaut worden und quasi schalldicht isoliert. Wenn auf der anderen Seite der Tür jemand spricht, hört man nur ein schwaches, entferntes Murmeln. Unverständlich.

Ich krame zwei Büroklammern hervor und biege die Drähte gerade. Dann knie ich mich vor die Tür. Mit der einen Hand halte ich das Schloss fest, und mit der anderen führe ich behutsam den Büroklammerdraht in die Öffnung. Wenn Mrs Trenton mich jetzt sehen könnte, würde sie mir bestimmt ordentlich die Leviten lesen: *Es ist verboten, die Schulunterlagen zu durchstöbern; auf dem Schulgelände einzubrechen ist verboten.*

Ich schaudere. Ich würde ihr versprechen, nie wieder eine Regel zu brechen, wenn sie mir verspräche, dass es meiner Schwester gutgeht und sie in Sicherheit ist.

Meine Brüder halten mich vielleicht für die Stärkere von uns beiden, aber hier neben Autumn, die mit wachsamem Blick den Raum scannt, weiß ich, dass dem nicht so ist. Ich kann fürsorglich sein, kümmere mich um andere, kann mit Mamá reden, wenn sie die Welt um sich herum vergisst, aber ich bin nicht stark. Zum ersten Mal seit Monaten wünsche ich mir, ich hätte jemanden, der mich hält. Wenn bloß Tomás hier wäre. Oder Abuelo. Irgendwer, der mir diesen Wahnsinn erklären könnte.

Irgendwer, der uns beschützte.

Weil ich Autumn schlecht bitten kann, sich gegen ihren eigenen Bruder zu wenden. Ich kann nur wie sonst auch versuchen, auf mich selbst aufzupassen.

Ah, Dios, hoffentlich hat das Nachsitzen wenigstens dafür gesorgt, dass Tomás in Sicherheit ist. Bei all den Tagen, die er geschwänzt hat, musste er ausgerechnet heute zur Schule kommen? Wir hatten gerade erst wieder angefangen miteinander zu reden.

Mit dem Rücken zur Wand bin ich so nah bei den Türen, dem Weg in die Freiheit, aber da sie verschlossen sind, könnten wir uns ebenso gut hinter Gittern befinden.

Tyler kommt auf der Bühne aus der Hocke hoch und streckt sich. »Ich habe Durst. Hat jemand was zu trinken für mich?«

Ich verschlucke mich an einem hysterischen Kichern;

Ungläubigkeit breitet sich in Wellen um mich herum aus. Keiner gibt einen Mucks von sich, aber es knistert und raschelt, als etliche nach ihren Taschen greifen. Wir verstehen sehr wohl, was die nachfolgenden Anweisungen bedeuten, aber niemand tritt vor.

»Keiner?« Tyler klopft sich mit der Pistole gegen das Kinn. »Eine Flasche Wasser? Eine Büchse Limonade? *Gar nichts*?«

Niemand rührt sich. Alle Blicke kleben an Tyler.

»Du da.« Tyler zeigt auf einen Jungen im Gang, mit dem wir viele Unterrichtsstunden gemeinsam verbracht haben. Es ist Kevin Rolland, einer der wenigen Schüler der Opportunity Highschool, die dazu stehen, schwul zu sein. Er war immer nett zu allen. Er ist einmal in der Geschichtsstunde bei einer Auseinandersetzung mit Tyler auf den Tisch geklettert, bei der Tyler behauptet hat, dass Außenseiter wie Kevin keine Existenzberechtigung in Opportunity hätten. Dass Opportunity sich vor ihnen in Acht nehmen müsste.

Aber jedes Mal, wenn Tyler etwas sagte, übertönte ihn Kevin einfach, rezitierte die halbe Rede von Harvey Milk für eine bessere Zukunft, bis die Lehrerin ihn aufforderte, vom Tisch zu steigen. Fast alle in der Klasse haben applaudiert, nicht unbedingt, weil sie mit Kevin einer Meinung waren, sondern in erster Linie, weil er sich von Tyler nicht hatte einschüchtern lassen. Beim Mittagessen an jenem Tag kippte einer von Kevins Freunden »aus Versehen« seine Limo über Tyler und durchtränkte seine Kleidung. Als Kevin sein Auto am Ende des Tages mit aufgeschlitzten Reifen vorfand, setzte jemand zur Vergeltung Tylers Spind in Brand.

Und so ging das immer weiter, bis Tyler von der Schule wegblieb. Das Schuljahr war sowieso fast zu Ende, und alle waren froh, als er ging.

»Ich habe Durst, Kevin«, sagt Tyler.

Kevin kramt in seiner Tasche. Er sieht mit hochrotem Kopf auf und sagt: »Nichts.« Es scheint, als hätte die Angst ihm die Stimme verschlagen, wie bei vielen anderen von uns auch.

»Wie schade.«

Ich hab kaum die Zeit, mich wegzudrehen, als ein weiterer Schuss durch diesen Morgen kracht und Kevin nach hinten sackt.

»Das Einzige, was ich jemals wollte, war eine Chance, eine Chance, wie ihr sie gekriegt habt.« Methodisch betont er jedes Wort, zielt mit zusammengekniffenen Augen auf einen Elftklässler und drückt ab.

Wenn es sich nur um einen Amoklauf handeln würde, wäre das Ganze nicht so furchterregend. Es wäre eine willkürliche Gewalttat gewesen. Allein die Tatsache, dass Tyler seine Ziele unter Hunderten von Schülern in der Aula sorgfältig auswählt, macht ihn noch viel bedrohlicher. Und es jagt mir entsetzliche Angst ein.

Tyler wird alle erschießen, die versuchen, sich ihm in den Weg zu stellen, aber sie werden nur zufällig Opfer sein. Wegen ihnen ist er nicht hier.

Wegen uns ist er hier. Wegen derjenigen, die nicht in seine perfekte Welt passen. Ich werfe Autumn einen flüchtigen Blick zu. Tyler würde alles für sie tun und sie alles für Tyler. Oder zumindest hätte sie das bisher getan. Jetzt ist sie zur Statue erstarrt und genauso ängstlich wie wir alle. Unter ihrem schwungvollen blonden Haar und ihrem sanften Make-up ist sie kreidebleich. Und ich würde sie am liebsten in die Arme schließen, ganz gleich, wer es sieht. Denn wovor sollte man noch Angst haben, wenn die schlimmsten Albträume bereits wahr geworden sind?

Neben uns kauern drei schluchzende Neuntklässlerinnen. Sie haben die Köpfe gesenkt und die Arme umeinander gelegt, damit sie den Horror nicht mit ansehen müssen.

Ich wünschte, ich hätte den Mut, mich Tyler in den Weg zu stellen. Als ich mich hinknie, erhasche ich einen Schatten von der anderen Seite der Tür. Unter den schweren Türen dringt durch einen schmalen Schlitz Licht hindurch, wovon sich ganz vage ein dunklerer Schatten abhebt, als ob jemand davor stünde. Einer von Tylers Komplizen? Hat er überhaupt Komplizen? Hat er jemals Freunde gehabt?

Ich schiebe mich ein Stück näher heran, erstarre jedoch sogleich wieder, als Tyler fortfährt. »Heute gehört ihr alle mir.«

Was da draußen vor sich geht, ist auf einmal bedeutungslos.

»Für mich warst du immer perfekt, und wenn ich Tyler gehasst habe, dann deshalb, weil er dich hat glauben lassen, was ich schon so lange weiß: Du hast das Kommando heute Morgen übernommen, als niemand anderes dazu in der Lage war. Du bleibst ruhig in Krisenzeiten. Du bist clever. Du bist stark. Und du darfst dir nicht die Schuld für das geben, was da passiert. Denn wenn du erst einmal diesen Weg einschlägst, kannst du nicht mehr zurück. Du hast dein Bestes gegeben.«

Chris' Zuspruch lässt meine Sorgen schmelzen, aber ich weiß, dass es nicht ausreicht, um mich weniger schuldig zu fühlen. Nicht, wenn er nur die halbe Wahrheit kennt und ich immer noch dabei bin, die Punkte zu einem Gesamtbild zu verbinden. Ich möchte die Hand nach ihm ausstrecken, aber jetzt ist nicht der richtige Zeitpunkt dafür. Wir müssen weiter.

Ich verlangsame mein Tempo etwas, um mehr Sauerstoff zu bekommen. Keine gute Idee. Es fühlt sich an, als würde ich Eis einatmen. Als würde mein Herz zerspringen. Jedes Rennen, das ich je gelaufen bin, hatte einen Moment, in dem ich nah dran war, aufzugeben. In dem der Schmerz zu groß wurde und meine Beine sich wie Blei anfühlten. Dann sagte der Coach immer: »Wenn du es schaffst, diesen Augenblick zu überwinden, hast du schon die Hälfte der Konkurrenten geschlagen.«

Ich konzentriere mich auf den Horizont und die Silhouette von Opportunity. Der alte Uhrturm und die

Kirche. Die Getreidespeicher, die laut Matt wie Festungstürme aussehen. Die Skyline ist nicht besonders eindrucksvoll, aber sie bedeutet Heimat.

»Ty war nicht nur wütend«, bringe ich schließlich hervor. »Er war nachtragend. Wenn er sich mit Tomás gestritten hat, hat er es nicht an ihm ausgelassen, sondern an jemandem, der ihm nahestand. Beim Abschlussball der Unterstufe hat er Tomás' Schwester bedrängt und versucht sie zu küssen. Deshalb hab ich in dieser Nacht mit ihm Schluss gemacht. Später hat mir Ty erzählt, dass er sich nur einen Spaß erlauben wollte.«

Das Kadettenkorps war als Ehrenwache beim Abschlussball, und ich war gerade dabei, meine Runden zu drehen, als ich sie aufschreien hörte.

»Du sollst endlich mal lernen, wie man sich benimmt«, zischte er sie an.

Sie versuchte sich aus seiner Umklammerung zu befreien. »Verpiss dich, Tyler, du interessierst mich kein bisschen.«

Er drängte sich noch weiter an sie heran. »Dann werde ich es dir beibringen.«

»Er hat sie zum Spaß belästigt, als Warnung, und ich hab nichts weiter getan, als ihm zu sagen, er solle verschwinden. Sylv hat nicht gewollt, dass ich es melde. Deshalb habe ich nichts unternommen, aber das hätte ich tun müssen.«

In dieser Nacht sprach eine Wildheit aus seinem Blick, die ich noch nie zuvor an ihm gesehen hatte. Von Freundlichkeit und Geduld keine Spur mehr. Auch das

Lächeln war verschwunden. Was übrig blieb, war brutal und animalisch.

Ich habe ihn von Sylvia weggezerrt, bevor ich ihn zur Rede stellte, und konnte mich gerade noch so beherrschen, um nicht laut zu brüllen.

»Verdammt nochmal, Ty. Was ist los mit dir?«

Er zuckte zurück, und Sylv nutzte die Chance, um sich nach drinnen zu flüchten. Aber wenn ich erwartete, dass Ty sich beruhigen würde, jetzt, wo sie weg war, hatte ich mich getäuscht. Er schäumte vor Wut. »Warum trifft es immer mich? Diese Stadt, diese Schule, sie nehmen mir immer alles weg. Mein Zuhause. Meine Mutter. Meine Schwester. Warum soll ich an alldem schuld sein?«

»Dann geht es dir also um Rache?«

»Ich habe mir gar nichts dabei gedacht.«

»Sylvia hat mit deinen Streitereien mit Tomás nicht das Geringste zu tun. Genauso wenig wie ich etwas mit deinen Streitereien mit Tomás zu tun habe.« Ich hatte allergrößte Mühe, meine Gefühle im Zaum zu halten, am liebsten hätte ich auf ihn eingedroschen. Oder geweint. Oder beides zusammen. »Ich dachte, du magst mich.«

Über sein Gesicht huschte ein Anflug von Entsetzen. »Aber sicher. Natürlich mag ich dich.«

Er rückte näher.

Ich schüttelte den Kopf. »Du bist widerlich. Lass mich in Ruhe.«

Die Anspannung machte sich in seinem Kiefer bemerkbar. Ich rechnete damit, dass er mich schlagen würde. Aber stattdessen ließ er den Kopf hängen. »Das kannst du nicht machen … Bitte, verlass mich nicht auch noch.«

Ich seufzte. »Geh nach Hause, Ty.«

Am nächsten Tag hat er die Schule geschmissen.

Als ich ihm etwa eine Woche später in der Eisenwarenhandlung der Brownes begegnete, hat er mir zugelächelt und mich nach Matt und Tracy gefragt. Wir waren beide ein bisschen verlegen und zurückhaltend, doch ich war davon ausgegangen, dass er nur hin und wieder die Kontrolle verlor, zum Beispiel an Tagen, an denen ihn die Trauer über den Verlust seiner Mutter überwältigte. Aber er hat sich nie dafür entschuldigt. Und ich mich auch nicht.

Chris zieht das Tempo an, bis wir wieder rennen und die Schwerkraft uns loslässt, bis wir uns mit jedem Schritt weiter von dem Schmerz entfernen.

»Wir sind mehr als unsere Fehler. Wir sind mehr als das, was andere von uns erwarten. Daran muss ich glauben.« Chris atmet noch ein wenig tiefer, das ist jedoch das einzige Anzeichen dafür, dass er sich anstrengt. »Du kannst so viel mehr, als du dir vorstellen kannst. Wenn du es selbst nicht glauben willst, dann glaub es wenigstens mir.«

»Ja, Commander.« Ein Lächeln will mir nicht über die Lippen kommen, doch meine Schritte werden ein wenig leichter. »Ich weiß gar nicht, was ich ohne dich anfangen soll.«

»Alles klar zwischen uns?«

Ich seufze. »Natürlich. Du bist mein bester Freund. Daran wird sich niemals etwas ändern.«

Er starrt mich an, als wäre er sich dessen nicht mehr so sicher.

Unsere Schritte hallen vom Asphalt wider, ein Fuß vor den anderen vor den anderen. Polizeisirenen dringen aus der Ferne zu uns.

Ich drücke fest seine Hand und er meine im Gegenzug.

Dann rutscht die Straße unter mir weg, und ich kriege keine Luft mehr und falle, falle, falle.

AUTUMN

Sylv weicht immer weiter zur Tür zurück. Ich fahre mit dem Daumennagel ihren Finger entlang. Sie hatte so viel mit ihrer Familie am Hals; sie war so stark. Nach allem, was sie sowieso schon durchgemacht hat, soll sie jetzt ausgerechnet wegen meines Bruders zusammenbrechen? Ich ertrage es nicht. Ich suche nach einer Beruhigung: »Halte durch«? »Wir schaffen es schon hier raus«? Nein. Das sind nur leere Versprechungen. »Ty weiß genau, was er macht.«

Sie zittert am ganzen Leib. »Und was heißt das dann für uns?«

Bei den Hunderten von Handys in der Aula muss es doch irgendwem gelungen sein, die Polizei zu alarmieren. »Wir ducken uns und hoffen, dass er uns nicht sieht«, sage ich. »Wir folgen seinen Anweisungen.«

Die Aula ist zu unserer Welt geworden, in der wir, einer nach dem anderen, zum Sterben verurteilt sind. Ty tauscht beiläufig das Magazin aus. Er wirft das leere beiläufig auf den Boden, als wäre es ein zerknülltes Blatt Papier.

»Wisst ihr eigentlich, wie es ist, alles, was man liebt, zu verlieren? Die Familie? Die Freundin? Und dann wendet sich auch noch der gesamte Ort gegen einen? Der arrogante Tyler. Der bescheuerte Tyler. Tyler, der Außenseiter. Ich hole mir Opportunity zurück. Eure Leben sind meins. Und jetzt passt mal schön auf.«

Wo hat er überhaupt die Pistole her? Von einer dieser Handelsmessen, zu denen Dad immer ging? Ich sehe sie vor mir, wie sie miteinander lachen, so wie sie mit mir nie gelacht haben. Dad lässt sich über die Qualität der Waffe aus, über die richtige Munition dafür oder wie man den Lauf reinigt.

In meinem Kopf rotiert alles, als hätte ich tausend Pirouetten gedreht. Meine Kehle brennt ganz hinten. Ich will diesen Schmerz nicht. Das hier lässt sich nie mehr wiedergutmachen.

Ich will wieder dort sein, wo Tyler noch auf mich aufgepasst hat, wie es sich für einen großen Bruder gehört. Zurück zu einer Zeit, in der wir noch zusammengehörten. Dies hier ungeschehen machen. Ich möchte ihm Verstand eintrichtern, ihm sagen, was er alles verliert, aber ich bin vollkommen starr. Wenn er Rache sucht, soll er sie an mir auslassen. Ich lasse Sylv los und robbe nach vorn, um einen besseren Blick auf die Bühne zu ergattern. Ich hätte nie gedacht, dass ich meine Tanztechnik auf diese Art einsetzen würde, aber ich bewege mich geräuschlos und behände. Falls Ty mich entdeckt, ist wenigstens Sylv sicher unter den hundert anderen Schülern hinten in der Aula.

Tys Stimme erschüttert den Raum, und mir sinkt das Herz, als er stehen bleibt und einen neuen Schüler ins Visier nimmt. Um mich herum kauern, sitzen, hocken welche. Sie rühren sich kaum, während ich mich an ihnen vorbeizwänge. Ich ziehe den Kopf ein und krabble weiter. Ich schiebe mich zwischen ihren Beinen hindurch und um sie herum, bis ich die Stufen zur Bühne sehen kann, abgeschirmt durch eine Stuhlreihe.

Gerade rechtzeitig für den nächsten Schuss, der fällt. Ich lege die Wange auf den groben Teppichboden und schließe die Augen.

Am Weihnachtsabend saß er auf meinem Bett und spielte mit der Einladung zum Vortanzen in Juilliard. »Du solltest vorsichtiger damit sein, kleine Schwester«, sagte er. »Dad wird dich umbringen, wenn er das sieht.«

»Gib sie mir wieder.«

Ich versuchte sie zu fassen zu kriegen, aber er zog sie weg. »Mach dir keine Sorgen, ich habe deine Geheimnisse immer für mich behalten.«

Ich hob fragend die Augenbrauen. In den letzten Monaten, nachdem Claire mit ihm Schluss gemacht hatte und er von der Schule abgegangen war, hatte Ty das

Interesse an meinen Geheimnissen, der Zukunft, unserer Familie und mir verloren. Unter der Woche half er Dad im Laden aus, und am Wochenende verschwand er einfach und ging jagen. Das hat ihm Dads widerstrebenden Respekt eingebracht und mich ganz allein zurückgelassen.

Mein Bruder fehlte mir.

»Du solltest weg von hier. Weg von deiner sogenannten Freundin. Zeig Opportunity, dass es für dein Können viel zu klein ist. Wir werden ihnen zeigen, wie man mit uns Brownes umgeht.«

Ich griff abermals nach der Einladung von Juilliard, und diesmal ließ er los.

»Was willst du, Ty?«

Er strich sich eine Haarsträhne aus dem Gesicht und zuckte die Schultern. »Nichts hält dich hier. Sie nicht. Dad nicht und ich auch nicht.« Das Zucken um seine Mundwinkel verriet ihn. Er bluffte nur. Beim Pokern um Geld hätte er nicht die geringste Chance.

Doch ich konnte ihm nicht die Wahrheit sagen. Konnte ihm keine Hoffnung machen.

Ich steckte den Brief wieder in meine Tasche zurück. »Nein, da ist niemand, der mich abhält. Und je schneller ich hier wegkomme, desto besser. Verpiss dich, Ty.«

Er verzog das Gesicht zur Grimasse, aber sagte nichts mehr daraufhin.

»Soll ich euch mal was verraten?« Ty klopft mit dem Lauf der Pistole gegen sein Kinn, zieht eine Augenbraue hoch und senkt die Stimme. »Ich dachte, dass sich wenigstens meine Familie um mich sorgt. Aber ihr habt sie korrumpiert. Jetzt gibt es nichts mehr für mich.« Er feuert eine weitere Kugel mitten in die Schülerschaft, woraufhin ein Schmerzensschrei folgt. Das scheint ihn ein wenig zu besänftigen.

»Würdest du mir nicht zustimmen, Autumn?« Er lässt den Blick über die Anwesenden schweifen und wartet darauf, dass ich hervortrete. Wartet, dass ich mich ihm ausliefere.

CJ Johnson @KadettinCJJ

Ich dachte immer, ich wäre mutiger. Aber ich hab so einen Schiss. Ich habe totale Angst. #OHS

🕒 **10.17** | ♥ **74 likes**

George Johnson @G_Johnson1

@KadettinCJJ Ich denke an dich, Cousine! Bitte pass gut auf dich auf.

🕒 **10.17**

Abby Smith @nochSoEinA.Smith

@KadettinCJJ @G-Johnson1 Das haben wir alle.

🕒 **10.17**

Familie North @FamNorthOpp

@nochSoEinA.Smith @KadettinCJJ @G-Johnson1 Wir denken an euch.

🕒 **10.18**

Jim Tomason @JTomasonSTAR

@KadettinCJJ können wir ein paar Fragen stellen was die Lage in der #OHS angeht? Unsere Reporter würden gern Kontakt aufnehmen.

🕒 **10.18**

KAPITEL NEUN

10.18 Uhr – 10.20 Uhr

AUTUMN

Keiner reagiert. Diejenigen direkt um mich herum rutschen unruhig hin und her, aber sie melden sich nicht zu Wort, zeigen nicht auf mich oder tun sonst etwas, was mich verraten könnte. Und das erstaunt mich. Es gibt nicht viele hier, die mich mögen, und mein Bruder droht ihnen gerade mit dem Tod. Wenn sie mich opferten, könnte das möglicherweise ihr Weg heraus aus dieser Hölle sein.

»Autumn«, flötet er. »Würde es dir die Entscheidung erleichtern, wenn ich dir einen Anreiz bieten würde?«

Er springt von der Bühne herunter und schreitet davor auf und ab, als wäre er im Sportunterricht und sollte entscheiden, wen er in seine Basketballmannschaft aufnimmt. Miles, der Ty das ganze Jahr in der Elften wegen seiner Anzüge gehänselt hat? Eve, die in der Mittelstufe in Ty verknallt war, sich dann aber für Miles entschieden hat? Sie kauern beieinander und halten sich so fest bei den Händen, dass diese schon ganz weiß und blutleer sind.

Ty bleibt vor ihnen stehen. Er klopft wieder mit dem Pistolenlauf gegen das Kinn. Eve drückt ihr Gesicht in Miles' Schulter. Wellen der Anspannung strömen von ihnen aus. Die starrenden Blicke um mich herum brennen wie Feuer.

Letztes Jahr am Jahrestag von Moms Tod weckte mich Ty im Morgengrauen. Dad schlief noch, und das gesamte Haus roch nach Bier.

Ty grinste mich an. »Lass uns heute blaumachen.«

Rein praktisch hatten wir keine Verpflichtungen, denen wir nachkommen mussten. Der Laden war sonntags geschlossen, und die Alternative war, den Tag mit dem verkaterten, unberechenbaren Dad zu verbringen. Die paar Worte von Tyler lockerten die Schlinge aus Angst um meinen Hals.

Tyler fuhr mit mir zum Friedhof. Dann gingen wir im Diner Pommes essen und anschließend zu einer Aufführung der Tuscaloosa Tanzkompanie: einer modernen Version von Othello. Die Vorstellung war nichts Besonderes – die Hälfte der Tänzer war nicht klassisch ausgebildet, und die Musik kam aus einem ewig alten Kassettenrecorder – aber dennoch war es die erste Aufführung, die ich seit Moms Tod gesehen habe. Das erste Mal seither, dass ich mich sicher fühlte.

Aus diesem Grund war sie perfekt.

Ich hatte gehofft, dass ich meinen Bruder Ty zurückbekäme, wenn er wieder an der Schule wäre. Ich wollte heute nicht allein hier sein. Aber nicht zu diesem Preis. Niemals.

Ich schlucke die Gefühle hinunter. Das ist nicht der richtige Zeitpunkt dafür.

Ty grinst, erschießt Miles und geht weiter. Eve schreit immer wieder laut auf, aber Ty ignoriert sie einfach. Ein paar Schritte weiter beugt er sich über die Sitzreihe und zieht ein schwarzes Mädchen an ihrem Baseballhemd hervor.

»NYAH!« Der erstickte Schrei kommt aus der Nähe. Mir steht das Herz still. Es setzt nicht wieder ein.

Im Gang versucht Asha sich aufzurichten, während drei andere an ihr ziehen, um sie unten zu halten. Aber Asha ist wild entschlossen und lässt sich nicht abbringen. Sie kämpft sich hoch.

Mir brennen die Augen. Ich sollte aufstehen und dem Ganzen ein Ende bereiten.

O Ty.

»Asha, hilf mir!« Die Kleine versucht sich aus Tys Umklammerung zu befreien, doch er ist zu stark und nicht gerade zimperlich, als er sie über die Stuhlreihe zerrt. Sie ist jung – in der zehnten Klasse vielleicht. Die Haare sind ihr aus dem Pferdeschwanz gerutscht, und ihre Schultern beben.

Ich sollte aufspringen, aber meine Arme und Beine sind wie aus Blei. Ich kann mich nicht bewegen.

»Eine schreckliche Vorstellung, alles zu verlieren, was einem was bedeutet, stimmt's?«, fragt Ty ganz ruhig, während er die Pistole auf das Mädchen richtet. »Ich will das nicht tun, Autumn.«

»Nein, nein, nein. Tu mir nichts, bitte. O Gott, bitte,

tu mir nichts.« Das Schluchzen des Mädchens dringt durch die Aula. Sie ist die Erste, die ihn anfleht, die Erste, die in den Lauf blickt, während er sie schmäht. Die Erste, die zusammenbricht. »Helft mir. Hilf mir doch jemand.«

Sie klingt so jung. Viel zu jung, um zu sterben. Wie alle hier sollte sie die Zukunft noch vor sich haben. Tüchtig lernen und durch die Highschool-Jahre hindurchsegeln. Fehler machen, Freunde finden. Mist bauen, mit Jungs rummachen. Stattdessen ist sie jetzt auf ein Exempel, auf eine Statistik reduziert. Und ich weiß zwar, dass in der Aula Platz für tausend Schüler ist, aber dennoch ist sie nicht groß genug, um auch nur einen davon verbergen zu können.

TOMÁS

Vor Jahren hat Großvater meinen Brüdern und mir beigebracht, wie man eine Farm bewirtschaftet – den Stall ausmistet, Werkzeuge repariert –, und eines Tages dann die höhere Kunst der Schlosserarbeiten. Er dachte, dass Schlösser zu knacken nicht unbedingt etwas für Mädchen sei, deshalb hat er Sylvia nicht dazu eingeladen; wir vier gingen allein ans Werk. Reine Männersache.

Sylv hat das ganz und gar nicht gefallen. Was für ein Anblick: eine Achtjährige mit Rattenschwänzen im rosa geblümten Overall, die wütend durch die Felder stapfte und versuchte, uns zu folgen und uns auszuspionieren. Großvater liebte sie abgöttisch, trotzdem sprach er ein Machtwort. Wir sahen ihm zu, wie er sich vor sie hockte und ihr erklärte, dass sie nicht wissen müsste, wie man eine Farm bestellt. Sie hätte eine vielverheißende Zukunft vor sich. Sie sei sein Schmetterling, sein *mariposa*, und sein absoluter Liebling.

Sie murrte und zeterte noch tagelang darüber, da oben in ihrem Baumhaus.

Sylvia, das genaue Gegenteil von mir, die sich genauso klaglos und selbstverständlich um Mamá kümmert wie Großvater. Die sich um Oma gekümmert hat, mit ihrem Glauben an Geister und *brujería*, Hexerei, als Grund für Mamás Vergesslichkeit und für ihre eigenen Schmerzen und Zipperlein, und ihr nie widersprochen hat.

Sie hat es nie geschafft, Großvater dazu zu überreden, ihr beizubringen, wie man Schlösser knackt, aber sie hat jede Gelegenheit genutzt, um mit uns Angeln und Jagen zu gehen, bis Mamá krank wurde. Sie mochte harte Arbeit.

Sylv war immer furchtlos und unbeirrbar gewesen.

Selbst als sie letzten Sommer erkrankte, half sie noch auf der Farm mit. Mit ihren herausragenden Noten konnte sie sich an jeder Uni im verdammten Land bewerben. Sie ist perfekt in jeder Hinsicht, und wenn ich sie nicht so lieb hätte, würde ich sie dafür hassen, dass sie die Latte so unerreichbar hoch gehängt hat.

Als ich Großvater erzählte, dass ich auch gern aufs

College gehen wollte, hat er mir auf die Schulter geklopft und gesagt, dass die Farm immer für mich da wäre. Er hat nie daran geglaubt, dass ich es schaffen könnte.

Die Büroklammer verbiegt sich und bricht. Verflucht.

Dieses schwache Stück Draht ist keine Alternative zu einem Dietrich. Abuelo, Großvater, hat uns gezeigt, wie man alte, rostige Vorhängeschlösser knackt. Diese Sicherheitsschlösser, die die Ketten zusammenhalten, haben nichts von dem Billigkram, den sie im Laden der Brownes verkaufen. Wer auch immer sie mitgebracht hat, wollte sichergehen, dass niemand hier lebend herauskommt.

Hoffentlich hat Fareed auf der anderen Seite der Schule mehr Glück. Wenn ich irgendwem zutraue, das hinzukriegen, dann ist er es. Er und Sylvia haben mein absolutes Vertrauen.

Fareed ist der einzige Moslem an der Opportunity Highschool. Er hebt sich von den anderen durch seine entspannte Art und seinen melodischen Akzent ab. Doch bringt er es ohne weiteres fertig, die Lehrer für sich zu gewinnen und sie um seinen kleinen Finger zu wickeln. Als überzeugter Anhänger seiner Tradition bleibt er bei der Sprache seiner Eltern und betet mehrmals täglich.

Und ich beneide ihn.

Ach, ich wünschte, ich könnte mich an das *Padre Nuestro* oder das *Ave Mará* erinnern. Ich wünschte, mein Abuelo wäre hier und ich bräuchte ihm nur dabei zuzusehen, wie er sich an das Schloss macht. Meine

Mutter erkennt mich nicht mehr und meine Schwester genauso wenig. Wenn ich nicht bald abhaue, was bleibt dann von mir übrig? Wer wird sich noch an mich erinnern?

Es ist einfacher zu sagen, wer ich nicht bin, als wer ich bin. Wenn sowieso alle von mir erwarten, dass ich scheitere, ist es einfacher, gleich aufzugeben, als es weiter zu versuchen.

Der nächste Schuss haut mich fast um.

SYLV

Mein Herz krampft sich zusammen. *Nyah*. Der Warnschuss ging haarscharf an ihr vorbei.

Ein paar Meter vor mir schreit Asha auf und krabbelt alarmiert auf ihre kleine Schwester zu.

»Asha, hilf mir!« Ganz unten in der Aula windet sich Nyah unter Tylers Griff. Sie ist eine talentierte Werferin beim Baseball mit Kraft in den Armen, aber Tyler ist stärker. Er hält die Waffe in der Hand, und Nyah bleibt nichts anderes übrig, als um Hilfe zu rufen. »Nein, nein, nein. Tu mir nichts, bitte. O Gott, bitte, tu mir nichts.«

Meine Fingernägel kratzen über den Teppich, bis meine Fingerkuppen brennen. Dann schieße ich blitzschnell nach vorn. Auf Knien packe ich Ashas Knöchel und umklammere sie. Mir ist vage bewusst, dass auch noch andere versuchen, Asha festzuhalten. Höchstwahrscheinlich wird sie uns alle niederschlagen, weil wir ihr in die Quere kamen. Aber selbst mit ihrer wilden Entschlossenheit wird sie dieses Meer aus Schülern nicht teilen können.

Wir ziehen sie runter, und ich halte sie in meinen Armen am Boden fest, auch wenn sie sich noch so wehrt. Ich will ihr auf keinen Fall weh tun, aber wenn es mir gelingt, sie in Sicherheit zu halten, selbst wenn es das Einzige ist, was ich heute schaffe, dann hat es schon etwas genützt.

Sie wird mich dafür hassen. Wenn Tomás in Gefahr wäre, würde ich ihn auch beschützen wollen. Aber es gibt keinen Schutz vor Tyler. Ihm ist alles völlig gleichgültig. Beim Junior-Abschlussball fing es an; da ist das Ganze aus dem Ruder gelaufen. Bis zu diesem Abend hat er sich zurückgehalten, trotz der Schmierereien an seinem Spind und den in die Motorhaube seines Wagens gekratzten Botschaften. Er hat uns alle reingelegt mit seiner Beredtheit und seinem aufgesetzten Lächeln hin und wieder. Wir haben nie erkannt, wer er wirklich ist, und nun ist es zu spät.

Weiter unten im Gang kriecht Autumn nach vorn und zieht dabei einen Strudel der Unruhe hinter sich her. Wenn sie sich bei ihren Klassenkameraden versteckt, wird er sie nicht gleich entdecken können. Vielleicht kann sie sich dadurch schützen.

»Ganz einfach, Autumn. Entweder du kommst runter, oder ich werde deine Freunde hier weiter quälen. Ach so, Moment mal. Du hast ja gar keine Freunde. Komm raus, oder ich lass es an der gesamten Schule aus. So einfach ist das.«

Der Schuss vermischt sich mit Ashas Entsetzensschreien. In diesem Moment gibt sie den Kampf auf, als ob alles, wofür es sich lohnte, gerade gestorben wäre.

Und ein Teil von mir stirbt mit.

CLAIRE

Als Erstes hören wir die Sirenen, doch obwohl sie täuschend nah klingen, sind keine Autos auszumachen. Die Straße scheint am anderen Ende von der Hitze der Motoren zu flimmern.

»Claire.«

Ich schmecke Blut und Metall. Anscheinend habe ich mir auf die Lippen gebissen, als ich gestrauchelt bin. Ich drücke die Wange auf den Asphalt und genieße die Kälte. Ich schließe die Augen und spüre den Vibrationen der Straße nach.

Chris ragt hoch über mir auf. Er atmet schwer, die Hände in die Seiten gestemmt. »Claire, steh auf. Wenn du zu sehr auskühlst, verkrampft sich deine Muskulatur.«

Seine Worte klingen irgendwie anders, als ob sie durch einen dichten Nebel zu mir dringen würden.

Am Horizont tauchen jetzt zuckende blaue Lichter auf, während die Sirenen immer näher kommen. Am liebsten würde ich mir die Ohren zuhalten, so schrill klingen sie, viel zu laut.

»Claire, denk doch an Matt.«

Schlagartig kehre ich zurück. Chris über mir nimmt wieder Gestalt an, die tiefe Furche auf seiner Stirn verrät seine Betroffenheit. Er streckt mir die Hand hin, und ich packe sie. Als er mich hochzieht, schießt mir ein jäher Schmerz in die Waden. Ich halte mich an seinem Arm fest und beuge mich so weit wie möglich vornüber, dehne mich.

Der erste Polizeiwagen rast an uns vorbei, ohne anzuhalten.

Mein Magen stülpt sich um, und ich würge, bis ich nach Luft schnappen muss. Chris streicht mir sanft die Haare aus dem Gesicht.

»Es tut mir leid«, sagt er. »Ich wollte nicht ...«

Ich schüttle den Kopf. Ganz gleich, wie sehr wir uns streiten, er ist immer für mich da. Und das bedeutet mir alles.

Vier, fünf, sechs weitere Wagen sausen an uns vorbei, lassen uns in aufgewirbeltem Straßenstaub und Auspuffabgasen zurück.

»Du hast recht«, entgegne ich. Ich bin für Matt verantwortlich und sollte ihn beschützen. Und jetzt bin ich noch nicht mal bei ihm. »Danke.«

Der letzte Wagen in der Reihe kommt schlingernd neben uns zum Stehen. Eine junge Polizeibeamtin lässt das Fenster herunter und beugt sich hinaus.

»Seid ihr von der OHS?«, fragt sie knapp.

»Ja, Ma'am«, antwortet Chris.

Die Beamtin nickt kurz und weist mit dem Kopf nach hinten. »Steigt ein. Ihr könnt nicht einfach so frei auf dem Campus herumlaufen.«

Als sie die Türen entriegelt, fällt mir ein Stein vom Herzen. Sie wird uns mit zur Opportunity High zurücknehmen – mich zurückbringen zu Matt. Das ist bestimmt ein Zeichen. Wir können etwas tun. Alles wird gut werden. Irgendwie werden da alle heil herauskommen.

Die Beamtin hält mit einem ernsthaften Blick inne. »Es geht hier nicht um Heldentum. Ihr bleibt so lange bei mir, bis sich jemand findet, der euch nach Opportunity oder direkt nach Hause bringt. Los geht's.«

»Jawohl Ma'am«, tönen wir im Chor. Bevor sie sich's anders überlegen kann, rutsche ich in den Wagen, und Chris schiebt sich neben mich. Der Geruch von Leder und Gummireifen ist überwältigend und ist mir genauso vertraut wie der von Jonahs Auto. Doch die ununterbrochenen Radiodurchsagen berichten über Bedrohungen und Schießereien, und statt getröstet fühle ich mich extrem beunruhigt.

Derzeitiger Standort: zu Hause

Dad antwortet nicht auf meine sms. Da draußen hört man die Sirenen heulen. Sie kommen bei uns vorbei auf ihrem Weg zur Schule, und alles ist in Blaulicht getaucht. Ich will gar nicht wissen, was sie dort vorfinden werden. Alle, die ich kenne, sind in der OHS.

Kommentare: [12]

OG, kann ich irgendwas tun? Ich bete für euch.

Hast du was von deinem Dad gehört. Ist alles in Ordnung?

Was für ein Ammenmärchen. Du bist ja gar nicht in Opportunity. Du willst einfach nur Leser gewinnen.

> Auweia! Geht's dir jetzt besser? Du bist widerwärtig. Warum würde sich jemand so was ausdenken wollen? Bist du wirklich so beschränkt? Wenn du nichts dazu beizutragen hast, warum hältst du dich dann nicht einfach raus aus der Diskussion? Niemand hier würde dich vermissen.

KAPITEL ZEHN

10.20 Uhr–10.22 Uhr

CLAIRE

Wir fahren zurück, ein hochemotionales Bündel aus Erleichterung und Schrecken. Matt …

Ich denke unaufhörlich an ihn – an die Konzentration in seinen grünen Augen, wenn er an seinen Zinnfiguren bastelt. Sein Grinsen, wenn er Chris zum Kampf herausfordert und jedes Mal, wenn er mit Tracy telefoniert. Daran, wie er Ty bewundert hat. Seinen Ärger darüber, wenn ihn jemand wegen seiner Krücken anstarrt.

Ich kann nicht …

Ich brauche einen freien Kopf für das, was uns möglicherweise als Nächstes erwartet, wenn wir zur Schule zurückkommen. Ich muss sicherstellen, dass es Matt gutgeht. Ich möchte unserem Leichtathletikteam, unseren Kadetten, allen helfen.

Ich lege meine Hand auf Chris'.

Jetzt, wo ich keine Schritte mehr zählen kann, lausche ich den Autoreifen, wie sie über die Schlaglöcher in der unebenen Straße donnern – eins, zwei, drei, eins, zwei, drei.

Wir werden uns über unsere Angst erheben. Wir werden heute hier heil herauskommen. Wir werden einen Weg finden.

Selbst diese Straße beweist es. Die Straße der Möglichkeiten, die nach Opportunity führt. Sie ist Teil unserer Gepflogenheiten, unseres Teams, unserer Gewissheiten.

Wenn die Schulzeit im Sommer zu Ende geht, werden alle vom Laufteam gemeinsam auf den Campus rennen. Sogar die Leichtathleten werden dabei sein. Anschließend campieren wir in den Wäldern hinter dem Parkplatz und dem Footballfeld. Das Gelände zwischen dem Schulgebäude und dem Waldrand bietet dafür die perfekte Atmosphäre.

Dank der Mutter von Avery gibt es immer Gebäck aus der einheimischen Bäckerei, so viel Schokolade, wie wir ranschaffen können, Popcorn, Süßigkeiten und für Chris Lakritze, die mir überhaupt nicht schmeckt.

Alkohol gibt es erst, wenn die jüngeren Sportler bereits schlafen. Dann werden Chris und ich auf unsere gemeinsamen vier Jahre anstoßen. Wir werden bis zum Morgengrauen aufbleiben. Es wäre Zeitverschwendung, wenn wir unsere letzte Nacht als Schüler an der Opportunity High verschlafen würden.

Wir werden die Sterne verblassen und den Mond untergehen sehen. Wir werden zusehen, wie die Sonne den Horizont entzündet. Und wir werden noch ein letztes Mal über die Zukunft reden, bevor sie tatsächlich eintrifft.

Wir werden zusammen sein.

In unserer Erinnerung wird es die beste Nacht der Highschool-Zeit sein.

Wir müssen es nur bis dahin schaffen, einen Tag nach dem anderen.

TOMÁS

Auch die beiden nächsten Büroklammern halten dem Druck nicht stand. Krack. Krack. Eine nach der anderen fällt aufs Linoleum.

Ich rolle zurück auf die Fersen, komme hoch und entferne mich ein Stück, damit ich nicht vor lauter Frust die Tür einschlage.

Erneut gehe ich in den Hauptgang und luge um die Ecke. Nichts. Fareed ist nirgendwo zu sehen. Die Polizei ebenso wenig. Nur endlos lastende Stille. Nichts, was darauf hinweisen würde, dass sich derzeit etwa tausend Schüler im Gebäude aufhalten. Sie sollten durch diese Flure laufen, lachen und sich streiten, sich gegenseitig ein Bein stellen.

Die schweren Türen schlucken jeden Laut – aber ich brauche etwas, das mich von den Geräuschen in meinem Kopf ablenkt.

Wieder bei der Tür angelangt, knie ich davor nieder. Biege noch einmal zwei Büroklammern gerade. Schiebe erst eine in das Schloss, dann die nächste. Verbanne alle Gedanken aus meinem Kopf.

Ich wische mir die feuchten Hände an den Jeans ab. Schiebe die zweite Büroklammer weiter in das Schloss und übe wieder Druck darauf aus. Ich hätte bei Neil im Büro nach größeren suchen sollen, weil diese hier zu klein sind, um sie gut festhalten zu können. Dennoch, der erste Stift im Schloss gibt nach unter dem Druck.

Drei Stifte sind es ingesamt. Die Büroklammer gleitet über den nächsten.

Einer noch.

Als ein Klopfen durch die Tür dringt, schrecke ich ruckartig zurück. Das Vorhängeschloss rutscht mir aus der Hand, und ich kann es gerade noch rechtzeitig auffangen, bevor es gegen die Tür kracht.

Es klopft wieder.

Mist.

Die Tür dämpft zwar die Geräusche in der Aula, aber wie verdammt nochmal soll ich denn wissen, ob es umgekehrt genauso ist? Ich meide sämtliche Versammlungen, so oft wie möglich, obwohl das meistens bedeutet, den Bus zu verpassen oder die Schule ganz zu schwänzen. Ich habe nicht die geringste Ahnung, ob die Geräusche des Schlossknackens drinnen hörbar sind. Ich habe keine Ahnung, was sich auf der anderen Seite dieser Tür befindet. Vielleicht versucht da gerade jemand rauszukommen. Es könnte aber genauso gut ein Revolverheld sein, der mir sofort das Hirn wegpusten wird. Ich bin mir nicht sicher, was mir mehr Angst einjagt.

Ich zögere einen Moment und benutze dann einen

der Schraubenzieher als Waffe. Ich gehe in die Hocke und bereite mich vor, damit ich gegebenenfalls schnell weglaufen kann, dann erst hebe ich die Hand und klopfe an, ganz weit außen beim Türrahmen, damit der Klang nicht übertragen wird. Wie von selbst entsteht eine Melodie.

SYLV

Asha steht kurz vorm Zusammenbruch. Wir alle halten uns zur Flucht bereit, aber wohin flüchten? Hier lebend herauszukommen ist nicht mehr unser erstes Ziel – Hauptsache, wir sterben nicht sofort.

Wahrscheinlich war es ein aberwitziger Plan, an die Tür zu klopfen. Aber der Schatten davor bewegt sich weiter auf und ab. Ich muss in Erfahrung bringen, was da draußen vor sich geht, wer da draußen ist. Vom Schluchzen und von Tylers Verkündungen abgelenkt, kümmert sich niemand um mich.

Meine Hand schwebt immer noch hocherhoben bei der Tür.

Mein Herzschlag beschleunigt sich.

Von der anderen Seite der Tür vernehme ich einen vertrauten Rhythmus. Es ist der Takt eines Liedes, das Abuelo uns immer vorgesungen hat, als wir noch klein waren. Zum ersten Mal wage ich zu hoffen. Tyler konnte nicht wissen, dass Tomás am Morgen Nachsitzen hatte.

Deshalb hätte er auch bestimmt nicht zuallererst nach ihm gesucht. Tomás muss noch frei sein.

Er lebt.

Er könnte uns alle hier herausholen.

Der plötzliche Ansturm von Hoffnung macht mich ganz schwindelig. Verstohlen betrachte ich meine unmittelbare Umgebung. Alle Blicke sind ausschließlich auf Tyler und Autumn gerichtet.

Autumn, die jetzt auf ihren Bruder zugeht.

Nein … Mir stockt der Atem. *Das kann sie doch nicht machen.*

Autumn sieht angespannt aus. Sie geht kerzengerade, doch mit jedem Schritt vorwärts scheint sie ein Stück zu schrumpfen. Ich kann mich nicht mehr erinnern, wann sie das letzte Mal befreit aufgelacht hat. Ich kann mich nicht daran erinnern, dass sie jemals wieder so glücklich gewesen ist wie damals, als sie auf dem Zaun saß, die Baumwollfelder und den Sonnenuntergang im Rücken, und lächelnd Mrs Browne dabei zusah, wie sie eine Tanzposition vorführte.

Sie darf sich ihm jetzt nicht ausliefern. Er wird sie niemals gehen lassen. Er wird uns niemals gehen lassen. Er will nicht sie. Seine Rache gilt nicht ihr.

Andererseits würde ich an ihrer Stelle genauso handeln. Als Mamá krank wurde, kamen meine Brüder von überall herbei und halfen ihr, die Anwaltskanzlei zu schließen, das Haus aufzulösen und zu Abuelo auf die Farm zu ziehen. Als Tomás beinahe von der Schule geflogen wäre, haben Abuelo und ich mit Mrs Trenton gesprochen, um es zu verhindern. Als ich meiner Familie von meiner Freundin erzählte, haben sie mit mir mein Glück gefeiert, auch wenn Pater Jones von Sünde, Hölle und Verdammnis predigte.

Ich würde in Opportunity bleiben und meiner Familie meine Träume opfern.

Ich kann mir gar nicht vorstellen, wie es ohne sie wäre. Denn ganz gleich, wie sehr ich Tyler verachte, ich liebe Autumn. Deshalb könnte ich auch niemals von dem erzählen, was er getan hat. Ich möchte, dass sie das Einzige, was sie noch an Familie hat, behält.

Autumn entfernt sich immer weiter von uns, und ich kann nichts daran ändern. Normalerweise würde ich ihr hinterherlaufen, sie mit aller Kraft festhalten, aber gleichzeitig will ich auch meinen Bruder in die Arme schließen und niemals wieder loslassen. Wir haben schon monatelang kaum noch richtig miteinander gesprochen, aber dass er jetzt hier ist, gibt mir eine Kraft, deren ich mir vorher gar nicht bewusst war. Ich möchte sie beide festhalten.

Will keinen von ihnen verlieren.

Ich bringe den Song, den Tomás angefangen hat, klopfend zu Ende.

Jedes Mal wenn ich blinzle, sehe ich Nyah vor mir, wie sie von der Kugel zerfetzt wird. Ashas Schreien hallt in meinen Ohren wider – möglicherweise schreit sie ja immer noch. Ich will, dass Ty stirbt, auch wenn er mein einziger Bruder ist. Dass er die Pistole gegen sich selbst richtet und sich erschießt.

Oder dass ich aus diesem Albtraum erwache und alles wieder wie immer ist.

Ich halte den Blick starr auf Ty gerichtet und versuche die anderen um mich herum auszublenden. Die Blicke sind jetzt nicht mehr mitleidig, nicht mehr voller Sorge wegen meines beschissenen Zuhauses. Stattdessen treffen mich Zorn, Angst und Hass. Sie geben mir die Schuld an Nyahs Tod, und das zu Recht. Wenn ich mich getraut hätte, etwas zu sagen, hätte ich sie vielleicht retten können.

Ich hoffe nur, dass Sylv mich jetzt nicht sieht und sich ebenfalls von mir abgewendet hat.

An den Jungen neben Nyah heranzukommen, der so schlau war, sich unter den Sitzreihen zu verkriechen, erweist sich für Ty als schwieriger. Er hat sich unter den Sitz zurückgezogen, doch als ein paar rote Krücken auf den Boden krachen, zucke ich zusammen.

Matt. Ich habe ihn nie kennengelernt, aber Ty war immer sehr angetan von ihm. Während ich die langen Sommerabende mit Sylv verbrachte, sind Matt und Claire für Ty zu der Familie geworden, die er nie hatte.

Wenn Matt nicht vor ihm sicher ist, ist es keiner von uns.

Ich bin völlig hin- und hergerissen zwischen meinem Bruder, meinem besten Freund, der mir nach den Tanzstunden Schokolade zugesteckt hat, dem Ty, der irgendwo unterwegs auf der Strecke geblieben ist, und diesem Fremden vor mir. Als er meine Ballettschuhe aus ihrem Versteck hervorholte und sie Dad zeigte, um ihm zu demonstrieren, dass ich nie mit dem Tanzen aufgehört hatte, hat er sich anschließend rausgehalten, als Dad mich so verprügelte, dass ich dachte, er würde mich umbringen. Wer ist dieser Mensch, den ich meinen Bruder nenne? Ich weiß noch nicht mal, in welchem Verhältnis wir jetzt zueinander stehen. Aber gerade weil wir einander einmal etwas bedeutet haben, kann ich womöglich etwas ausrichten. Wenn irgendwer zu ihm durchdringen kann, dann ich. Ich muss es versuchen.

Ich stehe auf. Niemand nimmt Notiz von mir. Alle Blicke sind auf Ty und sein nächstes Opfer gerichtet.

»Tyler«, meine Stimme klingt leise und heiser. Ich schlucke schwer. Taubheit durchzieht mich von den Fingerspitzen bis zum Rückgrat.

Um mich herum Getuschel. Köpfe heben sich und wenden sich mir zu. Das Unterbrechen der Stille gibt mir Kraft. Ich räuspere mich noch einmal, bevor Tyler einem weiteren Schüler an meiner statt den Kopf wegballert.

»Tyler. Hier bin ich.«

CJ Johnson @KadettinCJJ

Ich kann meinen Bruder nirgendwo finden. Meine Freunde sterben. Es ist die Hölle. #OHS

🕛 **10.21**

CJ Johnson @KadettinCJJ

Er sagt, wir hätten sein Leben vermasselt und keiner würde mehr lebend davonkommen. #OHS

🕛 **10.21**

Jim Tomason @JTomasonSTAR

@KadettinCJJ Hast du das Gefühl, dass #OHS schuld an dieser Situation ist? Unsere Reporter würden gern Kontakt aufnehmen.

🕛 **10.22**

KAPITEL ELF

10.22 Uhr – 10.25 Uhr

TOMÁS

Das Klopfen auf der anderen Seite der Tür führt meine Melodie zu Ende. Ich klopfe noch einmal. Sie antwortet. Sylvia. Natürlich wusste ich, dass sie in der Aula sein würde, als gute Schülerin, aber die Gewissheit macht mich völlig fertig. Wie soll ich ihr denn in Klopfzeichen vermitteln, dass ich wegen ihr zurückgekommen bin? Wie soll ich ihr vermitteln, dass ich sie da rausholen werde?

Ich lege die Handfläche an die glatte Oberfläche der Tür. Wir haben dieses Jahr kaum miteinander gesprochen. In der Mittelschule und in den ersten beiden Jahren der Highschool war sie noch meine Komplizin gewesen, auch wenn sie alle glauben machte, sie sei ein Engel – selbst dann noch, als sie sich in ein dünnes weißes Ding verliebte.

Nachdem Mamá erkrankt war, wurde Sylv ernster. Danach verbrachte sie den größten Teil des Sommers zurückgezogen und von den anderen abgeschnitten. Dabei habe ich sie verloren. Manchmal starrt sie mich so undurchdringlich an, dass ich das Gefühl bekomme, wir lebten in zwei verschiedenen Welten. Aber bei den seltenen Gelegenheiten, wo wir uns offen begegnen, fällt mir wieder ein, wie es ist, eine Familie zu haben.

Noch einmal klopft es ganz sachte; ich spüre mehr die Vibration unter meiner Hand. Eine andere Melodie, ein spanisches Schlaflied, das uns unsere Mutter gesungen hat, als wir noch ganz klein waren. Es geht langsam, ist ein bisschen traurig, jedoch hoffnungsfroh, und verdammt nochmal, es bringt mich zum Lächeln.

Ein weiterer Schuss zerreißt unser Lied.

Stille.

Nein. Nein. Nein. Wenn ich mich durch die Tür kratzen könnte, würde ich es tun. Ich beiße mir auf die Lippe, um nicht zu schreien. Wir könnten ebenso durch einen Abgrund getrennt sein – so wie ich da auf dem kalten Linoleum kauere und sie da drin auf dem abgetretenen Teppichboden.

Ich greife nach dem Hammer. Die Alternative zum Schlossknacken ist, es mit Gewalt zu probieren. Wenn ich den Bügel an der richtigen Stelle treffe, sollte es aufspringen. Der Krach wird zwar alle da drin aufschrecken lassen, aber das macht kaum noch etwas aus. Wenn ich nicht eine dieser Türen öffne, werden alle sterben. Der Super-GAU ist bereits eingetreten.

Ich zwinge mich, ruhig zu atmen, und entspanne bewusst die Schultern. Ich halte den Hammer mit beiden Händen. Gegen die Schusswaffe wird er nicht viel ausrichten können, aber gegen diese verdammte Tür schon.

Ich visiere das Schloss an und lehne mich zurück.

»Nicht!« Gerade als ich zuschlagen will, erreicht mich Fareeds eindringliches Flüstern. Er ist erhitzt, die Haare kleben ihm an der Stirn. Er umklammert den Bolzenschneider, während er sich vorbeugt, um wieder zu Atem zu kommen. »Sirenen heulen in der Ferne. Die Polizei wird bald hier sein.«

Ich trete einen Schritt zurück und wische mir mit dem Zipfel meines Hemdärmels die Tränen weg, die mir in die Augen getreten sind. Endlich. Wir brauchen die Polizei hier, auf der Stelle.

»Sind die Türen offen?«, frage ich ihn.

Fareed schüttelt den Kopf. »Nur zwei. Es würde zu lang dauern, alle Ketten zu zerschneiden. Aber wir können sie hier rausdirigieren. Besser als nichts.«

Ich schaue in Richtung der Türen. Ob es Far bewusst ist oder nicht, seine Worte verletzen mich. Er hat getan, was er sollte, während ich voll und ganz versagt habe. Ich nehme ihm den Bolzenschneider ab. Jetzt ist keine Zeit für Selbstbezichtigungen und Sentimentalitäten. »Lass sie uns zuerst hier rausholen.«

Ohne weiteren Kommentar legt mir Fareed die Hand auf die Schulter und drückt sie. Dann bezieht er Position bei der Tür, legt die Kette zwischen seine Hände, so dass er die Enden festhalten kann, nachdem ich sie durchtrennt habe. Ich schiebe die Schneidblätter um ein halbes Kettenglied und drücke zu, mit aller Kraft, die mir bleibt.

CLAIRE

Die Transmitter des Polizeifunks rauschen und knistern. Codes surren zwischen Sender und Empfänger hin und her. Es wäre so viel einfacher, wenn ich nicht wüsste, was sie sagen, aber die meisten Äußerungen sind in verständlichem Englisch. Es geht um noch mehr Polizeiautos, um eine Straßensperre. In Opportunity gibt es nur zwei Polizeiwagen, und die Unterstützung aus den umliegenden Ortschaften reicht nicht aus. Es gibt Erwägungen, Helikopter und bewaffnete Spezialeinheiten anzufordern und ein Notfallzelt auf dem Parkplatz einzurichten. Überlegungen, ein Bombenentschärfungskommando anzufordern.

Und Matt ist da mittendrin.

Nichts davon erscheint wirklich. Nichts davon klingt wie irgendetwas, was tatsächlich mit uns zu tun haben könnte, nach niemandem, den wir kennen könnten. Nicht bei uns in Opportunity, in Alabama. Sicherlich, auch bei uns gibt es ab und zu einen Raubüberfall. Vor ein paar Jahren hatten wir eine ganze Serie von Autobränden. Aber die Stimmen über Funk klingen, als wollten sie die ganze Schule unter Belagerung stellen.

Unsere Beamtin äußert nichts weiter als ein gelegentliches »10–4«. Ihr Blick ist geradeaus auf den Wagen vor ihr gerichtet, sie umklammert das Lenkrad.

Chris neben mir starrt auf seine Hände. Ich würde mich unterhalten, wenn ich wüsste, worüber ich reden sollte. Im Moment habe ich nur Unmengen von Fragen.

Der Straßenrand verschwimmt vor meinem Fenster. Was uns wie eine endlose Strecke vorkam, ist jetzt mit dem Auto nur noch eine Sache von ein, zwei Minuten – vielleicht sogar noch weniger. Gleich werden wir wieder in der Opportunity High sein, und zum ersten Mal, seit ich dort zur Schule gehe, wird mir richtig schlecht bei dem Gedanken. Was erwartet uns dort?

Ich reiße meinen Blick vom Fenster los und räuspere mich. »Wer hat Sie denn angerufen? War es jemand vom Laufteam?«

Wenigstens hat es jemand trotz aller Widrigkeiten geschafft. Ich habe immer gewusst, dass sie es schaffen würden.

Unsere Polizistin braucht eine Weile, bis sie kapiert, dass ich mit ihr spreche. Sie dreht sich rasch zu mir um. Die jähe Besorgnis in ihrem Blick gibt mir Anlass, zu überlegen, wie alt sie wohl ist, ob sie vielleicht Freunde oder Familienmitglieder auf der Opportunity hat. Es wird nicht mehr lange dauern, bis der gesamte Ort voller Angst und Schrecken vor den Schultoren aufkreuzt und gebannt dort warten wird. Neuigkeiten verbreiten sich wie ein Lauffeuer in unserer Stadt. Ob Mom und Dad schon davon wissen?

Die Beamtin schüttelt den Kopf. »Wir haben einen Anruf direkt aus der Schule erhalten. Mehrere Anrufe sogar.«

»Oh.« Alles wirbelt mir durch den Kopf. Hat derjenige, der die Polizei angerufen hat, es vielleicht geschafft zu entkommen? Waren sie in Sicherheit, als sie anriefen?

»Wissen Sie, ob irgendwer –«, Ich schaffe es nicht, den Satz zu beenden.

Die Polizistin räuspert sich. »Ich bin nicht befugt, mit euch darüber zu sprechen. Einer unserer Kollegen wird mit euch reden, sobald wir die Absperrung aufgestellt haben.« Ich kann zwischen den Zeilen lesen, was sie nicht sagt: *weil wir keine Massenpanik auslösen oder unbestätigte Infos herausgeben wollen*. Aber ich muss wissen, was uns erwartet.

Chris legt seine Hand auf meine. »Wir erwarten ja gar keine Einzelheiten, Officer«, sagt er so artig wie möglich. Chris wirkt auf die meisten sehr vertrauenswürdig. Während wir anderen Schüler wie Kinder behandelt werden, betrachtet man ihn wie einen Erwachsenen. »Wir wollen ja nur wissen, wo unsere Freunde sind und ob sie in Sicherheit sind.«

SYLV

Niemals zuvor haben Klopfgeräusche so wundervoll geklungen, aber mit der Hoffnung kommt auch die Angst. Vielleicht könnte Tomás uns tatsächlich helfen, allerdings nur unter dem Risiko, sein eigenes Leben aufs Spiel zu setzen. Wir sind hier gefangen, aber der Gedanke, dass er sich wegen mir in Gefahr begeben könnte – immer wieder wegen mir –, schnürt mir die Luft ab. Es wäre besser, wenn er davonlaufen würde.

Mit jedem Schritt, mit dem Autumn sich Tyler nähert, wünschte ich, Tomás würde sich weiter entfernen. Ich darf nicht beide verlieren. Obwohl er ein paar Minuten jünger ist als ich, war er immer mein Beschützer. Er war der Bruder, der mich unter seine Fittiche genommen hat, als Steve in die Armee eintrat und Félix nach Birmingham ging. Der Bruder, der mir die ersten Schwierigkeiten eingebrockt hat, und derjenige, der mich wieder rausgehauen hat. Bis zum letzten Sommer hatte ich mich vor nichts gefürchtet, wenn Tomás in der Nähe war.

Auf der anderen Seite der Tür ist er in Sicherheit.

Es gibt mehr im Leben als diese Wände hier, und Tyler kann nicht alles zerstören. Ich muss daran glauben. Indem ich Tomás von mir dränge, kann ich ihn schützen.

Weil ich Autumn nicht mehr beschützen kann.

Während mein Blick Autumn folgt, fahre ich mit der Hand das Muster der Holztäfelung an der Tür entlang. Sie bewegt sich ohne Zögern, obwohl sie mit jedem Schritt dem sicheren Tod entgegengeht.

Als Tyler abermals mitten in die Aula schießt, zuckt Autumn kurz zusammen, geht dann jedoch unbeirrt weiter. Das ist es, woraus unsere Welt momentan besteht: Tote, Verluste, Verletzte. Hätte ich daran etwas ändern können? Hätte ich es verhindern können, wenn ich mich erhoben und gesprochen hätte?

Beim Abschlussball der Elftklässler kam Tyler über die Tanzfläche auf mich zu. Obwohl Autumn und ich ihn kaum noch sahen und er mich in der Schule vollkommen ignorierte, wollte er jetzt mit mir tanzen.

Er forderte einen Tanz von mir ein.

Es war nicht das erste Mal, dass er versuchte mich anzumachen, aber mit Autumn konnte ich nicht und mit ihm wollte ich nicht tanzen. Er jagte mir eine Heidenangst ein, und die bloße Vorstellung, ihm so nahe zu kommen, machte mich extrem nervös. Ich gab ihm einen Korb und floh nach draußen, um Luft zu schnappen.

Er folgte mir.

»Tu nicht so, als ob du kein Interesse an mir hättest. Ich habe gemerkt, wie du mich ansiehst, wie du dich bewegst. Du willst was von mir. Versuch es nicht abzustreiten.« Als er mir die Hand auf den Arm legte, hab ich mich umgedreht und ihn mit dem Ellbogen gerammt.

Er kam hinter mir her und drängte mich gegen die Wand. »Lass die Finger von meiner Schwester.«

»Verpiss dich, Ty.« Ich trat ihm gegen das Schienbein. »Du bist widerlich. Hau ab und lass mich in Ruhe.«

Er tat nichts dergleichen, aber es gelang mir, mich loszureißen.

Wollte man Abuelas Geschichten über brujería, Hexen und Zauberei, glauben, wäre Ty besessen: Durch die Trauer ist die Dunkelheit in ihn eingedrungen, und das Dunkle frisst ihn von innen auf. Genauso ist es, und jetzt zerstört er uns alle.

Jetzt wird er bestimmt Autumn benutzen, um an mich heranzukommen. Tyler will sich rächen, und es gelingt ihm auch – nicht indem er uns umbringt, sondern indem er gezielt alle umbringt, die uns am meisten am Herzen liegen.

AUTUMN

Ty nimmt seine Kappe ab und streicht sich durch das sorgfältig gestylte Haar. Mit einem sanften Lächeln blickt er immer noch auf den Jungen, der sich vor ihm duckt. »Matt, magst du nicht rauskommen und mit mir spielen?«, fragt er ihn. »Ich hab da noch was mit deiner Schwester zu klären. Und mit meiner eigenen Schwester, die heute gar nicht hier sein sollte. Wenn sie bloß auf mich gehört hätte.«

»Ty!«, rufe ich noch einmal, um sicherzustellen, dass er mich gehört hat. Mein Verstand schreit GEFAHR!, schreit: Lauf weg und versteck dich und bete, dass er dich nicht findet. Aber ich bleibe aufrecht stehen.

Ty sieht mich mit diesem Blick an, mit dem mein Vater nervige Kunden straft und aus dem gleichermaßen Geschäftssinn und pure Verachtung sprechen. »Erwartest du von mir, dass ich dir durch den ganzen Raum zuschreie? Hat dich deine Mutter nicht besser erzogen?«

Ich balle die Hände zu Fäusten, kämpfe jedoch gegen das zornige Aufwallen an. Ich mache einen weiteren bedächtigen Schritt nach vorn. Einer noch.

Jemand streicht mir anerkennend über die Hand.

Noch ein Schritt und noch einer. Ty lässt von Matt ab und richtet den Lauf auf mich. Er grinst.

Je näher ich rücke, desto mehr weicht Ty, mein Ty, vor mir zurück.

In unserer Küche, einem Relikt aus den sechziger Jahren, inklusive der original kotzgrünen Wände, grinste Ty über einen von Dads lahmen Witzen. Er lacht nur noch selten, aber falls doch, fangen seine Augen an zu leuchten.

»Ich glaube, ich habe etwas Zeit gebraucht, um es einordnen zu können«, sagte Ty mit dieser typisch sanften, behutsamen Stimme. »Mir ist jetzt bewusst geworden, dass meine Erwartungen an die OHS unrealistisch waren. Ich glaube, ich krieg das hin.« Er schnitt dabei das Fleisch auf seinem Teller in mundgerechte gleich große Stücke und ordnete es in exakten Reihen an.

»Freut mich zu hören, mein Sohn«, bemerkte Dad. Er hat mich noch nie Tochter genannt, aber Ty nennt er ständig Sohn. *»Wie Großvater immer gesagt hat, diese Stadt kann einem das Leben ganz schön schwermachen, aber du musst stets kämpfen. Während ein Junge wegrennt, wenn es problematisch wird, stellt sich ein Mann den Problemen.«*

Weil es genau das ist, was Dad macht. Er stellt sich seiner Trauer. Nicht, dass er sie in Alkohol und Zorn ertränken und die Hälfte der Kundschaft mit seinen üblen Launen aus dem Geschäft vergraulen würde. Mich in Angst und Schrecken damit versetzen würde. Ganz und gar nicht. Doch nicht mein Dad. Hätte ich nicht so eine Angst davor gehabt, dass Dad mich dabei erwischt, hätte ich die Augen verdreht.

»Ja, Sir«, erwiderte Ty.

Ich starrte auf meinen Teller und sagte kein Wort.

Rückblickend war weder Dad noch mir klar, was Ty gemeint hatte. Ich hatte gehofft, dass er sich mit Tomás und Claire aussöhnen würde. Ich war erleichtert und froh darüber. Er schien wieder ein bisschen wie früher. Ich hatte unrecht.

Ein Schuss pfeift über meinen Kopf hinweg und reißt mich aus meinen Gedanken.

Ich sehe einen Fremden, das ist unmöglich dieselbe Person, die mir die leerstehende Hütte bei den Baumwollfeldern gezeigt hat, wo ich heimlich tanzen konnte. Nicht dieselbe Person, die mir neue Spitzenschuhe kaufte, als meine alten zu abgetragen waren, um noch zu taugen. Er sieht vielleicht aus wie Tyler und klingt wie Tyler. Aber dies ist nicht dieselbe Person.

Das kann nicht sein.

»Beweg dich, oder ich erschieße den Jungen.«

Es ist ein Fremder.

Alle Aufmerksamkeit auf den Gang gerichtet, mache ich zwei, drei Schritte vorwärts. Als ich vorn über ein totes Mädchen steige, das kaum älter ist als ich, beiße ich mir auf die Lippe. Bei der Bühne packt mich das kalte Grauen, und es haut mich fast um. Da liegen ein halbes Dutzend toter Lehrer und drei verletzte, die von ihren Kollegen umsorgt werden. Einer aus der Neunten lehnt mit geisterhaftem Gesicht gegen die Wand; Blut schießt ihm aus einer Wunde in seiner Schulter. Nur ein paar Meter von ihm entfernt liegt Nyahs lebloser Körper.

Ich erstarre. Ich kann nicht weiter, auch wenn es das Richtige wäre. Ich schlucke: »Warum, Tyler?«

Während er auf mich zukommt, fixiert er mich mit blassen Augen, und alle, die ähnlich nah an ihm dran sind, werden dasselbe bemerken: Sein Blick ist ausdruckslos, ohne Gefühl – ohne Menschlichkeit.

Er streckt die Hand nach mir aus, packt mich an den Haaren und zerrt mich auf die Bühne. »Warum hast du nicht einfach auf mich gehört?«, sagt er so leise, dass nur ich es hören kann.

Ich gerate ins Straucheln, aber Tyler scheint es gleich zu sein. »Du denkst, du wärst was ganz Besonderes, stimmt's?«, zischt er mich an. »Bedeutet dir eigentlich noch jemand was? Deine Familie? Deine ach so besondere Freundin? Oder geht es dir nur um dich?« Er richtet die Pistole auf meine Beine.

»Bitte nicht«. Meine Wangen glühen so heiß, dass die Tränen darauf sofort wieder trocknen. Aber ich reiße mich zusammen und blicke ihm direkt in die Augen.

»Ich liebe dich«, hauche ich.

Da lächelt er unversehens und ist wieder ganz der Ty, den ich kenne.

Und das gibt mir den Rest.

An: Schwester
Hol mich hier raus. Ich will nach Hause. Ich will nach Hause, bittebittebittebitte.

KAPITEL ZWÖLF

10.25 Uhr–10.27 Uhr

CLAIRE

Als die Pforten der Opportunity High in Sichtweite kommen, lenkt sie den Wagen rechts an den Straßenrand. Andere Polizeiautos überholen uns. Die Beamtin auf dem Fahrersitz dreht sich zu uns um und sieht uns eindringlich an.

»Wenn wir jetzt auf das Schulgelände fahren, gibt es dort einen Sicherheitsbereich. Ihr habt keinen Zutritt zu diesem Bereich. Ist das klar?« Sie wartet, bis wir ihr zugestimmt haben. »Einer unserer Kollegen wird mit euch reden. Er wird euch danach fragen, was ihr gehört und gesehen habt, nach allem, was irgendwie hilfreich sein könnte. Haben wir eure volle Unterstützung dabei?«

Chris sieht mich an, und ich erschaudere bei dem Gedanken an Tyler. An den Tyler, den ich kannte. Den Tyler, den ich unterschätzt habe. Ich möchte nicht darüber reden, aber wie kann ich jetzt schweigen?

»Ja, Ma'am.«

»Wir werden im Ort eine Notfallzentrale einrichten, damit ihr eine Anlaufstelle habt.« Ihr Lächeln wirkt zum ersten Mal ein wenig unsicher, und zum ersten

Mal klingt sie wie eine besorgte große Schwester und nicht wie eine Polizeibeamtin, die sich ans Protokoll hält. »Ich kann mir vorstellen, dass ihr wissen wollt, was vor sich geht. Das wollte ich auch, wenn es meine Freunde da drinnen in der Aula wären. Aber wir können noch keine Infos weitergeben. Ich gehe davon aus, dass ihr nichts tun werdet, was uns bei unserer Arbeit behindert?«

Chris nickt bereitwillig, und ich zwinge mich, ebenfalls zu antworten: »Nein Ma'am, werden wir nicht.« Ich zögere einen Moment und füge dann hinzu. »Wir könnten Ihnen behilflich sein. Wir könnten Pläne zeichnen. Ihnen zeigen –«

»Nein. Das ist zu gefährlich«, unterbricht sie mich. »Wir haben den Grundriss. Wir werden alles für eure Freunde tun. Wir werden versuchen, alle in Sicherheit zu bringen, aber ihr könnt dabei nichts ausrichten.« Die Sorgenfalten in dem Gesicht mit den Sommersprossen glätten sich wieder, und ihre Stimme verstummt. Mit einem knappen Nicken richtet sie den Blick wieder auf die Windschutzscheibe. Sie sieht kurz über ihre Schulter und fährt dann zurück auf die Straße. Wir sitzen schweigend auf der Rückbank.

Gefangen in der Aula. Das ergibt Sinn. Die Schüsse fielen etwa zur selben Zeit, in der Mrs Trenton ihre Rede abschloss. Allerdings konnte ich mir das irgendwie gar nicht vorstellen. Panik und durch die Flure rennende Menschen, ja. Aber alle Schulangehörigen in der Falle und Tyler mit einer Schusswaffe? Nicht in den allerschlimmsten Schreckensszenarien hätte ich mir dergleichen ausgemalt. Und ich wünschte, ich würde auch jetzt noch nichts davon wissen. Die Aula ist kein Jagdgelände; sie ist ein Schießstand.

Sie ist eine Leichenhalle.

Ich umklammere Chris' Hand noch fester und lehne mich bei ihm an. Wir hatten noch mehr Glück, nicht an der Versammlung teilgenommen zu haben, als ich dachte. Wenn es nicht um Matt ginge, hätte ich nur einen Gedanken im Kopf: nach Hause zu gehen und mich in Sicherheit zu bringen. Ich würde mich dort verkriechen und Tracy anrufen und darauf warten, dass dieser Albtraum ein Ende hat.

Stattdessen wird der Wagen langsamer und fährt auf den Parkplatz.

Die Beamtin auf dem Fahrersitz winkt einem anderen Polizisten zu, der gerade den mutmaßlichen Sicherheitsbereich mit Absperrband abgrenzt, und er signalisiert ihr weiterzufahren. Sie greift verstohlen nach dem Funkgerät: »Zehn-dreiundzwanzig. Wir sind gerade am Tatort eingetroffen.«

Und mir nichts, dir nichts sind wir wieder zurück in der Schule.

Eine unbändige Wut verdrängt meine Furcht. Wenn Tyler Autumn auch nur anrührt, wenn er ihr etwas tut, werde ich Abuelas Geister heraufbeschwören und ihn mit allem, was in mir steckt, verfluchen. Ich werde ihn umbringen, selbst wenn er mich zuerst tötet.

Hin- und hergerissen zwischen Tomás hinter mir und Autumn vor mir, wird die Luft stickig und dünn, und ich kann nicht mehr atmen. Nicht mehr atmen. Nicht mehr atmen.

Auf der anderen Seite der Aula erheben sich vorsichtig zwei Lehrer. Ein paar Schüler ein wenig unterhalb von ihnen stehen ebenfalls auf. Darunter auch das Mädchen, das dabei geholfen hat, uns einzuschließen.

Sie hat die Zähne zusammengebissen, ihr Mund wirkt wild entschlossen.

Ich hatte gedacht, dass die Wände den Mut draußen hielten, aber vielleicht halten sie ihn ja gerade drinnen. Wir kämpfen nicht nur ums Überleben – wir kämpfen für die Hoffnung und die Zukunft.

Am Rand der Bühne steht Autumn jetzt ihrem Bruder gegenüber.

Ihr Blick huscht von der Pistole zu Tyler und wieder zurück. Um mich herum geht das Getuschel los. »Hat er Freundin gesagt?« »Aber sie …«

»Glaubst du, er meinte …«

Mit einer Hand umklammere ich meine Knie und mit

der anderen lange ich nach meiner Tasche, als ob die mich vor irgendwas schützen könnte.

Das Einzige, woraus Autumn sich was machte, war tanzen. Die Einzige, aus der sie sich was machte, war ich. Aber von beidem hat sie nie jemand anderem etwas erzählt. Sie hatte zu viel Angst, dass man es in Opportunity missbilligen würde. Zu viel Angst, da sie wusste, ihre Familie würde sie auf jeden Fall dafür ablehnen.

Nicht dass deren Missfallen irgendetwas geändert hätte. Ihr Familienzusammenhalt war ja sowieso schon in die Binsen gegangen.

Aber Autumn zeigt nie, was in ihr vorgeht. Weder Angst noch Wut. Auch nicht, wenn es ihr gutgeht, außer beim Tanzen. Sie ist viel zu wohlerzogen, zu kontrolliert, um sich einen Ausrutscher zu erlauben und zuzulassen, dass andere ihr weh tun, doch ich erkenne ihren Schmerz. Das war schon immer so. Ich wünschte nur, sie könnte mich noch so sehen wie früher.

An Autumns fünfzehntem Geburtstag hatte uns Mrs Browne zu einer Matinee mit nach Birmingham genommen. Es war ein paar Monate bevor Mrs Browne wieder als Sonderberaterin einer neuen Produktion des Royal Ballet nach England gehen sollte, auch wenn sie nie mehr dorthin kam.

Damals hatten Autumn und ich noch keine Ahnung, was uns erwartete. Sie war so aufgeregt darüber, die »Nussknacker-Suite« zu sehen, dass sie tagelang von nichts anderem mehr redete. Ich fand es viel spannender, in Birmingham in einem schicken Restaurant essen zu gehen. Während wir immer knapp bei Kasse waren, war es bei Autumns Familie damals noch anders.

Als die Musik begann und die Vorhänge sich lüfteten, leuchtete Autumns Gesicht. Sie hätte ein Stern sein können, so wie sie strahlte.

Ich glaube, in diesem Moment habe ich mich in sie verliebt.

Als die Uhr auf der Bühne Mitternacht schlug, erwachte der Nussknacker zum Leben und rückte tapfer mit seinen Lebkuchenmännern und Husaren gegen die Armee des Mäusekönigs aus.

Der Nussknacker, von einem Hausschuh vor dem Tod bewahrt, kämpfte. Autumn lächelte, und mein Herz hüpfte. Ich war mir nicht sicher, was sie empfand, aber als es nach der Pause wieder dunkler wurde, schob ich ihr meine Hand hin. Sie sah mich an und drückte meine Finger. Im Halbdunkeln hielten wir uns bis zum Ende der Vorstellung bei den Händen.

Ich war so glücklich.

Das war das einzige Mal, dass wir unbekümmert unsere Gefühle ausgelebt haben.

Sechs Wochen später verlor Mrs Browne, unterwegs, um Autumn vom Ballettunterricht abzuholen, die Herrschaft über ihren Wagen. Todesursache: Erschöpfung. Selbst zu Hause machte sie stets Überstunden und schlief kaum. An diesem Abend waren die Straßen vom Frost glatt gewesen. Die Polizei meinte, sie musste kurz eingenickt sein, als eine Eisfläche den Wagen zum Schlingern brachte. Sie ist nie mehr aufgewacht.

Ich konnte mich zu Hause wenigstens so geben, wie ich war. Als Mamá alles verloren hat, was sie zu dem gemacht hatte, was sie war, sagte sie uns, dass sie uns glücklich in Erinnerung behalten wolle.

Sie wollte nicht, dass wir jemals aufgeben, ohne zu kämpfen.

Ich hoffe, sie erinnert sich daran, dass sie uns geliebt hat.

Langsam erhebe ich mich. Was Tyler mir angetan hat, kann ich hinnehmen, aber ich werde nicht tatenlos dabei zusehen, wenn er Autumn was tut. Sie ist schon zu oft verletzt worden. Sie muss wissen, dass sie geliebt wird.

TOMÁS

Die Kette zerspringt nicht in zwei Teile. Der Bolzenschneider bewegt sich kaum unter meinem Griff. Ich wäre wohl doch besser öfter zum Sport gegangen. Das bisschen Kraft, was ich habe, stammt von einem Ferienjob, bei dem wir Zaunpfähle aufgestellt haben. Ich dachte immer, dass Adrenalin mir die Kraft verliehe, Autos anzuschieben und Holzplanken mit bloßen Händen durchzuhauen. Vielleicht habe ich nicht genug Stress, oder aber ich bin so gestresst, dass nichts mehr geht.

Die Griffe des Bolzenschneiders nähern sich doch noch langsam einander an. Ganz allmählich.

Knack.

Ich zucke zusammen.

Ein halbes Kettenglied ist durch.

Fareed lächelt mir aufmunternd zu.

Er dreht die Kette um, und ich schiebe wieder den Bolzenschneider dazwischen. Diesmal geht es leichter. Ich weiß jetzt, was mich erwartet, und packe es besser an.

Knack.

Jetzt, wo die Kette durch ist, lege ich den Bolzenschneider auf den Boden und nehme Fareed das eine Ende ab. Wir brauchen dazu keine Worte. So leise und doch zugleich so schnell, wie wir es uns zutrauen, ziehen wir die Kette von den Türgriffen ab. Erst eine Umdrehung, dann die nächste. Jedes Mal wenn das Metall dabei gegen die Tür schlägt, halten wir den Atem an. Solange wir die Kette gespannt halten, sollten die Geräusche nicht nach innen dringen.

Hoffe ich zumindest.

Als wir die letzte Windung gelöst haben, geht Fareed mit der Kette zur anderen Seite des Gangs hinüber und rollt sie dort behutsam auf dem Boden zusammen.

Ich starre auf die Tür. Es wäre so leicht, sie einfach aufzureißen, aber nur ein Paar Flügeltüren tun es nicht. Ich hebe den Bolzenschneider auf und warte, bis Fareed bei der nächsten Tür seinen Platz eingenommen hat. Einseifen, abspülen, und das Gleiche noch mal von vorn. Zwei der Flügeltüren zu öffnen ist wesentlich sinnvoller, weil dann mehr Schüler entkommen können.

Außerdem wird die Polizei gleich hier eintreffen. Wir müssen nur noch ein wenig länger durchhalten.

Ich schnaufe angestrengt, als die Schneideblätter das nächste Kettenglied durchtrennen. Kein Wunder, dass Fareed davor so verschwitzt war. Von dem Druck zittern mir die Hände.

»Komm schon«, sagt Fareed besänftigend. »Nur noch ein Schnitt.«

Ich nicke.

»Wenn du willst, mach ich weiter …« Er zeigt auf den Bolzenschneider, aber da habe ich schon die Schneideblätter um die Kette gelegt. Er hat recht – nur noch ein Glied. Außerdem sind das hier meine Türen. Wenn ich heute irgendwas richtig mache, wird es das hier sein. Um Sylv und allen anderen in dieser Vorhölle wenigstens eine Chance zu geben.

Knack.

AUTUMN

»Ich liebe dich«, sage ich noch einmal lauter. »Du bist mein Bruder, mein bester Freund.«

Die Worte prallen von der Wand ab, die Ty um sich herum errichtet hat. Seine Pistole ist immer noch auf mein Bein gerichtet, und er könnte ebenso gut mein Leben bedrohen. »Du bedeutest mir alles.«

Er schaut mir ins Gesicht. Solange er mit mir beschäftigt ist, sind wenigstens die anderen in der Aula sicher. Solange er sich auf mich konzentriert, könnte es mir möglicherweise gelingen, zu ihm durchzudringen. Und wenn ich lügen müsste, um ihn zu erreichen, würde ich es tun.

»Ich schwöre dir, ich wollte niemals, dass sich etwas ändert zwischen uns. Was ist denn geschehen, Ty?«

Sein Blick verfinstert sich. »Ich habe alles verloren.«

»Mich hast du nie verloren«, sage ich ganz leise. Ich brauche einen Hinweis, einen Blick von ihm, um mich zu vergewissern, dass er nach allem, was er getan hat, immer noch mein Bruder ist. »Du warst das Einzige, was ich noch an Familie hatte, als sich alles verändert hat. Ich weiß, dass es für beide von uns schwer war, aber du hast mich daran glauben lassen, dass es nicht unmöglich war, Moms Traum, meinen Traum, zu erfüllen.«

Hätte ich etwas anders gemacht, wenn mir vorher klar gewesen wäre, dass er genauso verloren war wie ich? Sylv war es, die mir Kraft gab, und das Tanzen gab mir einen Sinn. Dennoch: »Ty, ich habe dich so vermisst.«

Wenn er mir nur etwas erzählt hätte. Wenn er sich mir nur anvertraut hätte.

Ty blinzelt. »Du hast an deinem Traum festgehalten.«

»Um von hier wegzukommen.« Kaum habe ich es ausgesprochen, wird mir mein Fehler bewusst. Ty bricht in immer lauteres Gelächter aus.

»Ich wollte dir als Grund dienen, zu Hause zu bleiben. Ich wollte dir niemals weh tun.« Er schüttelt den Kopf. »Aber dir ist das völlig egal, stimmt's? Nachdem Mom gestorben war, hatte ich niemanden mehr. Weißt du, wie es ist, ganz allein zu sein?«

Ich bewege mich behutsam aus der Schusslinie heraus, lasse ihn dabei aber nicht aus den Augen. »Natürlich ist es mir nicht egal. Natürlich weiß ich, wie das ist. Ich habe genauso viel verloren wie du. Aber das muss nicht so aussehen. Du hast Dad und mich gehabt. Du hast Claire gehabt, Freunde.«

»Alles Lügen! Sie haben mich alle im Stich gelassen. Als ich Teil deines Lebens sein wollte, hast du mich genauso weggeschubst. Jetzt kommt die Reue zu spät.«

Ich balle die Hände zu Fäusten und schlucke Wut und Angst, die mich plötzlich überfallen, herunter. »Wie hätte ich dich denn wegschubsen können, wenn du gar nicht da warst? Du hast mir versprochen, mich zu beschützen.«

»Du hast mir gesagt, dass dich nichts mehr hier hält, noch nicht mal ich.«

Verschwinde, Ty.

»Deshalb hast du beschlossen, dass Dad mir eine Lektion erteilen sollte?« Ich imitiere seine Stimme, während ich mich an sein Grinsen erinnere und seine detaillierte Planung.

»Es war ein Fehler. Ich hab dir doch gesagt, dass es mir leidtut. Warum hörst du eigentlich nie zu?« Er drückt den Abzugshahn. Eine Kugel bohrt sich neben mir in die Bühne, und ich unterdrücke einen Aufschrei. Der Zauber zwischen uns ist gebrochen.

»Du bist schuld daran«, sagt er. »An allem hier bist du schuld.«

MEIS ABENTEUER

Derzeitiger Standort: auf dem Heimweg

Opportunity ist eine gute Schule. Ich bin gern hingegangen. Ich war dort glücklich. Was immer man jetzt darüber hören mag, es liegt nicht an der Schule, an dem Ort. Nehmt euch bloß nicht raus, uns dafür verantwortlich zu machen. Ihr habt überhaupt kein Recht, über uns zu urteilen.

Kommentare: [37]

- Mei, wie stehst du zu dem Vorwurf, dass die Schule es hätte verhindern können?

- Gab es Momente, in denen du dich dort nicht sicher gefühlt hast?

    - OMG! KÖNNT IHR DENN NICHT LESEN?

- Ich war immer begeistert vom Unterricht bei deinem Dad. Ich hoffe, es geht ihm gut – und dir auch.

- Könntest du dich bitte bei unserer Hotline melden und deine Telefonnummer hinterlassen? Es wäre hilfreich, wenn wir wüssten, wer drin ist und wer nicht. Du kannst dich auch an einen der Beamten vor Ort wenden. Sie werden dir weiterhelfen.

KAPITEL DREIZEHN

10.27 Uhr–10.28 Uhr

TOMÁS

Alles kommt jetzt darauf an, den richtigen Zeitpunkt zu erwischen. Wenn wir die Türen zu weit öffnen, wird es bemerkt werden. Wenn wir sie zu langsam öffnen, werden nicht alle herauskommen können.

Fareed hält sich bei dem zweiten Paar Flügeltüren bereit, und ich kauere bei der Tür, an die ich mit Sylvia den Code geklopft habe. Als ich sie ein paar Zentimeter öffne, dringen Flüstern, Schluchzen und unterdrücktes Fluchen zu mir durch.

Ich entdecke sie auf der anderen Seite der Tür. Ihr langes schwarzes Haar fällt ihr ins Gesicht; sie geht zitternd sehr langsam an der Wand entlang, die Arme vor der Brust verschränkt. Doch sie lebt. Erleichterung macht sich bei mir breit. Das ist alles, was zählt.

Ihr Blick ist auf die Bühne gerichtet, und während ich mich auf allen vieren durch den Türspalt zwänge, folge ich ihrem Blick.

Das Erste, was ich erspähe, sind die leblosen Körper. Mrs Trenton. Senor Herrera, unser Spanischlehrer. Noch andere Lehrer. Noch mehr Schüler. Nachdem ich

Neil gefunden und die vielen Schüsse vernommen habe, sollte es mich eigentlich nicht wundern. Tut es aber dennoch.

Und Tyler mittendrin. Tyler, von dem ich dachte, er sei harmlos. Mit einem Grinsen, das durch Mark und Bein geht, hält er die Knarre in der Hand. Er ist gefährlich, das hat Sylv mir gesagt. Was sie nicht erwähnt hat, ist ebenso klar – sie hatte fürchterliche Angst vor ihm. Vielleicht deshalb? Hatte sie bereits geahnt, dass er zu so etwas in der Lage wäre?

Meine Finger ballen sich zu Fäusten, und alles in mir schreit nach Angriff.

Aber sein Blick ist auf seine Schwester fixiert. Solange Autumn ihn in ihrem Bann hält, ist der Rest in der Aula sicher. Und mit den geöffneten Türen gibt es Dringlicheres zu bedenken. Wir können die Leute hier rausholen.

Ich lege meiner Schwester die Hand auf die Schulter. Sie dreht sich zu mir um. Ihr erschrecktes Wiedererkennen und die anschließende Erleichterung in ihrem Ausdruck sind das Schönste auf der Welt. Ich schließe sie in die Arme und ziehe sie zu mir heran. Sie erwidert meine Umarmung, was mir das Gefühl verleiht, vielleicht doch kein totaler Versager zu sein.

Ich weise auf die Tür, und Sylv nickt und tippt dem Nächstbesten auf die Schulter.

Eine Tür weiter macht Fareed das Mädchen, das ihm am nächsten ist, aufmerksam. Wir kriechen immer weiter vor in die Aula, während sie sich ringsum auf die Schulter tippen und einander darauf hinweisen, dass die Tür offen ist. Entsetzen oder Angst mag es geschuldet sein, dass sich niemand erhebt und auf die Tür losstürmt. Stattdessen weicht einer nach dem anderen vorsichtig und behutsam zurück. Diejenigen, die immer noch auf ihren Plätzen sitzen, als wären sie noch bei der Versammlung, achten darauf, dass ihre Stühle beim Hochklappen nicht quietschen. Sie bewegen sich auf allen vieren auf die Gänge und Türen zu, bereit zur Flucht.

Sylv arbeitet sich zu den nächsten Sitzreihen vor und verbreitet die Nachricht per Handzeichen an einen nach dem anderen. Und auch wenn ich mir wünschte, sie würde loslaufen, nichts wie raus hier, bin ich froh darüber, dass sie, was immer als Nächstes auf uns zukommen wird, mit mir zusammen in Angriff nimmt.

AUTUMN

»O Ty …« Mein Bruder, der verlorene Junge.

In der Aula steuern immer mehr von ihren Plätzen auf die Türen zu. Ich traue mich nicht, genauer hinzusehen, aus Furcht, Ty könnte darauf aufmerksam werden. Aber solange er mich anstarrt und mich beschimpft, haben die anderen hinter ihm eine Chance zu entkommen. Und solange ich ihn im Blick behalte, kann ich mir vormachen, dass sich sonst niemand hier befindet. Kann mich ihm öffnen.

Die Nacht, in der Mom starb, erscheint vor mir. Sie war gerade zu Hause, zwischen zwei Europatourneen, doch ihre Abwesenheitsphasen wurden immer länger. Sie war so erschöpft und müde. Ich wollte nicht, dass sie mich fährt, ich hatte ihr gesagt, dass ich den Unterricht mal ausfallen lassen könnte, aber sie bestand darauf. Ich müsse üben. Sie war dagegen, Zeit zu verschwenden, wie immer. Vielleicht reiste sie deshalb so viel herum.

Vielleicht war sie auch nur auf der Flucht.

Nach der Stunde wartete ich auf sie. Die anderen Eltern hatten ihre Kinder bereits alle abgeholt. Als ich zu Hause anrief, sagte Ty, dass Mom schon unterwegs sei. Aber niemand kam. Nicht, bis die Polizei an die Tür klopfte und mich eingenickt im Umkleideraum vorfand.

Da war Mom bereits tot.

Und ich war die Einzige, die man dafür verantwortlich machen konnte.

»Ich weiß, dass es mein Fehler war«, flüstere ich. »Es vergeht kein Tag, an dem ich Mom nicht vermisse. Ich wünschte, ich könnte die Zeit zurückdrehen und den Tag noch einmal neu abspulen. Aber das kann ich nicht. Ich kann es nicht. Ich kann immer nur wieder das machen, was sie gewollt hat. Sie wollte, dass ich tanze, Ty. Du weißt, wie wichtig ihr das war.«

»Und deshalb hast du immer weiter getanzt.«

»So behalte ich sie in Erinnerung. Auf diese Art und Weise fühle ich mich ihr nahe.« Ich schnappe nach der ersten Erinnerung, die sich auftut. »Erinnerst du dich daran, wie wir letztes Jahr zusammen ›Othello‹ gesehen haben? Erinnerst du dich, wie wir danach zum Fluss runtergefahren sind und dort den Sonnenuntergang geguckt haben? Der Himmel war vollkommen klar, und alles war ganz friedlich. Es war das erste Mal seit einem Jahr, dass ich mir keine Gedanken über Dad machen musste. Es war das erste Mal seit einem Jahr, dass ich mich sicher gefühlt habe. Das hast du mir geschenkt. Du hast mich gerettet.« *Lass mich jetzt dich retten.*

Die Hand, mit der er die Pistole hält, zittert, und er senkt sie ganz, ganz langsam.

Für einen Moment lenke ich den Blick auf die Waffe. Ich kann nicht umhin, mich zu fragen, ob ich mich darauf stürzen, sie ihm entreißen und ihn damit außer Gefecht setzen könnte.

Ty schiebt sich eine Haarsträhne hinters Ohr und schüttelt den Kopf. »Nein, Autumn.«

Während er sich langsam von mir abwendet, bleibt die Zeit abrupt stehen. Überall kriechen die Schüler auf die Türen zu, aus dem Schutz der Sitzreihen heraus, jeder von ihnen eine Zielscheibe.

Noch bevor mein Verstand oder auch der Überlebensinstinkt einsetzen, strecke ich die Arme aus und packe Tyler bei den Schultern, damit er nicht sieht, was um ihn herum passiert.

»Tyler, sieh mich an. Hör mir zu.«

Tyler reißt die Pistole herum. Er drückt den Abzugshahn, doch der Schuss prallt von der Wand ab. Ich zucke zusammen. Tys Gesicht nimmt wieder diesen knallharten Ausdruck an.

Er zieht den Arm zurück, schlägt mir mit voller Wucht den Pistolenlauf ins Gesicht.

Ich sehe Sternchen. Mein Mund füllt sich mit Blut.

Ich lege meine Hand an die Wange und winsele. Der metallische Geschmack lässt mich würgen. Ich spucke aus.

Ty beugt sich über mich, so dass unsere Gesichter nur Zentimeter voneinander entfernt sind. Ich kann nicht aufhören zu zittern. Ich spüre Tys Atem warm in meinem Gesicht, und zugleich fährt es mir kalt in alle Glieder. »Du kommst zu spät, um mich zu retten.«

SYLV

Autumns Wange platzt auf, und Blut rinnt darüber. Tyler erhebt abermals die Hand und schlägt sie noch einmal. Sie strafft die Schultern und sieht ihn trotzig an. Jetzt nicht kämpfen. Kämpf nicht mit ihm.

Wir werden ihn stattdessen bekämpfen. Tomás, Far und ich. Wir werden ihn aufhalten und alle retten.

Wir werden unser Happy End erschaffen.

Ich strecke die Hand nach Tomás aus, aber er ist bereits drei Reihen weiter unten. Die Schüler um mich herum setzen sich in Bewegung. Ich gehe auf allen vieren auf eine Gruppe Neuntklässler zu, die zusammengekauert dahocken. Ich berühre sie an den Schultern, lege den Zeigefinger auf den Mund und zeige auf die offenen Türen.

Wir sind noch lange nicht aus der Schule heraus. Aber wenn wir's erst einmal aus der Aula geschafft haben, sind wir näher dran. Dann gibt es mehrere Ausgänge um uns herum.

Fareed wirft mir durch den Raum einen Blick zu. Natürlich ist er mit Tomás gekommen. Er nickt mir ermutigend zu, und einen Moment kann ich mir tatsächlich vorstellen, dass nicht alles gut – es wird nie wieder gut sein –, aber durchaus alles möglich ist.

Wir sind dabei zu fliehen.

Adrenalin durchflutet mich.

Das Mädchen neben mir scheint die Jüngste der Gruppe zu sein. Tränen stehen ihr in den Augen, aber dann bricht sie in ein derart breites Grinsen aus, dass mir das Herz überläuft. Sie lässt ihre Tasche zurück und folgt ihren Freunden durch die Sitzreihen. Sie rutschen an mir vorbei auf die Türen zu.

Sie halten sich an den Händen und schlüpfen durch die Tür hinaus in den Flur. Sie sind draußen. *Madre de Dios*, es ist wahr.

Von außen sieht die Opportunity High aus wie ein altertümliches Gebäude mit ihren roten Ziegelmauern und den großen Fenstern. Die meisten der Klassenzimmer befinden sich im ausgedehnten Erdgeschoss, die Bibliothek, die naturwissenschaftlichen Labore, die Werkäume in dem nicht ganz so großen Obergeschoss. Die Turnhalle und die Sportplätze sind von dieser Seite des Parkplatzes aus sichtbar, während die Aula auf der anderen Seite des Gebäudes beim Lehrerparkplatz liegt.

Wir kommen an Jonahs Auto vorbei und an Tylers. Schmerz überfällt mich.

Die Figur von Matt steht noch immer auf dem Armaturenbrett.

Ein Beamter koordiniert die Notfallambulanzen hinter den Autos. Alle um uns herum arbeiten zügig und effizient. Die Polizei hat das Kommando übernommen. Polizisten errichten eine Straßensperre. Ein Sondereinsatzkommando fährt Streife um die Schule. Vor der Schule bauen sie ein großes Zelt auf, Autos und Lieferwagen parken auf dem Rasen daneben.

Dies hier sieht weit mehr nach einem militärischen Einsatzkommando aus als alles, was das Trainingslager des Kadettenkorps jemals auf die Beine gestellt hat. Es ist überwältigend. Es herrscht Belagerungszustand.

Unser Polizeiwagen wird in einen von Kegeln und Absperrband gekennzeichneten Bereich geleitet. Wir halten bei den Transportwagen, wo uns ein älterer Mann mit einem Polizei-Abzeichen zu sich winkt.

Unsere Beamtin, ihren Namen weiß ich immer noch nicht, schubst uns regelrecht in seine Richtung und murmelt leise etwas vor sich hin, was ich nicht verstehen kann. Vielleicht *viel Glück* oder so etwas. Oder *es tut mir leid.* Beides wäre angebracht.

Ich bin mir gar nicht sicher, dass ich wissen will, was uns da erwartet.

»Komm schon«, sagt Chris sanft. »Wir schaffen das. Sieh mal da.«

Ich hebe den Kopf. Hinter dem älteren Mann tauchen drei vertraute Gesichter auf.

Wenigstens sind Coach Lindt und die anderen beiden unbeschadet davongekommen.

Jay Eyck @JEyck32
Ich habe heute blaugemacht. Ich bin nicht in der #OHS. Hört bitte auf, mir Fragen zu stellen. Ich habe keine Ahnung, was da vor sich geht.
10.19

Jay Eyck @JEyck32
Ich kann das nicht glauben. Kann mir immer noch nicht vorstellen, dass so etwas an unserer Schule geschehen kann.
10.19

Anonym @gelangweilterOpportunist
@JEyck32 Du bist vielleicht naiv. Glaub bloß nicht alles, was man sich so erzählt. Da steckt bestimmt was ganz anderes dahinter.
10.19

Jay (@JEyck32) → Kevin (@KeviiinDR)
Verdammt nochmal, Kev. Sag mir bitte, dass es dir gutgeht.
10.20

KAPITEL VIERZEHN

10.28 Uhr – 10.30 Uhr

TOMÁS

Ich robbe ganz dicht am Boden entlang voran und flüstere nur, damit mich auf der Bühne niemand bemerkt. »Die Türen sind offen. Bleibt ruhig. Sagt den anderen Bescheid.«

Ein anderes Mal klopfe ich ihnen nur auf die Schulter und weise die Richtung. Die Aula ist riesig und voller Schüler. Ich bezweifle, dass wir alle erreichen werden, aber trotzdem zählt jedes Leben, das wir retten können.

Die Lehrer, die bei ihren Klassen geblieben sind, helfen uns, ihre Schüler darauf aufmerksam zu machen, und ausnahmsweise bin ich mal dankbar für ihre Anwesenheit.

Der Boden unter meinen Knien ist ganz schön hart beim Vorwärtskriechen, und das Gewebe kratzt unter meinen Händen. Fareed ist bereits viel weiter unten.

Auf der Bühne beugt sich Tyler gerade über Autumn, und es ist nicht allein die Waffe in seiner Hand, die ihn so furchteinflößend wirken lässt. Er ist wie für einen feierlichen Anlass gekleidet. Selbst von hinten erkenne ich, dass sein Oberhemd nicht aus Opportunity stammen kann. Die Hosen haben Bügelfalten, und im Bund steckt eine weitere Munitionskassette. Er hat schon immer Wert auf sein Äußeres gelegt, aber heute hat er sich ganz besonders in Schale geworfen. Ist er extra nach Tuscaloosa gefahren, um dieses Outfit zu besorgen? Ist es leichter, Menschen umzubringen, wenn man dabei gut aussieht? Ich werfe einen Blick auf meine zerrissenen Jeans und mein T-Shirt. Ich darf mich nicht allzu sehr auf Tyler einlassen, will es gar nicht. Aber ich wünschte jetzt, dass ich ihm mehr zugefügt hätte, als bloß seinen Kopf gegen einen Spind zu rammen beim Abschlussball letztes Jahr. Ich würde sonst was dafür geben, könnte ich dem hier ein Ende bereiten.

Er hat nie zu uns gehört.

Auf der Bühne nähert sich Autum Tyler und sieht ihm ins Gesicht. Falls sie mich und die offenen Türen gesehen hat, lässt sie sich nichts anmerken, aber ich glaube, sie weiß Bescheid, ich hoffe es für sie.

Autumn ist so still und so zurückhaltend, dass ich manchmal nicht nachvollziehen kann, was meine Schwester an ihr findet, doch das hält mich nicht davon ab, mich um sie zu sorgen. Sylvia ist glücklich mit ihr, und darauf kommt es an.

Nachdem sich Sylvia den Sommer über immer mehr von mir zurückgezogen hat, hab ich mit Autumn darüber geredet. Als meine Schwester mir aus dem Weg ging, wollte ich sicherstellen, dass sich weiterhin jemand um sie kümmert. Autumn hat es mir versprochen, und sie hält ihr Wort.

Momentan kümmert sie sich gerade um alle anderen. Solange Tyler abgelenkt ist, können wir die anderen in Sicherheit bringen.

Ich tippe dem Jungen neben mir auf die Schulter. Es ist Rafe, unser Linebacker. Er zuckt zusammen und beugt sich schützend über die Mädchen um ihn herum. Sein Gesicht ist tränenverschmiert. Als er mich erkennt, hebt er fragend die Augenbrauen.

»Nichts wie raus hier. Los«, raune ich ihm zu.

Bald schon werden wir alle draußen sein. Tyler wird uns weiter verfolgen, aber er wird nichts mehr ausrichten können. Alles, an was wir uns erinnern werden, ist, dass wir entkommen sind. Während sich die anderen in Bewegung setzen, um hier rauszukommen, fällt mir ein Stein vom Herzen. Es verleiht mir Flügel, und ich wünschte, ich könnte durch die Reihen fliegen. Das würde schneller gehen, aber auch so kriegen immer mehr Leute auf den Plätzen mit, dass sich etwas tut. Es spricht sich langsam herum, dass die Türen der Aula geöffnet sind.

Ich strecke die Hand nach dem Nächsten aus. Inzwischen sind wir so weit von der Tür entfernt, dass wir super Ziele auf allen vieren abgeben. Falls meine Highschool-Zeit jemals einen Sinn hatte, ist es der hier.

Dies ist meine Art, unsere Zukunft zu gestalten.

»Ich hasse dich«, presst Ty zischend hervor. »Ich wollte, dass du hier bleibst, aber ich war dir immer gleichgültig. Du hast dir nie etwas aus anderen gemacht. Hast dich immer nur fürs Tanzen interessiert.«

Ich zucke zusammen. Ich würde ihm gern widersprechen, aber ich kann nicht. Tanzen ist das Schönste. Tanzen ist Leidenschaft, Aufrichtigkeit. Tanzen ist die einzige Art, wie ich mich mitteilen und meine Gefühle ausdrücken kann.

Doch jetzt drückt er mir den Lauf der Pistole zwischen die Rippen. »Also los, tanz schon. Du wolltest eine Bühne. Da hast du sie.«

Tanzen ist das Allerletzte, was ich vor Tys hasserfülltem Blick vollführen möchte, aber solange dieser Blick auf mich gerichtet ist, haben die anderen in der Aula eine Chance zu fliehen.

Deshalb nehme ich die fünfte Position ein. Ohne mich vorher aufzuwärmen, macht es die Anspannung in meinen Beinen und Schultern mir fast unmöglich, mich zu bewegen. Hinter Ty treten die Konturen der Gesichter meines Stegreifpublikums stärker hervor als normal; sie sind voller Zorn und Abscheu. Ich bin längst darüber hinaus, Angst davor zu haben, dass man mich nicht verstehen könnte. Dies ist mein Beitrag, ihnen zu Hilfe zu kommen.

Ich erstarre, weiß einen Moment nicht, welches Solo ich wählen soll. Keins der klassischen Soli, die Mom immer getanzt hat. Nichts, was ich für Juilliard vorbereitet habe. Falls ich hier jemals lebend rauskomme, möchte ich nicht, dass dieser Weg besudelt wird.

Doch etwas anderes fällt mir nicht ein.

Ich rutsche von der fünften in die vierte Position und mache mich darauf gefasst, dass er gleich auf mich schießen wird. Aber nichts geschieht. Ty ist immer noch auf mich konzentriert, deshalb lasse ich mich vom Rhythmus weitertragen, gleite in Tombé, eins, zwei. Mir zittern die Knie, doch die Bewegungen sind mir vertraut. Meine Chucks quietschen über die Holzdielen der Bühne.

Ich schließe die Augen und lasse meine Erinnerungen an Ty in den Tanz mit einfließen – sein besorgtes Gesicht, als ich ihm erzählte, dass ich weitertanzen wolle. Wie seine starken Arme mich umfingen, als ich wieder einmal aus einem Albtraum erwachte. Sein Versprechen, mit dem er mir meinen Ballett-Anhänger überreicht hat: Ich glaube an dich.

Als Moms Schwester uns in den Ferien besuchte, brachte sie unsere dreijährige Cousine Alex mit, die sich an Tys Haaren festhielt, während sie auf seinen Schultern ritt. Sie ließ nicht von ihm ab und hielt jedes Mal seine Hand fest, wenn er sie absetzen wollte. Zum ersten Mal seit Mom gestorben war, war das Haus wieder von schallendem Gelächter erfüllt. Dad schaffte es sogar, einen ganzen Tag lang nichts zu trinken.

Ich klammere mich an diese Bilder, aber sie verdüstern sich. Das Einzige, was davon übrig bleibt, ist Tys

Schmunzeln. Das Grinsen, als Dad drohte, mir ein für alle Mal die Beine zu brechen, damit ich aufhörte zu tanzen, während Ty, ohne etwas einzuwenden, an der Tür lehnte. Das Grinsen, als er Nyah erschossen hat.

Ich klappe zusammen. Ich versuche immer wieder, mich davon zu befreien, aber schaffe es nicht, mich zu lösen.

Und dann sehe ich Sylv vor mir, das Gesicht von Sylv, der Einzigen, die mir etwas bedeutet. Unsere gemeinsamen Sommernächte waren die einzigen Momente, in denen ich glücklich war.

Meine Schritte werden lebhafter und heiterer. Meine Bewegungen gewagter, bis sie sich in meinen Gedanken ebenfalls von mir abwendet und unser Tanz dem vertrauten Rhythmus der Lügen folgt, die wir einander erzählten.

Ich verdrehe mir den Knöchel und stocke in meinen Bewegungen.

Mrs Morales geht es jeden Tag ein wenig schlechter. Bald wird sie nicht mehr allein zurechtkommen, ihre Kinder nicht mehr erkennen. Tomás hat mir erzählt, dass Sylv überlegt, in Opportunity zu bleiben, weil ihr Großvater sich nicht allein um ihre Mutter kümmern kann – und ich habe ihr nie gesagt, dass ich sie unterstützen würde, ganz gleich, wie sie sich entscheidet.

Hab ihr nie erzählt, dass die Vorstellung, zurückzukehren, nachdem ich entkommen bin, mich erdrückt, die Vorstellung, sie zu verlieren, mir jedoch das Herz bricht.

Stattdessen haben wir uns an Heucheleien gehalten. »Wie geht's dir?« »Ganz gut. Mach dir keine Sorgen.«

Ich werde langsamer, unterdrücke ein Schluchzen. Bin mir nicht sicher, ob ich sie vergrault habe oder sie sowieso nie besessen habe. Ich weiß nur, dass ich mich noch nie so einsam gefühlt habe.

Ich sehe mich nach Sylv um, als mir plötzlich die Beine weggezogen werden, ich jäh auf dem Rücken lande und in die Mündung von Tys Pistole blicke.

SYLV

Ich tippe dem Zehntklässler vor mir, der vorhin noch mit seiner Mutter am Handy gestritten hatte, als Ty anfing zu schießen, auf die Schulter. Er hat den Kopf in die Hände gestützt und kriegt von dem, was um ihn herum passiert, nichts mehr mit.

»Die Türen sind offen«, raune ich ihm zu.

Er hebt den Kopf und sieht durch mich hindurch. Seine intensiv grünen Augen sind von schwarzem Kajal eingerahmt. Ich kann mich nicht erinnern, dass er sich bewegt hätte, seit Tyler mit der Schießerei angefangen hat. Sein Handy liegt noch immer auf dem Boden, wo er es hat fallen lassen.

Ich schnippe mit den Fingern vor seiner Nase. »Pass auf.«

Sein Blick konzentriert sich auf mich. Ich zeige erst

auf ihn, dann zur Tür und anschließend auf die anderen in den Reihen vor ihm. »Sammle so viele zusammen, wie du kannst, und dann verschwindet hier so schnell wie möglich.«

Als er mich immer noch nicht zu verstehen scheint, gehe ich in die Hocke und erinnere mich daran, was er zuvor gesagt hat: »Willst du CJ finden?«

»CJ finden?«, wiederholt er stammelnd. Er klingt heiser.

»Wie heißt du?«, frage ich ihn.

»Steve.«

»Sylvia. Die Türen sind offen. Sie wird da draußen sein«, verspreche ich ihm.

Er richtet sich auf, verharrt jedoch weiterhin regungslos, als ob er vergessen hätte, wie man sich bewegt.

»Kannst du mir einen Gefallen tun?« Ich zerre ihn beinahe in den Gang. Dort zeige ich auf Asha. Sie sitzt gegen die Wand gelehnt, die Arme fest um die Taille geschlungen. Ganz gleich wie viele an ihr vorüberziehen, sie sitzt nur regungslos da. »Das Mädchen da drüben hat gerade seine Schwester verloren. Sie muss hier raus. Kannst du dich darum kümmern?«

Dies ist ein Trick, den ich während Mamás Erkrankung gelernt habe: Wenn sie mal wieder weggetreten ist, gibt man ihr am besten ganz konkrete Aufgaben – die Hunde füttern, die Eier einsammeln, den Ofen im Auge behalten, während die Kekse, die wir zusammen gemacht haben, darin backen. Es ist nicht immer von

Erfolg gekrönt, aber wenn sie orientierungslos ist und neben sich steht, hilft es ihr, nicht in Panik zu geraten. Ich hoffe, dass es jetzt auch wirkt. Weil irgendwer sich um Asha kümmern und sie hier rausbringen muss. Das ist das mindeste, was ich für sie tun kann. Jeder ist für den anderen verantwortlich.

»Bitte. Bitte schaff sie hier raus«, flehe ich ihn an.

Steve nickt.

Und zum ersten Mal habe ich das Gefühl, etwas ausrichten zu können. Ich kann etwas bewirken. Ich hatte solche Angst, alles zu verlieren, dass ich mich beinahe selbst verloren hätte. Aber ich erinnere mich wieder. Ich erinnere mich daran, und ich werde es niemals mehr vergessen.

Die geöffneten Türen verschaffen uns Hoffnung, ähnlich wie ein ordentlicher Schluck Wasser nach einem Tag der Dürre.

Während Steve zu Asha hinrobbt, verbreite ich die Nachricht weiter. Solange Tylers Blick nicht auf mich fällt, kann ich mich relativ frei bewegen, und er wird es bereuen.

CLAIRE

Coach Lindt legt seine Arme um uns beide, was sehr untypisch für ihn ist. Seitdem wir ihn das letzte Mal gesehen haben, ist er deutlich blasser geworden und bringt gerade noch so ein Lächeln zustande. »Ihr macht mich stolz, Kinder.« Das sagt er uns nach jedem Rennen. Ganz gleich, ob wir es gewonnen oder verloren haben. Er sagt uns, dass er stolz auf uns sei, und dann fährt er fort, indem er aufzählt, was wir verbessern können.

Heute drückt er lediglich unsere Schultern. Hinter ihm hat Esther sich mit Avery niedergelassen, die ihr Bein hochhält und einen Verband um den Knöchel hat. Sie lächeln matt.

»Schon was gehört?«

»Sergeant Donovan hat euch mit hierher genommen, stimmt's?«, wirft der ältere Polizist ein, noch bevor Coach Lindt meine Frage beantworten kann. Es dauert einen Moment, bevor mir klar wird, dass Sergeant Donovan anscheinend unsere Polizistin war. Ich erforsche sein Namensschild: W. H. Lee.

Chris nickt zustimmend. »Ja, Sir.« Er klingt unbeeindruckt. »Sie hat uns allerdings nichts davon erzählt, wie es hier steht.«

»Gut.« Officer Lee geht hinüber zu einem Lieferwagen, der offenbar zur eilig eingerichteten Kommandozentrale umfunktioniert wurde, ausgestattet mit Computern und Funkgeräten. Er kehrt mit einem Klemmbrett wieder. »Würdet ihr mir bitte folgen. Wir haben bereits mit eurem Coach und den anderen gesprochen, aber wir würden euch beiden gern noch ein paar Fragen stellen.«

Er führt uns weg von den anderen im Team, und zusammen gehen wir hinüber zur anderen Seite des Parkplatzes. Hier ist es zwar ruhiger, allerdings hat man von hier aus auch einen hervorragenden Blick auf die Wagen, die jetzt geradewegs auf die Opportunity High zurasen. Keine Polizeiautos oder Sondereinsatzkommandowagen. Es sind Personenwagen, Pickup-Trucks, Sportwagen, sogar ein Traktor holpert die Straße entlang. Die Straßenabsperrung hält vielleicht Fahrzeuge fern, aber nicht die Eltern.

Das Getratsche in Opportunity ist genauso effektiv wie jedes Alarmsystem. Nicht dass mich das wundern würde. Es gibt bestimmt eine Menge Schüler, die ihre Eltern angerufen haben, und Gerüchte verbreiten sich in Opportunity uneingeschränkt über Familien- und Glaubenszugehörigkeit hinweg. Sogar die schlimmsten Feinde treffen sich und tauschen untereinander Neuigkeiten aus. Zu beiden Seiten der Absperrung haben die Eltern ein Spalier aus Verzweiflung errichtet.

»Wir können Ihnen helfen«, sage ich, noch bevor Officer Lee zu Wort kommt. Ich hüpfe von einem Bein auf das andere, zum einen aus Nervosität, zum anderen, um mich aufzuwärmen.

Officer Lee reagiert nicht auf mein Angebot und konsultiert stattdessen das Klemmbrett. »Wir würden gern wissen, was ihr gesehen und gehört habt, bevor ihr das Gelände verlassen habt. Wie viele von euch waren das?«

Das hat der Coach ihm bestimmt schon alles erzählt, aber anscheinend hat er Anweisung, die Aussagen zu überprüfen. Drei Mal, wenn's sein muss. Ich überlege, ob sie vielleicht glauben, dass wir daran beteiligt sein könnten, aber ich will gar nicht weiter darüber nachdenken. Nicht, solange Matt da drinnen ist, nicht, nachdem wir die halbe Strecke nach Opportunity gerannt sind.

»Wir sind zu fünft, Sir«, sagt Chris und wirft mir einen raschen Blick aus den Augenwinkeln zu. »Unser Coach, Esther, Avery, Claire und ich. Wir sind das Läuferteam der Schulmannschaft. In zwei Wochen findet ein Wettkampf statt, und unser Coach wollte, dass wir darauf gut vorbereitet sind.«

»Habt ihr jemanden gesehen, etwas gehört?«

»Außer den Schüssen nichts. Die Aschebahn liegt etwas abseits auf der anderen Seite der Schule«, entgegnet er. »Wir haben niemanden kommen oder gehen sehen.«

»Ist es normal, dass ihr die Begrüßungsrede zum Semesteranfang verpasst?«

Chris grinst. »Wenn die Wettkampfsaison erst einmal angefangen hat, denken wir nur noch ans Laufen. Und in Anbetracht unserer Siegesserie ist die Direktorin immer geneigt, uns mehr Zeit zum Trainieren zuzugestehen.«

Officer Lee sieht auf. »Hattet ihr Kontakt mit jemandem da drin?«

Wir schütteln beide den Kopf, aber seine Frage macht mir klar, dass wir Kontakt hätten haben können. Mein Handy ist noch in der Schule, aber ich hätte mir von jemandem hier eins ausleihen können. Ich hätte Matt anrufen können. Ich kann es immer noch tun. Das werde ich auch. Ich muss wissen, ob er in Sicherheit ist.

Officer Lee blättert in seinen Aufzeichnungen und zieht die Stirn kraus. »Sagt euch der Name Tyler Browne etwas?«

Mir sackt der Magen in die Knie.

Jay Eyck @JEyck32
»Was hast du gemacht, als du die Schüsse gehört hast?« Hab ich nicht. ICH BIN NICHT @ #OHS.
🕛 **10.29**

Jay Eyck @JEyck32
»Weißt du, was den Schützen dazu gebracht hat?« ICH. WEISS. ES. NICHT. #lasstmichendlichinRuhe #bitte
🕛 **10.29**

Jay Eyck @JEyck32
VERSCHWINDET VERDAMMT NOCHMAL AUS MEINEM FEED, WENN IHR NICHTS HILFREICHES BEIZUTRAGEN HABT.
🕛 **10.30 | 127 retweets | ♥ 234 likes**

KAPITEL FÜNFZEHN

10.30 Uhr–10.32 Uhr

TOMÁS

Zwei Reihen weiter vorn entdecke ich ein bekanntes Gesicht. Jennifer, die tolle Anführerin der Cheerleader, sitzt am Ende der Reihe. Jennifer, in die ich verknallt bin, seit ich sie zum ersten Mal gesehen habe. Sie ist groß und durchtrainiert mit einer Haut wie Elfenbein und Augen in der Farbe der Nacht. In den vergangenen vier Jahren hat sie mich genau kein einziges Mal wahrgenommen, obwohl ich einiges getan habe, um ihre Aufmerksamkeit zu erregen.

Ich habe mich sogar richtig ins Zeug gelegt.

Jetzt sitzt sie da, wohlbehalten und unversehrt. Um meine Mundwinkel macht sich Euphorie breit. Vielleicht liegt es am Adrenalin, oder es ist einfach Blödheit, aber das Leben ergibt für mich den meisten Sinn, wenn ich es nicht ernst nehmen muss, wenn ich aus jedem Augenblick das meiste herausholen kann.

Verdammt nochmal, falls ich heute der Held der Stunde sein werde, sorge ich dafür, dass sie es mitkriegt, ob es nun passt oder nicht.

Ich rutsche auf Händen und Knien zu ihrem Sitz vor

und tippe ihr auf die Hand, mit der sie die Stuhllehne umklammert hält. Ihre Lippen sind aufeinandergepresst, aber sie wirkt eher zornig als ängstlich, was sie für mich nur noch toller macht. Sie zuckt zusammen, ist jedoch geistesgegenwärtig genug, einen Laut zu unterdrücken.

Ich setze mein charmantestes Lächeln auf: »Hey, wollen wir zusammen ausgehen? Die Türen stehen uns offen.« Sie starrt mich an, als hätte ich spanisch mit ihr gesprochen.

»Die Türen«, sage ich leise und kehre zu meiner eigentlichen Aufgabe zurück, indem ich darauf deute. »Nichts wie raus hier, und nimm deine Freundinnen mit.«

Diesmal nickt Jennifer und stupst ihre Freundin neben sich an, ebenfalls eine Cheerleaderin. Die Nachricht verbreitet sich durch die Reihe, und die Mädchen schleichen sich zum Gang. Jennifer kommt als Erste an mir vorbei, ohne auch nur das geringste Anzeichen, dass sie mich schon mal gesehen hat.

In der nächsten Reihe bemerken die Lehrer und Schüler die entstandene Unruhe und wenden sich daraufhin ihrerseits unruhig und viel zu geräuschvoll zu uns um. Sie lassen die Sitze zurückklappen. Ich bedeute ihnen wild gestikulierend, Ruhe zu bewahren und leise zu sein, so dass nicht viel Gelegenheit bleibt, von Jennifers Verhalten enttäuscht zu sein. Was aber nicht heißt, dass ich es nicht bin.

Ich habe nicht damit gerechnet, dass sie sich auf der

Stelle in mich verlieben würde, wie in einen edlen Ritter, der sie aus der Not befreit, aber ich hätte mich über ein Lächeln oder irgendeine andere Art der Anerkennung, dass ich zu ihrer Rettung beigetragen habe, gefreut.

Ich steuere auf die nächste Reihe zu.

Als sich mir von hinten eine wohlmanikürte Hand auf die Schulter legt und sie drückt, drehe ich mich erschrocken um und pralle beinahe mit Jennifer zusammen. Sie lächelt nicht, und ihre Lippen sind immer noch aufeinandergepresst. Sie ist blass, sagt aber tonlos: »Danke.«

Dann dreht sie sich um, kriecht auf allen vieren den Gang hoch und mit ihren Freundinnen zur Tür hinaus. Ich bleibe wie gebannt hocken. Mein Herz rast, aber nicht aus Angst.

Sondern weil sie, wenn ich sie das nächste Mal fragen werde, ob sie mit mir ausgehen will, wissen wird, wer ich bin.

SYLV

Fareed steht ganz hinten in der Aula bei der Tür und dirigiert die Schüler hinaus, damit alles in Fluss bleibt und sich die Reihen weiter vorwärts bewegen. Er bietet ein weithin sichtbares Ziel, aber es scheint ihn nicht groß zu stören.

Auf der anderen Seite der Aula helfen diejenigen, die unbeschadet davongekommen sind, den Verletzten weiter, zumindest denjenigen, die noch gehen können. Ein paar von Tylers Kugeln haben niemanden getroffen, sind in den Wänden oder der Decke gelandet. Aber die ersten unteren Reihen und der Gang bei den Türen, durch die er hereingekommen ist, sind voller Verletzter und Toter. Ich kann mich nicht mehr daran erinnern, wie oft Tyler die Waffe abgefeuert hat. Rein verstandesmäßig weiß ich, dass es Augenblicke gab, in denen er nicht geschossen und stattdessen nur hasserfüllte Worte um sich geschleudert hat. Doch das Echo der Schüsse hallt immer noch in meinen Ohren wider.

Ich frage mich, wie lange es wohl noch dauern wird, bis Tyler unschädlich gemacht werden kann und was dann noch von uns übrig sein wird. Eigentlich würde ich am liebsten den anderen nach draußen folgen, weit weg und in Sicherheit sein.

Aber wenn ich mich jetzt abwende, wo sich Autumn gerade wieder aufrappelt, werde ich meines Lebens nicht mehr froh werden. Ich weigere mich, noch länger meiner Angst zu gehorchen.

Deshalb fahre ich fort, den anderen auf die Schulter zu tippen und flüsternd auf sie einzureden, während mein Blick auf die Bühne konzentriert ist.

Ich weigere mich, Autumn sterben zu sehen.

Neben mir erhebt sich ein anderer Schüler und dirigiert die Leute unter sanftem Gemurmel ebenfalls nach draußen. Ein weiterer folgt seinem Beispiel, dann noch einer. Zusammen helfen sie einem Mädchen, das die Arme an die Brust gedrückt hält. Sie begleiten sie schützend zur Tür.

So sind wir mittlerweile zwar immer noch alle völlig verstört, aber unerschrocken.

Ich dringe weiter nach unten vor. In meinen Gedanken kreisen immer wieder die Erinnerungen, aus denen bruchstückhaft eine Geschichte entsteht – meine Geschichte.

Autumns Finger verschränkt mit meinen.

Tylers Hände, die mich herunterdrücken.

Der Brief, der ein Loch in meine Tasche sengt.

Tomás, der wegen mir zurückgekommen ist, nach all den Monaten, in denen ich ihn von mir gestoßen habe.

Ganz gleich, wie es ausgehen mag, diese Momentaufnahmen gehören alle zu mir dazu. Es ist an der Zeit, mit dem Versteckspielen aufzuhören.

Die Einzigen, die jetzt noch von Bedeutung sind, sind die beiden vor mir: der Junge, der mich kaputt- und das Mädchen, das mich wieder heil gemacht hat. Ich werde es nicht zulassen, dass er sie mir noch einmal wegnimmt.

Man sagt, dass das gesamte Leben an einem vorüberzieht, kurz bevor man stirbt. Während ich darauf warte, dass Ty abdrückt, kommen mir keine Erinnerungen. Keine letzten Wünsche oder ein bedauerndes »Hätte ich doch bloß«. Ich kauere mich zusammen. Meine Schultern sind gekrümmt, meine Hände zittern.

Wenn Dad richtig mies drauf war, hat er mich so lange beschimpft und mich alles genannt, was ihm eingefallen ist, bis er das Gefühl hatte, gewonnen zu haben.

Ty ist noch schlimmer. Sein Blick ist irre und nicht wiederzuerkennen.

Er schüttelt den Kopf. Es ist beinahe so, als wären wir allein in der Aula. »Ich habe gedacht, du verstehst die Einsamkeit und den Verlust. Ich habe gedacht, dass du deshalb wegwillst – um dich dagegen zu wehren. Um darüber zu siegen. Weißt du, wie weh es tut, von dir und dieser, dieser Schlampe zu erfahren? Du hast uns alle angelogen.«

Ich lächle müde: »Du kannst mich für Moms Tod verantwortlich machen, wenn du willst. Glaub mir, es gibt nichts, was du sagen könntest, was mir nicht schon selbst durch den Kopf gegangen ist. Aber trotzdem war es ein Unfall, ein furchtbares, grausames Unglück.« Ich werde lauter. »Aber Sylv und ich? Wir sind kein Unglücksfall.«

Was auch immer geschehen mag, ich will, dass sie das weiß. Ich möchte, dass sie weiß, dass ich sie geliebt habe. Dass ich sie liebe und mir wünschte, ich hätte es ihr immer wieder gesagt. Ich wünschte, ich hätte ihr gesagt, wie ich für sie empfinde, bevor dieser Tag über uns hereinbrach.

»Sie gibt mir Sicherheit, so wie du früher. Sie verurteilt mich nicht. Und wenn du das nicht verstehst, tut es mir leid. Aber es ändert nichts daran, wie ich für sie empfinde. Ich liebe sie.«

Wenn Ty die Wahrheit wissen will, dann ist dies die einfachste Wahrheit von allen. Und mit jedem Wort, das ich sage, und mit jedem Geheimnis, das ich ihm verrate, gewinne ich, und ein weiterer Schüler kann sich zur Tür hinausschleichen.

Die Stille, die auf meine Worte folgt, ist erdrückend, sie ist wie Eis und Feuer und Hoffnung. Ich wappne mich und hauche: »Ich habe auch dich geliebt.« Und liebe ihn trotz allem auch immer noch.

Nachdem ich meinen Monolog beendet habe, rechne ich mit seinem Angriff. Stattdessen zögert er und blinzelt, als würde er aus einer Träumerei erwachen. Für einen Moment senkt sich sogar der Pistolenlauf. Womöglich bin ich doch noch zu ihm durchgedrungen. Aber da verzieht Tyler den Mund und herrscht mich wütend an.

»Das reicht mir nicht«, schnarrt er. »Es ist zu spät.«

Ich reiße die Augen auf. Meine Hände zittern. Als er sich mit gezückter Waffe umdreht, nimmt er die spärlicher gewordene Menge in der Aula wahr, und es gibt nichts mehr, was ich noch dagegenhalten könnte.

»Wir versuchen uns ein klareres Bild von Tylers Beweggründen zu machen, deshalb suchen wir jemanden, der ihn gut kennt. Wir haben jemanden zu ihm nach Hause geschickt, aber wir hätten gern noch den Blickwinkel eines Schülers«, stochert Officer Lee. Er ist nicht von hier, sonst wüsste er das alles bereits.

»Seine Schwester ist in der Elften«, sagt Chris nach einer Weile. »Autumn ist eher still, aber in Opportunity kennen sie alle. Jeder kennt die Brownes. Ihrem Dad gehört der Eisenwarenladen in der Hauptstraße.«

Officer Lee lässt seinen Blick von Chris zu mir und wieder zurück schweifen. »Wenn Tyler nicht die Schule abgebrochen hätte, wäre er jetzt mit euch beiden in der Zwölften.« In seiner Feststellung schwingt eine unausgesprochene Frage mit, die Vermutung, dass wir mehr über ihn wissen müssten.

Ich schweige. Wenn ich zugäbe, dass wir zusammen ausgegangen sind, würde man mich wahrscheinlich für das, was heute passiert ist, mit verantwortlich machen. Ty, dessen wundervolles Lächeln mir jeden Tag erhellt hat. Er war so zuversichtlich. Aber in diesem Augenblick kann ich mir noch nicht mal vorstellen, dass er jemals glücklich war.

Ich schätze, ich bin dafür verantwortlich, ebenso wie alle anderen. Ich muss es erzählen.

»Tyler war mal mein Freund«, bringe ich schließlich hervor. »Auch wenn ich nicht weiß, was ich darüber erzählen soll. Wir haben uns zum Ende des letzten Schuljahres getrennt. Wir haben uns hier in der Schule kennengelernt, haben gemeinsam an einem Projekt gearbeitet, als er mich gefragt hat, ob ich mit ihm ausgehen will. Und ich war gern mit ihm zusammen. Er hat mich zum Lachen gebracht, mir das Gefühl gegeben, jemand zu sein.«

Eines Nachmittags wartete er auf mich, bis das Kadettentraining vorbei war. Er saß auf der Motorhaube seines Wagens, eine Papiertüte neben sich. Es sah fast so aus, als ob er mir was zum Mittagessen mitgebracht hätte. Aber sobald er mich kommen sah, sprang er vom Wagen herunter und breitete den Inhalt der Tüte in der Sonne aus. Winzige Zinnfiguren. Kleine Tiegel mit Farben. Pinsel. Er hüpfte vor Aufregung quasi auf und ab. »Die habe ich letzte Woche in der Stadt entdeckt. Ich hab gedacht, dass Matt sich vielleicht gern mal daran probieren würde. Zu seinem Geburtstag, meine ich.«

Ich war so glücklich darüber, dass ich ihn am liebsten geküsst hätte. Das habe ich dann auch.

»Aber der Unfall seiner Mom hat ihn verändert. Er hat sich immer mehr zurückgezogen. Getrauert. Er hat mir erzählt, dass es sich angefühlt hat, als ob die Welt um ihn herum zusammenbrechen würde. Nachdem seine Mom tot war, haben wir alle Zeit gemeinsam in der Schule oder bei mir zu Hause verbracht. Da ging es ihm anscheinend besser. Er war sehr gern mit Matt zusammen.«

Ich habe ihn geliebt … kommt mir in den Sinn.

Officer Lee starrt wieder auf sein Klemmbrett. Sein Gesichtsausdruck verrät nichts darüber, was ihm durch den Sinn geht, aber ich spüre, wie mir die Hitze in den Kopf steigt. Trotz allem, was gerade passiert, verspüre ich das Bedürfnis, ihm mitzuteilen, dass dies hier nichts mit dem Ty zu tun hat, den ich kannte.

Chris rückt näher an meine Seite, bis sich unsere Schultern berühren.

»Wie lange wart ihr zusammen?«, fragt der Officer jetzt.

»Zwei Jahre.«

»War er in dieser Zeit jemals wütend oder gewalttätig dir gegenüber?« Seine Fragen scheinen aus einem Katalog zu kommen: Anzeichen für irritierendes Verhalten Punkt 101. »Weißt du, was ihn heute so aufgebracht hat?«

Ich wünschte, ich wüsste es.

Aus kaum fünfzig Metern Entfernung ertönen Rufe. Im Hintergrund sind ganz eindeutig Schüsse zu vernehmen, als Officer Lee sein Funkgerät lauter stellt und fragt, was da vor sich geht.

Automatisch stürze ich vorwärts, aber Chris stellt sich mir in den Weg. Officer Lee schaltet das Funkgerät wieder leiser.

Mach schon!, würde ich ihn am liebsten anschreien. *Geh da rein und hilf meinem Bruder.* Ich schlucke und versuche seine Fragen, so gut ich kann, zu beantworten. »Ty hat nie wirklich dazugehört. Ein paar der anderen Schüler haben sich mit ihm geprügelt. Ich glaube, er hatte Angst.«

»Hat er jemals den Wunsch nach Rache geäußert?«

Ich lasse den Kopf sinken. »Er hat mir gesagt, dass er es der Welt schon noch zeigen würde. Er hat gesagt, dass wir ihn niemals vergessen würden. Ich bin davon ausgegangen, dass er damit meinte, dass er nichts wirklich an sich heranlassen wollte.«

Officer Lee kritzelt etwas in seinen Notizblock. »Hat er mit dir jemals über seine Pläne gesprochen?«

»Er hat sich von den Versammlungen immer ferngehalten, weil er das Gefühl gehabt hat, dass die Aula wie ein Gefängnis sei. Aber wie konnte ich –«

»Also hast du keine Ahnung davon gehabt, dass er so etwas geplant hat?«

»Natürlich nicht.«

Chris drückt meine Hand.

»Hast du ihn in letzter Zeit gesprochen? Soweit ich weiß, ist er ja von der Schule abgegangen.« Seine Stimme klingt jetzt sanfter, aber dadurch fühle ich mich nur noch schlimmer, weil es da noch etwas gibt, was ich ihm nicht erzählt habe, was ich niemandem erzählt habe.

»Nachdem wir uns getrennt hatten, haben wir kaum noch miteinander gesprochen. Ich habe ihn gelegentlich in der Stadt getroffen, wenn ich im Laden der Brownes Farben und anderes Material für meinen Bruder Matt besorgt habe. Ty konnte besser mit den Kunden umgehen als sein Dad. Jeder wusste, dass der alte Mr Browne nach dem Unfall wieder zu trinken angefangen hat …« Ich schlucke. »Ty hat überall blaue Flecken gehabt, über die er nicht hat reden wollen, aber sie kamen nicht von den Prügeleien mit den anderen. Es waren eher Striemen, als ob ihn jemand geschlagen hätte. Ich glaube, es war sein Dad.«

In einem Wutanfall presse ich die nächsten Worte hervor, und meine Stimme bebt ebenso wie meine Hände. »Sir, ich kann Ihnen von dem Ty erzählen, den ich einmal kannte. Doch ich hatte keine Ahnung, dass er jemals so etwas tun würde – tun könnte. Ich weiß nicht, wie es dazu kommen konnte. Ich wünsche mir nur, ich hätte ihn aufhalten können. Ich hätte alles dafür getan.«

Falls Officer Lee enttäuscht ist, zeigt er es nicht. Er nickt. »Würdest du später noch mal mit einem unserer Detectives sprechen, für eine ausführlichere Befragung?«

»Ja, Sir.«

»Wir möchten euch bitten, hinter der Absperrung zu bleiben, bis wir einen geeigneten Platz für die Überlebenden gefunden haben.«

Bei der Erwähnung von Überlebenden zucke ich zusammen. »Mein Bruder ist da drin. Ich muss etwas tun, womit ich helfen kann.«

»Es tut mir leid. Ihr müsst euch am Rand halten, während wir versuchen, die Situation in den Griff zu bekommen und ein Notfallprogramm aufzubauen.«

Aus seinem Funkgerät dröhnt eine neue Nachricht. Diesmal wartet er nicht ab und spurtet zurück zur Kommandozentrale.

Aus Gewohnheit wende ich mich zur Orientierung an Chris und bemerke, dass er mich anstarrt. Er schüttelt unauffällig den Kopf.

Wir haben vielleicht eine Anordnung erhalten, aber wir werden nicht einfach nur herumstehen und abwarten. Ich nicke ihm zu, und wir laufen dem Officer hinterher.

An: Schwester
Es tut so weh.

An: Schwester
Du hast wahrscheinlich kein Handy, sonst hättest du mich angerufen. Aber ich will mit dir reden. Wenn du es schaffst, wenn du eine Möglichkeit findest ... Ich hoffe, du bist in Sicherheit.

KAPITEL SECHZEHN

10.32 Uhr–10.35 Uhr

TOMÁS

Tyler wendet sich dem Raum zu. Autumn zu seinen Füßen kriecht ihm aus dem Weg.

Wir erstarren und harren gebannt, wer sich zuerst rühren wird.

Verflucht nochmal. Verflucht sei er.

Tyler starrt auf die offenen Türen und die Schüler, die sich den Gang hinaufbewegen. Dann lacht er. »Nein«.

Eine Kugel trifft eine der Deckenleuchten mit einem ohrenbetäubenden Klirren. Glas regnet von oben herab.

»Ich. Werde. Euch. Nicht. Gehen. Lassen.« Tyler betont jedes Wort mit einem Schuss.

Die Schüler neben mir kriechen zur Tür hin. Diejenigen, die am nächsten dran sind, rennen auf die Türen zu und drängen sich nach draußen. Mr O'Brian, einer unserer Naturwissenschaftslehrer, legt einem Neuntklässler den Arm um die Schultern, während er eine Gruppe den Gang hoch nach oben geleitet. Eine Kugel streift Mr O'Brian an der Schulter und bringt ihn zum Straucheln. Er fängt sich jedoch wieder. Dutzende von Schülern ergießen sich in den Flur, und trotzdem sind noch viel zu viele im Raum. Schreie hallen von den Wänden wider, während uns die Kugeln um die Ohren fliegen.

Tyler ballert einfach drauflos, leert seine Pistole. Dann ersetzt er das leere Magazin durch ein volles. Wir wollten die Aula befreien, doch stattdessen haben wir noch mehr Tod und Vernichtung herbeigeführt. So viel zu unseren Heldentaten.

Mein Blick schweift über die Menge auf der Suche nach meiner Schwester. Ich entdecke sie vor ein paar anderen Zwölftklässlern, unmittelbar vor dem Blutbad. Sie steht direkt in Tylers Ziellinie, aber sie duckt sich nicht weg. Und irgendwie auf wundersame Art und Weise verfehlt seine Kugelsalve sie.

Mich packt die Wut.

Er wird meiner Schwester kein Haar krümmen. Nie wieder.

Dann gleitet Tylers Blick über seine Schulter zu Autumn, die gerade hinter seinem Rücken davonkrabbelt. Es wäre ein Leichtes, sie von hinten abzuknallen.

Sylv stürzt auf die Stufen, die zur Bühne führen, zu. Sylv, die ihre Angst verbirgt. Sie wirft sich in die Brust und geht einen Schritt auf Tyler zu.

Jemand reißt mich am Arm zurück. »Wir müssen in Deckung gehen«, ermahnt mich Fareed. »Dies ist unsere Chance, hier lebend rauszukommen.«

Nacktes Entsetzen packt mich, mächtiger als irgendetwas, was ich heute gespürt habe. »Ich kann Sylv hier nicht allein lassen! Er wird sie umbringen.« Ich versuche mich aus Fareeds Griff zu winden.

»Du kannst ihr nicht helfen, wenn er dich erschießt«, zischt er verzweifelt. Als der Kugelhagel wieder einsetzt, zerrt mich Far zur Tür. »Sie lenkt ihn ab und gibt damit allen eine Chance. Und du wirst es nicht vermasseln, indem du dich jetzt opferst, verdammt, komm schon.«

Schweiß rinnt Far über die Schläfe. »Autumn ist auch noch da oben«, sagt er etwas sanfter. »Sie kann Sylv von dort aus viel besser beschützen. Und die Polizei wird bald eintreffen.«

Er gräbt die Finger in meine Schulter.

Neben uns stolpert eine Neuntklässlerin und gerät ins Wanken, stürzt und gleitet an dem Sitz entlang, als eine Kugel ihren Hals durchbohrt. Ihr Blut spritzt mir ins Gesicht, beinahe stimme ich ein in ihr Schreien.

Fareed hat recht, und ich hasse ihn dafür.

CLAIRE

Hinter dem polizeilichen Absperrbereich hat sich die Straße vor der Opportunity High in einen Kriegsschauplatz verwandelt. Aus der Schule dringt ein Gemisch aus Schüssen und Schreien. Die Luft um die Schule herum steht still, während alle, Polizeibeamte wie Eltern, realisieren, was das bedeutet. Die Beamten ziehen Sturmgewehre aus den Einsatzwagen. Drei Panzerfahrzeuge kommen auf dem Asphalt kreischend zum Stehen. Notfallwagen folgen ihnen unmittelbar.

Hinter den Absperrungen treffen allmählich immer mehr Nachrichtenteams ein, die Kameras aufbauen und Moderatoren auf Position schicken. »Wir befinden uns live vor der Opportunity Highschool, wo sich gerade der Amoklauf, der das ganze Land erschüttert, ereignet. Zusammen mit den Einsatzkommandos, die sich darauf vorbereiten, die Schule zu stürmen, haben sich hier die Eltern versammelt, die auf Neuigkeiten von ihren Kindern warten und …«

Kamerascheinwerfer leuchten das Gebiet aus und nehmen jeden ins Visier, der sich auch nur minimal bewegt.

Wir folgen Officer Lee in einiger Entfernung, schieben uns an den Kamerateams vorbei und versuchen sie links liegen zu lassen. Ich schlinge meine Arme um mich. »Was sind wir jetzt? Ein Ereignis in den Nachrichten?«

Chris zögert einen Moment und schiebt dann die Hände in die Hosentaschen. »Sie sind wie die Aasgeier.«

Hinter den Kameras werden die Eltern gegen die Barrikaden gedrängt. Sie rufen nach mir oder jedem, der auf sie reagiert, trotz der Dutzende Gesetzesvertreter, die ihre Fragen abwehren. »Nein, Sir, wir können Ihnen noch nichts über Ihre Tochter oder Ihren Sohn sagen.« »Ja, Ma'am, sobald wir etwas in Erfahrung bringen, werden wir Sie davon in Kenntnis setzen.« »Wenn Sie sich hier eintragen, werden wir Sie mit unserer Liste abgleichen.« »Wir brauchen keine weiteren Kontaktpersonen innerhalb der Schule. Bitte bewahren Sie Ruhe.«

»Claire!« Es trifft mich mitten ins Herz, als ich Dads Stimme höre. Ist er tatsächlich früher von der Arbeit nach Hause gekommen? Ist Mom auch da? Aber als ich die Menge absuche, verschwimmen sämtliche Gesichter zu einem impressionistischen Gemälde der Verzweiflung. Ich kann Dad nicht sehen. Ich will, dass er kommt und mich beschützt, so wie er mich auf seine Schultern genommen hat, als ich noch ein kleines Mädchen war, wenn ich müde wurde, aber dann wüsste er auch, dass ich nicht so tapfer bin wie Tracy.

Ich will weder ihn noch Mom hier haben.

Chris und ich nähern uns den sich vorbereitenden Polizeibeamten, etwas am Rand des Einsatzzentrums, damit sie uns nicht bemerken, aber nicht allzu weit weg. Wir brennen beide darauf, zu erfahren, ob wir irgendwas tun können. Wenn ich schon nicht mutig auftreten kann, dann will ich mich wenigstens nützlich machen.

Der diensthabende Sheriff leitet das Sondereinsatzkommando an, und der Wind, der uns mit eisigen Böen umfängt, trägt die Gesprächsfetzen zu Chris und mir herüber. Diesmal halten wir uns nicht gegenseitig warm.

Etwas zwischen uns hat sich verändert, und es macht mir Angst. »Bitte sprich mit mir.«

Seit vier Jahren sind Chris und ich die besten Freunde. Vor ein paar Monaten hat er mich noch quer durch das halbe Land chauffiert, damit ich Tracy noch einmal sehen konnte, bevor sie in die Wüste aufgebrochen ist.

Er sorgte für Essen und einen Platz zum Schlafen, als ich an nichts anderes denken konnte, als dass meine Schwester zur anderen Seite der Welt unterwegs war. Er kümmert sich um Matt wie um einen eigenen Bruder, vor allem seitdem Ty und ich uns getrennt haben. Ich brauche ihn in meiner Nähe.

Während er über meinen Kopf hinweg starrt, verfinstert sich Chris' Miene. »Uns geht allen gerade eine Menge durch den Kopf«, sagt er sanft.

Als ein Aufschrei durch das Gedränge aus Eltern, Medien und Polizei dringt, drehe ich mich um und verpasse dabei fast seine nächsten Worte: »Ich habe furchtbare Angst, dich zu verlieren.«

Eine der Flügeltüren knallt auf, und ein paar Schüler strömen heraus.

AUTUMN

In dem Kugelhagel zerbricht die leiseste Hoffnung. Immer wenn ich das Gefühl habe, dass es nicht mehr schlimmer kommen könnte, dass das Schlimmste bereits eingetroffen sei, beweist mir Ty das Gegenteil.

Er feuert eine Runde nach der nächsten ab. Diejenigen, die nah genug bei den Türen sind, rennen um ihr Leben. Die in der Nähe der Bühne verstecken sich in den Winkeln und Ecken der Aula.

Auf allen vieren krabble ich so schnell wie möglich

vor ihm davon. Mit jedem Zentimeter, den ich gewinne, mache ich mich darauf gefasst, dass mir jeden Moment eine Kugel die Wirbelsäule zertrümmern könnte. Meine Knie und Ellbogen fühlen sich unter meinem Gewicht wie Wackelpudding an, aber ich schleppe mich weiter und kraxle die Stufen der Treppe an der Seite der Bühne hinunter. Ich vermeide es, auf den Teppich unter mir zu blicken, der voller Blut ist. Aber ich muss hier weg, muss zu Sylv, bevor Ty sie entdeckt. Denn wenn er es tut, wird nichts mehr übrig sein. Wenn Sylv stirbt, werde ich nie mehr die Gelegenheit haben, ihr zu sagen, dass sie es ist, die mich aufrecht hält. Dass ihre Lippen wie ein Versprechen schmecken. Dass sie mich dazu bringt, eine bessere Version meiner selbst sein zu wollen. Wenn sie sterben würde, wäre ich bereit, jedes hässliche Wort zu glauben, dass Dad über mich geäußert hat.

Ich schlüpfe zwischen zwei Sitzreihen hindurch und widerstehe dem Reflex, mir die Ohren zuzuhalten. Neben mir zittert ein rothaariges Mädchen unkontrollierbar. Ihr Gesicht ist mit getrocknetem Blut verschmiert. Sie streckt die Hand nach meiner aus und quetscht sie. Ich unterdrücke einen Schluchzer.

Hinter dem rothaarigen Mädchen liegt der Junge, den Ty zuvor bedroht hat. Matt. Obwohl mein Bruder so lange mit seiner Schwester zusammen war, sind wir uns nie offiziell begegnet. Ty hat selten jemanden mit nach Hause gebracht, und nachdem Mom gestorben war, gar nicht mehr. Ob es daran lag, dass er sich für mich oder

Dad geschämt hat, hab ich nie herausgefunden. Vielleicht hat er sich auch für uns beide geschämt.

Matt zittert so sehr, dass seine Schultern gegen das Sitzpolster schlagen. Er sieht so verletzlich aus, so verängstigt. Ich strecke die Hand nach ihm aus und ziehe sie wieder zurück. Mein Bruder ist schließlich der Grund, dass er so verängstigt ist.

Matt sieht auf, aber statt Abscheu und Wut, die ich verdient hätte, schenkt er mir ein Lächeln.

Ich robbe näher an ihn heran. Er umklammert ein Handy, und ich schließe meine Finger um seine eiskalte Hand. »Ich werde dich beschützen.«

Es ist eine Lüge, aber sie ist netter als die Wahrheit. Das Blut auf seinem T-Shirt hat die Fasern durchtränkt und hebt sich leuchtend rot von seiner kreideweißen Haut ab.

»Bringst du mich nach Hause?«, fragt er.

Ich nicke und streiche ihm durchs Haar.

Und.

Stille.

Ich lasse seine Hand los und richte mich auf, um über die Stuhllehne zu spähen. Ty wirft desinteressiert das leere Patronenmagazin weg und greift in seinen Hosenbund nach dem nächsten. In dem Moment, wo Tys Pistole nicht geladen ist, atme ich tief ein und aus. Mein Verstand kommt zur Ruhe.

Doch in dem Kreis der Zerstörung um ihn herum gibt es nur eine Person, die ihm nah genug ist, um ihm Einhalt gebieten zu können: Sylv.

Nein. Nein, bitte nicht.

Sie geht durch den Gang auf meinen Bruder zu. Sylv ist völlig ungeschützt. Da ist nichts mehr zwischen ihr und Ty, der das Magazin mit neuen Patronen einschiebt. Aber das hält sie nicht davon ab.

Bitte nicht.

Matt drückt meine Hand, und wir rüsten uns für das, was nun kommen mag.

SYLV

Das Echo von Autumns Worten treibt mich an. *Ich liebe sie.*

Für den Bruchteil einer Sekunde würde ich mich am liebsten auf Tyler werfen, aber er würde mich erschießen, noch bevor ich mich in Bewegung gesetzt hätte. Sein Zorn hat mich den ganzen Sommer über in die Dunkelheit gedrängt, und sie hat mich verschlungen.

Ich richte mich auf.

»Kummer ist ein riesiges klaffendes Loch, oder?«, sage ich leise. Ich weiß nicht mal, ob er mich hören kann, aber meine Worte gelten ebenso mir selbst wie ihm. »Er macht sich breit und verschlingt alles um einen rum. Manchmal glaubt man, nicht mehr weiterzukönnen, weil das Einzige, was auf einen wartet, noch mehr Verzweiflung ist. An manchen Tagen will man nicht mehr weitermachen, weil das Aufgeben leichter zu ertragen ist, als immer wieder verletzt zu werden.«

Ich verliere selbst gerade meine Mutter, einen Tag um den anderen. Ich verliere Autumn, die nicht nur meine Geliebte, sondern auch meine beste Freundin ist. »Ich habe mich selbst verloren. Du hast mir alles genommen. Ich habe in den Abgrund gestarrt, Ty. Ich weiß alles über Kummer. Und deshalb tut mir dein Verlust äußerst leid.«

Tyler starrt mich an.

Dann seine Knarre.

»Wenn du dich rächen willst, dann lass es an mir aus.« Ich schlucke schwer. »Aber du bist nicht allein.«

Ich nehme wahr, wie jemand hinter mir zur Tür spurtet. Tyler drückt ab und feuert. Stille folgt auf den dumpfen Aufprall des zu Boden fallenden Körpers. »Doch, das bin ich.«

Der nächste Schuss zischt so knapp an mir vorbei, dass sich mir die Nackenhaare aufstellen. Ich unterdrücke gerade noch so einen Schrei. Eine weitere Kugel zerfetzt den Teppich bei meinen Füßen. Und ich atme den allzu bekannten Geruch von teurem Parfum und übelerregendem Schweiß.

Die ganze Angst, die ich bisher unter Kontrolle gehalten hatte, überfällt mich mit einem Mal. Die nächste Kugel ist für mich gedacht, das weiß ich genau, aber ich werde nicht warten, bis es so weit ist. Ich werde jeden Atemzug auskosten. Ich drehe mich um und laufe.

Irgendwer schreit, ein anderer rempelt mich an, und

dann streckt jemand die Hand nach mir aus, um mich aufzufangen.

Tyler folgt mir auf den Fersen. Ich bin jetzt fast bei der Tür. Die anderen verstecken sich, weinen und halten sich gegenseitig. Mit jedem Schritt presche ich weiter voran.

Schritt für Schritt.

Nur noch einer.

Vertraute Hände packen mich am Arm.

Tomás zieht mich aus der Aula, tritt die Tür hinter uns zu und stemmt sich dagegen, während Far die andere Tür von außen schließt.

Die nächste Kugel bohrt sich mit einem dumpfen Aufprall in das massive Holz.

Ich stürze mich auf Tomás. Will auf ihn einschlagen und ihm sagen, was für ein Dummkopf er war, dafür, dass er für mich sein Leben aufs Spiel gesetzt hat. Niemals für mich. Stattdessen schlinge ich die Arme um seine Schultern. Er riecht nach Pferd und Heimat. Erst schreckt er zurück, dann erwidert er meine Umarmung. Mein Bruder. Ganz gleich, wie weit wir auseinander sind: Er wird mich immer wieder auffangen und wieder aufbauen.

»*Te extrané.*« Ich flüstere es an seine Brust.

»Ich habe dich genauso vermisst«, entgegnet er. Seine Stimme ist randvoll mit Emotionen.

Die Worte erschüttern mich, aber zugleich höre ich von der anderen Seite der Tür jemanden fluchen. Noch mehr Schüsse. Wir können nicht hier bleiben. Wir können die Türen nicht verschlossen halten, mit all denen, die noch drin sind.

Ich schiebe meine Hand unter Tomás', und diesmal renne ich, schleife ihn und Fareed hinter mir her. Im Flur kann man sich nirgendwo verstecken, deshalb steuere ich instinktiv auf die Treppe zu. Die Luft um uns herum pulsiert von Leben und Möglichkeiten – und ich möchte gern, dass es so bleibt.

Wir laufen vor den Schreien davon.

Wir rennen, um so weit weg wie möglich zu kommen, dorthin, wo wir in Sicherheit sind.

CJ Johnson @KadettinCJJ

Wenn ich eine Knarre hätte, würde ich ihn umbringen. Ganz sicher. #OHS

🕓 **10.34**

Abby Smith @nochSoEinA.Smith

@KadettinCJJ Wir alle hier beten für euch.

🕓 **10.34** | ♥ **213 likes**

George Johnson @G_Johnson1

@KadettinCJJ SIE HOLEN EUCH DA RAUS. DIE POLIZEI IST HIER UND WIRD EUCH HELFEN.

🕓 **10.35**

Anonym @gelangweilterOpportunist

@KadettinCJJ Wenn du ihn erschießen würdest, wärst du keinen Deut besser als er.

🕓 **10.34** | ♥ **34 likes**

KAPITEL SIEBZEHN

10.35 Uhr–10.37 Uhr

CLAIRE

»Zurücktreten.«

Alle auf dem Parkplatz bewegen sich schnurstracks auf die aus der Schule herausströmenden Schüler zu.

»Treten Sie zurück!«, ermahnen der Sheriff und der Leiter des Einsatzkommandos, die sich ganz in der Nähe von Chris und mir befinden, über ihre Funkgeräte. Wahrscheinlich haben sie Scharfschützen positioniert.

Im Schutz der Einsatzwagen zähle ich die Schüler, die ins Freie treten. Sie kommen in kleinen Gruppen von zehn oder zwölf heraus, ein paar Einzelpaare. Sie stützen sich gegenseitig. Einige von ihnen sind blutbespritzt. Sobald sie die Polizei erblicken, heben sie die Hände.

Zwei der Zwölftklässler stolpern heraus: Rafe, unser Linebacker-Star, mit einem Mädchen, in dem ich vage ein Mathegenie erkenne. Sie geben ein seltsames Paar ab. Rafe überragt sie um einiges, aber er geht auf sie gestützt. Hinter ihnen folgen drei Mädchen aus Matts Jahrgang. Sie hängen immer zusammen herum und sind ständig am Kichern. Vor den Ferien haben sie Matt noch gefragt, ob er mal mit ihnen ins Kino gehen wolle. Ich glaube, eine davon ist in ihn verknallt. Sie konnten gar nicht mehr aufhören zu kichern, und Matt lief jedes Mal knallrot an. Aber heute wirken sie blass und bedrückt, und Matt ist immer noch nirgendwo zu sehen.

Wenn ich könnte, würde ich auf sie zulaufen und sie fragen, ob sie ihn gesehen haben.

Wenn ich könnte, würde ich in die Schule laufen und ihn eigenhändig da herausholen.

Einer vom Einsatzkommando bewegt sich gestikulierend zum Eingang der Schule hinüber. »Schafft die Schüler hier weg und fordert so schnell wie möglich einen Lagebericht an.«

Ein paar Beamte begleiten die Schüler ins Ambulanzzelt, weg von den fragenden Blicken. Die Notfallambulanzen stehen bereit, um die Verletzten ins Krankenhaus zu bringen.

Ich behalte die Türen im Blick. Nach dem anfänglichen Andrang kommt jetzt nur noch ab und zu einer durch, mit leerem und verwirrtem Gesichtsausdruck. An der Kleidung der meisten klebt Blut. Einer weicht zaghaft zurück, als er die Beamten auf sich zukommen sieht. Ein anderes Mädchen bricht in Tränen aus, sobald sie über die Schwelle tritt.

Der dünne Strom der Schüler beläuft sich auf etwa hundert, doch noch immer kein Matt darunter.

Chris streift mich am Arm.

Ich zucke zurück. »Ich halte das nicht aus, ich kann

nicht länger warten. Es muss doch etwas geben, was wir tun können, die Namen notieren, uns um die – unsere Freunde kümmern. Ich kann nicht mehr einfach nur so rumstehen.«

Ich lasse meinen Blick über die sich sammelnde Elterngruppe schweifen und erstarre. Da steht Mr Browne, allein. Die anderen Eltern halten sich von ihm fern, als ob er sie mit seinem Schmerz und seiner Wut verbrennen könnte. Alle wissen es inzwischen. Jeder muss davon erfahren haben.

Sein Sohn bedroht ihre Kinder, und er ist dafür genauso verantwortlich.

Kaum haben sich unsere Blicke getroffen, setze ich mich auch schon in Bewegung, noch ehe mich Chris davon abhalten kann.

Die Polizeibeamten sind vor mir bei Mr Browne und leiten ihn hinter die Absperrung. Es ist das Einzige, was mich davor bewahrt, ihm eine Szene zu machen.

Chris hat mich eingeholt und hält mich in seinen Armen fest, beruhigt und bezwingt mich gleichermaßen. Trotzdem wiederhole ich immer wieder dasselbe an seiner Brust. »Er hat ihn kaputtgemacht. Er hat ihn kaputtgemacht. Er hat ihn kaputtgemacht.«

Chris hält mich einfach noch fester, bis ich keine Kraft mehr habe und nur noch weine. Er streicht mir eine Haarsträhne aus dem Gesicht. »Du hättest jemandem von den Striemen erzählen sollen, Claire. Er hätte Hilfe gebraucht, sie alle beide. Aber du kannst nicht sicher davon ausgehen, dass das der Grund für das ist, was Tyler hier macht. Die wenigsten Misshandlungsopfer laufen Amok.«

»Glaubst du, dass es einen Unterschied gemacht hätte, wenn ich mit Ty zusammengeblieben wäre?«

Chris verzieht das Gesicht. »Nein, ich glaube nicht, dass irgendwer etwas hätte ändern können.«

SYLV

Wir kauern uns auf halber Höhe auf der Treppe nieder, aus Tylers unmittelbarer Sichtweite entfernt, aber dennoch so nah dran, dass wir ihn im Blick behalten können. Um nach draußen zu kommen, müssten wir den Hauptgang durchqueren, aber Tyler ist inzwischen aus der Aula herausgekommen, davon künden die erneuten Schüsse, und er streift umher und lauert darauf, dass sich einer von denen zeigt, die ihm entwischt sind. Wie der unglückselige Schüler, der durch die Tür am Sportplatz fliehen wollte und dann herausfinden musste, dass sie verschlossen war. Als er zurückrannte, wurde er von einem lauten Knall erwischt, der ihn zu Boden streckte.

»Wir müssen nach oben«, flüstert uns Fareed zu.

»Aber dort sitzen wir fest. Von da führt kein Weg mehr nach draußen.«

Nach den Lauten unten zu schließen, ist Tyler anscheinend wieder auf dem Weg zum Haupteingang, und ich bete inständig, dass alle, die länger gebraucht haben, inzwischen draußen sind. Wenigstens steuert er von uns weg, und dennoch sitzen wir in der Falle.

Ich verstehe jetzt, was er will. Autumn und Tyler haben ihre Eltern verloren. Und wegen mir haben sie sich auch noch gegenseitig verloren. Solange er einen Anlass hat zu glauben, ich könnte noch im Gebäude sein, wird er mich verfolgen. Doch die Gewissheit darüber erfüllt mich nicht länger mit Grauen.

»Wir könnten über das Dach fliehen«, schlägt Fareed vor und weist mit dem Kinn zum Treppenhaus. Tomás will gerade etwas einwenden, aber Far fährt hastig fort. »Wenn wir versuchen, es von hier aus nach draußen zu schaffen, wird Tyler uns auf jeden Fall entdecken, und er wird keinen Moment zögern, uns abzuknallen.«

Beiderseitiges Einvernehmen macht sich zwischen meinem Bruder und ihm breit.

»Wir müssen so schnell wie möglich hier raus«, wiederholt Tomás schließlich. Mit einem Blick gibt er mir die Dringlichkeit zu verstehen. »Da draußen ist die Polizei, wenn wir es aufs Dach schaffen, werden sie uns von da aus weiterhelfen.«

Ich starre auf den Kleinen, der vor der Tür zur Aula liegt. Die Kugel hat sein *Dark Side of the Moon*-T-Shirt durchbohrt. Er blinzelt. Sein Atem geht in lauten, hechelnden Zügen, die seinen gesamten Körper erschüttern. Seine Zeit ist abgelaufen. Die große Panik vorm Loslassen ist das Einzige, was ihn noch hält.

Wovon wird er wohl träumen?

Unbewusst und aus Gewohnheit greife ich nach der Zulassung der Brown University in meiner Hosentasche. Es wirkt beruhigend auf mich, als der Atem des Jungen versiegt und er aus dieser Welt scheidet.

Ich hoffe, er konnte Frieden finden.

TOMÁS

Ich zerre Sylv hinter mir her zur Treppe. Fareed folgt uns. Wir bewegen uns eher schleppend als schnell.

Es ist schwachsinnig, da hochzulaufen, aber es ist die einzige Alternative. Fareed hat recht. Die Flure sind viel zu ungeschützt. Da gibt es nichts, wo man Deckung finden könnte. Auf dem Dach ist es sicherer. Außerdem hat die Polizei die Möglichkeit, Tyler zu stoppen, falls er sich da oben zeigt.

Ganz in der Nähe fallen wieder Schüsse. Sie klingen viel zu nah. Doch dann entfernen sich die Laute wieder. Uns allen dreien entfährt ein Seufzer der Erleichterung.

Sylvia ist wackelig auf den Beinen; sie hält meine Hand im Klammergriff.

»Du bist wegen mir zurückgekommen«, sagt sie. »Wegen mir. Ich kann nicht glauben, dass du nicht einfach abgehauen bist.«

Ihre Worte treffen mich, aber ich glaube, es ist ihr gar nicht bewusst, was sie da sagt. Wir haben uns so sehr daran gewöhnt, uns gegenseitig abzustrafen, dass selbst unter diesen Umständen uns nichts davon abbringen kann. Andererseits hat es auch etwas Vertrautes und Tröstliches. Ich lege meine Hand auf ihre. »Für dich werde ich immer zurückkommen.«

Sie bebt. »Als Autumn – ich dachte doch nicht –« stammelt sie. *»Yo no sé lo que nos pasó.« Ich verstehe nicht, was uns geschehen ist.*

»Das hat nichts mit euch zu tun«, entgegne ich, auch wenn wir beide wissen, dass es eine Lüge ist. Es geht dabei schon um sie. Und um Autumn. Um mich. Es betrifft uns alle zusammen.

Sie hat sich geweigert, irgendetwas darüber zu erzählen, was zwischen ihr und Tyler letztes Jahr beim Abschlussball der Elften vorgefallen ist. Nachdem sie sich auf dem Parkett gestritten hatten, folgte er ihr nach draußen. Sie hat mir nie erzählt, was er gesagt oder getan hat, aber ich bin mir ziemlich sicher, dass er sie verletzt hat. Sie kam zitternd und verängstigt wieder herein. Bis dahin hatte ich sie noch nie ängstlich erlebt. Und am nächsten Montag in der Schule habe ich ihn gegen die Spinde geknallt, nicht zum ersten Mal. Er hat ausgespuckt und gesagt, ich solle meine dreckigen Finger von ihm nehmen. Ich drohte ihm, dass ich ihn von Kopf bis Fuß einzementieren werde, wenn er noch einmal meine Schwester anfasse.

Darauf hat er nichts erwidert, und die Schüler um uns herum haben so getan, als gäbe es uns nicht. Als die Schulglocke zur ersten Stunde läutete, habe ich ihn losgelassen, und er ist zu Boden gesackt. Danach ist er nicht mehr zum Englischunterricht erschienen. Er kam überhaupt nicht mehr zum Unterricht, und ich habe ihn heute zum ersten Mal wieder gesehen.

Ich hatte damit gerechnet, dass es für uns beide eine Erleichterung wäre, doch dabei war mir überhaupt nicht klar gewesen, dass Sylv immer noch Angst vor ihm hat – nicht bis heute Morgen, was mir vorkommt wie eine halbe Ewigkeit her. »Er hatte nichts mit dir zu tun. Nach dem Abschlussball hast du ihn nie mehr wieder gesehen, oder?«

Sylvia wendet den Blick ab und verschließt sich mir wieder, genau wie letzten Sommer. Und es scheint, als würden sich sämtliche Puzzleteile plötzlich richtig zusammenfügen.

Sie kam an diesem Abend spät nach Hause. Ich saß mit Mamá auf der Veranda und sagte ihr, dass ich Tee gemacht hätte, wenigstens dieses eine Mal, woraufhin sie sich übergeben musste. Sie blieb tagelang im Bett liegen, und als sie wieder hervorkam, um sich der Welt zu stellen, hat sie mich keines Blickes mehr gewürdigt. Und ich wusste nie, warum. Ich konnte nur Vermutungen anstellen. Natürlich hätte ich es mir zusammenreimen können.

Aber ich wollte nicht.

»Tomás.« Fareed schnippt mir mit den Fingern vor der Nase. »Wir müssen hier weg.«

Sylvia nickt zustimmend, und wir stemmen uns von der Wand ab, weg von dem Schießpulvergeruch. Erst als wir in den zweiten Stock gelangen, fällt mir auf, dass Sylvia meine Frage nicht beantwortet hat.

AUTUMN

Sobald Ty aus der Aula raus ist, fangen zwei Schüler an sich darüber zu streiten, ob man die Tür verrammeln sollte. Das Gezänke bereitet mir Kopfschmerzen:

»Was, wenn er zurückkommt?«

»Aber dann kommen wir hier nicht mehr raus.«

»Wir müssen ihn aussperren. Das ist das Einzige, was zählt.«

Es mischt sich auch niemand ein und gebietet ihnen Einhalt. Ich erhebe mich, um mir ein Bild von der Situation zu machen. Die Lehrer, die noch übrig sind, kümmern sich um die Verwundeten. Die Toten liegen über die Aula verstreut, aber zugleich tauchen immer mehr Überlebende auf, die aus ihren Schlupfwinkeln hervorkriechen und zwischen den Sitzreihen hindurchrobben. Ein paar von ihnen kümmern sich um die Verwundeten, legen aus ihren T-Shirts und anderen Materialien Druckverbände an, um die Blutungen zu stillen. Andere starren nur entsetzt vor sich hin, die blassen, tränenüberströmten Gesichter auf eine Stelle konzentriert.

Auf mich.

In ihren Blicken liegen Hilflosigkeit, Wut, Verachtung und Furcht.

Wo immer ich mich hinwende, starren sie mich an. Nicht nur Schüler, Lehrer sind auch darunter, genauso erschüttert wie alle anderen. Ich habe hier keine Freunde.

Ich konzentriere mich auf Matt, der zitternd zwischen zwei Sitzreihen liegt. Wenn ich hier bleibe, wer wird dann Ty davon abhalten, Sylv etwas anzutun? Wer wird Ty davor bewahren, sich selbst etwas anzutun?

Mein Bruder und meine Geliebte. Ich habe das Gefühl, sie beide zu verlieren. Es zerreißt mir das Herz.

Aber Matt braucht mich jetzt. Wenn ich Ty folge, wer kümmert sich dann um ihn? Ich lasse mich zwischen den Sitzreihen nieder. »Kommst du da durch?«

»Ich glaube, ich stecke fest«, sagt Matt. Er zittert mächtig, doch ich könnte nicht sagen, ob er schwer verletzt ist, nur dass er sich jetzt, wo Ty weg ist, sichtlich entspannt. »Ich kann meine Beine nicht bewegen.«

Ich hebe seine Gehhilfen auf und lege sie beiseite. »Halt dich an mir fest.«

Er legt sein Handy auf den Boden, umfasst meine Hände und packt erstaunlich kräftig zu. Es ist nicht allzu schwer, ihn in eine aufrechte Sitzposition zu hieven. »Danke. Ich weiß nicht, ob ich das allein geschafft hätte.«

Ich bringe es nicht übers Herz, ihm zu sagen, dass er es nicht geschafft hätte, und als ich sein rotgetränktes T-Shirt sehe, verziehe ich das Gesicht. Ich kann ihn jetzt nicht allein lassen. »Warte hier.«

Ich stopfe mir die zitternden Hände in die Hosentaschen und mache kehrt, gehe vorsichtig um die Bühne herum, wo das verlassene Rednerpult mit dem unangetasteten Glas von Direktorin Trenton im Fach steht. Hinten an der Wand hängt ein Verbandskasten. Ich habe damit schon ein paarmal meine Platzwunden und Blutergüsse versorgt, wenn vorm Tanzunterricht zu Hause keine Zeit mehr war.

Ich ziehe ihn aus der Halterung heraus und mache mich auf zu Matt zwischen den Sitzreihen. Der große, schwere Kasten hing schon hier, als die Schule gegründet wurde. Ich öffne ihn und kippe den Inhalt an Ort und Stelle aus, überlege, wie ich das am vernünftigsten hinkriege.

In der Aula wird es laut. Ein paar Schüler trauen sich zu rufen: »Die Polizei ist da.« »Hilfe ist unterwegs.«

»Wenn ihr könnt, dann lauft los«, schlage ich vor und erhebe meine Stimme. »Wenn ihr bleibt, müssen wir dafür sorgen, dass alle in Sicherheit sind. Die schlimmsten Wunden müssen zuerst versorgt werden. Wer selbst nicht verletzt ist, sollte sich um die Verwundeten kümmern. Hat jemand hier einen Erste-Hilfe-Kurs gemacht?«

»Wer hat dir denn die Leitung übertragen?«, ertönt es spitz von der anderen Seite des Raums. CJ, die dabei geholfen hat, uns hier einzuschließen. Ich halte sie für eine Heldin, so wie sie das gemeistert hat. Sie starrt mich hasserfüllt an. »Er ist dein Bruder. Woher sollen wir denn wissen, dass du nicht mit ihm unter einer Decke steckst? Du hast nichts getan, um ihn abzuhalten.«

»Sie hat es versucht«, schaltet sich eine andere ein. Ich kann nicht sehen, von wem es kommt.

Ich beuge den Kopf und hebe ein paar Verbände auf, um Matt damit zu umwickeln. CJ hat recht. Ich bin mitschuldig. Wenn wir hier raus sind, darf sie mich so sehr hassen, wie sie will. »Wer redet mit der Polizei?«, frage ich in den Raum.

Einige heben die Hand oder ihre Handys hoch. »Könnt ihr ihnen mitteilen, was hier los ist? Wir brauchen hier dringend ein paar Rettungssanitäter mit Tragbahren.«

Selbst wenn wir sonst nicht viel tun können.

An: Tracy
Ich weiß nicht, wann du das liest. Ich wollte dir nur sagen, dich an meinem Geburtstag zu sehen war mein schönstes Geschenk.

KAPITEL ACHTZEHN

10.37 Uhr – 10.39 Uhr

TOMÁS

»So werden wir es anstellen«, sagt Fareed und blickt dabei immer wieder vom Treppenhaus zum Flur hinunter. Die Türen zu beiden Seiten des Korridors sind verschlossen, und das Licht hier oben ist gedämpfter. »In den Klassenzimmern gibt es Notausgänge, die aufs Dach führen. Wir müssen einen offenen Raum finden, in dem wir uns verbarrikadieren können. Ihr beide fangt hier an, ich übernehme die andere Seite des Flurs. Seid leise und gebt mir ein Zeichen, wenn ihr fündig geworden seid.«

Sylvia sieht aus, als wolle sie protestieren, aber Fareed grinst und sagt: »Mach dir keine Sorgen um mich.« Er klopft mit einem der Schraubenzieher, die er in der Hand hält, gegen die Wand, und sein Akzent tritt jetzt deutlicher zutage. »Habt ihr mich schon mal genauer betrachtet? Wer würde schon jemandem mit diesen Augen etwas zuleide tun? Passt gut auf euch auf.« Der Blick, den er mir zuwirft, ist ebenso durchdringend wie der für Sylvia.

»Und was ist, wenn alle Türen zu sind?«, wendet sie

ein. Durch das Obergeschoss verläuft nur ein einziger langer Flur rund um die Aula. Die Laborräume auf der einen Seite haben durch die Fenster Zugang zum Dach über den Klassenräumen im Erdgeschoss. Die Werkräume liegen zur anderen Seite hin und haben den Zugang zum Dach auf der Vorderseite der Schule. Aber ganz gleich, welches Dach wir wählen, wenn Tyler wieder auftaucht, wird es hier noch schwieriger werden, uns zu schützen.

»Na ja. Die einzige Alternative dazu ist zu sterben, und dazu habe ich heute keine Lust.« Ich rüttle an der Tür, und als sie sich nicht öffnen lässt, lehne ich mich zurück und trete mit aller Wucht dagegen. Meine Ferse richtet rein gar nichts aus.

Fareed bemerkt: »Wir sind so weit gekommen, wir werden nicht aufgeben.«

»Ach, Obi-Wan Kenobi, was würde ich bloß ohne dich machen?« Es geht mir sofort besser, auch wenn ich genervt die Augen verdrehe.

»Gib es zu. Ich bin deine einzige Hoffnung«, entgegnet Fareed. Und tatsächlich war er von Anfang an mein Kumpel und Komplize. Er war an meiner Seite, wenn ich mich mit Tyler geprügelt habe, aber auch als Mamá anfing, immer mehr abzubauen. Er behielt zudem Sylv im Auge, wenn sie mich nicht in ihrer Nähe haben wollte.

Wir überprüfen die Türen zu beiden Seiten des Flurs. Nach den Schüssen in der Aula klingt das Rütteln an den verschlossenen Türen fast genauso laut, doch wir gehen dabei möglichst rasch vor. Und als Sylvia mich ansieht, gelingt mir sogar ein aufmunterndes Lächeln. Mit niemandem sonst würde ich den heutigen Tag lieber verbringen als mit diesen beiden. Gemeinsam werden wir es schon schaffen. Wir werden es überleben. Gemeinsam sind wir stark genug, um uns allem zu stellen.

Und hier ist Schluss.

AUTUMN

Es ist unmöglich, die verhaltenen Telefongespräche auszublenden. Es ist unmöglich, sich nicht auszumalen, was derjenige oder diejenige am anderen Ende sagt. »Wir können nichts tun«? Oder »Hilfe ist unterwegs«?

Auf dem Weg zurück zu Matt komme ich an der Reihe mit Nyahs leblosem Körper vorbei. Ich kann nicht hinsehen, nicht jetzt, wo mich Elend und Schuld mit jedem Schritt sowieso schon fast erdrücken.

Ich knie mich nieder. »Matt? Wie geht's dir?«

Er zittert am ganzen Körper. »Okay.«

»Die Einsatzkommandos sind eingetroffen«, ruft ein Junge am Handy aus. »Die Polizei ebenso. Sie kommen gleich rein.« Auf seine Worte folgt leises Jubeln, und dann bricht er in Tränen aus, und gleich darauf gehen die unterdrückten Schluchzer in glucksendes Lachen über, um sich unmittelbar darauf wieder in Tränen zu verwandeln.

»Siehst du, wir kommen hier raus.« Ich zwinkere Matt

zu und komme mir sofort blöd vor, als ob er gerade mal acht wäre statt in der Oberstufe.

Sein Lächeln ist jetzt etwas matter, aber immer noch echt. Als er sein Hemd glattzieht, entdeckt er das Blut an seiner Hand und starrt darauf. »Oha.«

Ich würde gern etwas sagen, ganz gleich was, aber was könnte ich denn sagen? »Es tut mir leid, dass mein Bruder auf dich geschossen hat«? »Es tut mir leid, dass ich es nicht verhindern konnte«? Stattdessen weise ich nur auf das Handy neben ihm. »Vielleicht solltest du versuchen zu Hause anzurufen.«

Kaum habe ich es gesagt, klingelt das Handy und zeigt eine unbekannte Nummer an. Matt sieht gebannt darauf, aber unternimmt keinen Versuch ranzugehen. »Ist es in Ordnung, wenn ich rangehe?«, fragt er furchtsam.

Ich kann nicht anders, ich muss lächeln. »Ich glaube, es ist okay.«

Als das Display wieder erlischt, berührt Matt das Handy, als könne er sich daran verbrennen. »Wirst du Ty hinterhergehen?«

Ich setze mich neben ihn und lege meine Hand auf seine. Ich schüttle den Kopf. »Später. Ich bleib erst mal hier bei dir, bis sie kommen und dich hier rausholen.«

»Danke.«

Das Handy klingelt wieder.

»Du bist in Sicherheit, Matt.«

Er nimmt ab.

»Matt?« Mir versagt die Stimme. »Geht's dir gut?«

Ich lasse mich auf dem Beton nieder und umklammere das Handy, das Chris für mich organisiert hat – von den Eltern oder einem der Beamten, keine Ahnung. Ich höre Matt schwer atmen, und als er wieder spricht, klingt es weiter weg, gedämpfter. »Claire? Ich habe mich unter den Sitzen versteckt, er hat mich nicht entdeckt.«

»Ich hab mir solche Sorgen gemacht – es tut mir furchtbar leid, dass ich nicht bei dir sein kann – ich bin so froh, dass es dir gutgeht.« Ich verhasple mich, mit all dem, was ich ihm gern auf einmal sagen möchte. Am liebsten würde ich durch das Telefon greifen, um gewiss sein zu können, dass er auch wirklich wohlauf ist. »Matt, ich bin hier draußen bei der Polizei. Alles wird gut, in Ordnung?«

Ich bin mir ziemlich sicher, dass Matt nickt, wie meistens, wenn er telefoniert. Dann räuspert er sich. »Tyler ist weg.«

»Tyler ist weg?«, wiederhole ich fragend, und Chris beugt sich zu mir herunter, um ebenfalls zuzuhören. *Ty hat sich selbst erschossen?* Der Gedanke versetzt mir einen Stich ins Herz.

»Er ist aus der Aula gelaufen.« Ich schließe die Augen, dankbar, dass Tyler nicht tot ist, trotz allem, was passiert ist, doch Matts Stimme wird mit jedem Wort schwächer. Ich sollte ihm jetzt Mut zusprechen, aber diese Info ist wichtig. Für das Einsatzkommando könnte sie von großem Nutzen sein.

»Wo ist er hin?«

»Ich weiß es nicht. Ich bin mir nicht sicher, ob er vorhat zurückzukommen. Er wird nicht zurückkommen, oder?«

»Natürlich nicht.« Ich bedeute Chris, einen der Polizeibeamten zu holen, als sich eine andere Stimme einschaltet.

»Er wird nicht wieder hier eindringen. Er weiß, dass die Polizei da draußen ist. Er wird versuchen irgendwie rauszukommen.«

Mir stockt der Atem. *Autumn. Tys Schwester.* Ich kenne sie nicht wirklich, aber Ty hat oft von ihr gesprochen. Sie hat ihm immer am meisten bedeutet. »Autumn?«

»Hi, Claire«, sagt sie bedrückt. »Es tut mir leid.«

Ich beiße mir auf die Lippe. »Mir auch.« Mit der freien Hand kritzle ich, was Matt gesagt hat, auf ein Blatt Papier und füge dann noch *Autumn Browne* dazu. Chris läuft rüber zu dem Kommandobereichszelt, wo sich alle über den Grundriss der Schule gebeugt haben. Ein Beamter nickt Chris zu und kommt mit ihm zusammen zu mir herüber.

»Werden sie uns hier rausholen?«, fragt Matt.

»Aber ganz bestimmt«, antworte ich. »Die Polizei wird euch zu Hilfe kommen. Dann wirst du in Sicherheit sein, Matt.«

Der Beamte wirft mir einen dringlichen Blick zu, versucht meine Aufmerksamkeit auf sich zu lenken, aber ich bin noch nicht bereit, das Handy wieder abzugeben. »Matt, warte mal einen Moment.«

»Ist dein Bruder da dran?«

Meine Hände zittern. »Ja, Sir.«

»Kann ich ihn mal sprechen?«

Ich gebe dem Polizisten das Handy, und er fängt an zu reden. Ich löse die Haare aus dem Pferdeschwanz und schüttle sie mir über die Ohren, nur damit meine Hände etwas zu tun haben – etwas, was mich davon abhält, ihm das Handy aus der Hand zu reißen und damit wegzulaufen, weil es das Einzige ist, was ich gerade will. Ich will Matts Stimme hören, muss wissen, dass er unversehrt ist. Ich muss ihm versichern, dass alles wieder gut wird.

SYLV

Als sich der anfängliche Adrenalinschub darüber, dass die Aula offen ist, gelegt hat, übermannt mich die Stille in den Fluren. Es erscheint mir unglaublich, dass sie noch da drin sein soll und dass wir sie dort einfach zurückgelassen haben.

Vor etwa einem Jahr, ein paar Tage vor Thanksgiving, haben Tomás, Abuelo und ich zu Autumns Geburtstag eine Überraschungsparty veranstaltet. Mr Browne war mit Tyler zu einer Handelsmesse außerhalb der Stadt gefahren – mit Sicherheit das beste Geschenk, das sie ihr machen konnten, und ich wollte ihr noch etwas Persönliches geben.

Bis Mitternacht hatten wir Abuelos Kochkünste genossen, alles aufgegessen und auch den allerletzten Film aus der Reihe der schnulzigen Tanzfilme gesehen. Es hatte den Anschein, als ob ganz Opportunity schlafen würde, als ich sie nach Hause begleitete. Von mir zu ihr braucht man kaum länger als zehn Minuten, und abgesehen von dem gelegentlichen Licht auf der Veranda lagen die Häuser im Dunkeln, was uns die Illusion von Alleinsein vermittelte.

Ich hätte nichts lieber getan, als sie zu küssen, aber stattdessen hielten wir uns bei den Händen, was das Mutigste war, was wir uns bis dahin getraut hatten.

»Hexenstunde«, sagte Autumn. Ihr Lächeln entglitt, und sie sah aus, als wäre sie ganz woanders. »Glaubst du, dass es in Opportunity Gespenster gibt? Geheimnisse, die niemand kennt? Geschichten, die erhalten bleiben, wenn wir längst nicht mehr sind?«

Damit jagte sie mir einen Schauer über den Rücken, aber bevor ich etwas darauf erwidern konnte, hatte sie bereits das Thema gewechselt. »Ich probe für Juilliard. Ich hab zwar noch keine Ahnung, wie das gehen soll, und ich bin wahrscheinlich irre, zu glauben, ich könnte die geringste Chance dort haben, aber ich muss es versuchen. Wirst du mich dabei unterstützen?«

Ich strich ihr mit dem Daumen über den Handrücken. Es war mir peinlich, dass sie das Gefühl hatte, mich danach fragen zu müssen. »Selbstverständlich.«

»Gut.« Selbst in der Dunkelheit konnte ich sehen, dass sie lächelte. »Ich glaub nicht, dass ich jemals eine Rolle spielen werde, falls ich hier bleibe. Wenn ich sterbe, will ich ein Vermächtnis hinterlassen – das Royal Opera Haus, das Royal Ballet, eine kleine Kompanie mit einer Freilichtbühne oder gar eine Schauspielschule in irgendeinem Kaff. Aber nicht hier in Opportunity. Nicht an einem Ort, wo ich nicht hingehöre.«

»Das musst du ja auch nicht. Wir werden dich da schon unterkriegen.« Das sagte ich zu ihr, obwohl ich sie ganz egoistisch hier behalten wollte, weil sie mir das Gefühl gab, Mensch zu sein, geliebt zu werden, wichtig zu sein. Aber Abuelo sagte ja immer, es gibt zwei Sorten von Menschen auf dieser Welt: diejenigen, die zur Heimat mit dem guten, reichen Boden gehören, die ihre Samen streuen, damit sie erblühen, und diejenigen, die der Straße und dem endlosen Horizont angehören und ihr Zuhause auf den Schultern überallhin mitnehmen.

Das Leben hatte Autumn zu einer der Rastlosen gemacht, und sie wurde unruhig.

Doch als wir bei der dunklen Veranda ihres leeren Hauses ankamen, war sie immer noch da und neben mir. Und noch bevor sie sich hundert und einen gute Gründe ausdenken konnte, warum wir aufpassen sollten, dass die Nachbarn nichts mitkriegen, beugte ich mich vor, legte ihr die Hand auf die Wange und küsste sie.

Jay (@JEyck32) → Kevin (@KeviiinDR)

Kev, bitte.

10.38

Jay (@JEyck32) → Kevin (@KeviiinDR)

Ich wollte dich immer schon fragen, ob du mit mir zum Abschlussball gehst. Du lachst jetzt bestimmt über mich (aber dann sagst du hoffentlich doch noch ja.)

10.39

KAPITEL NEUNZEHN

10.39 Uhr–10.42 Uhr

AUTUMN

Der Lautsprecher des Handys vor uns ist angeschaltet.

Matt liegt auf meinen Knien, seine Hand umklammert meine. Diese angelehnte Haltung scheint am erträglichsten für ihn zu sein. Er hat sein blutdurchtränktes T-Shirt gesehen, aber ich glaube, er weiß trotzdem nicht, wie ernst es um ihn steht. Er tut so, als wäre es lediglich ein bisschen nervig.

In der Aula herrscht jetzt absolute Stille. Selbst während Tys Wutausbruch flüsterten und wimmerten immer noch einige. Zum ersten Mal hat die Stille etwas Tröstliches.

Die Polizei wird gleich hier sein, und dieser Gedanke beruhigt mich so sehr, dass ich fast schon glaube, das normale Leben könnte wieder einkehren. Morgen wird ein Tag wie jeder andere sein, als wäre dieser Albtraum niemals geschehen.

Als uns der Polizist am anderen Ende der Leitung sagt, dass wir warten sollen, lehne ich meinen Kopf gegen den Sitz – die Platzwunde auf meiner Wange pocht, der Schmerz breitet sich über das ganze Gesicht aus – und drücke Matts Hand. »Geht's dir ein bisschen besser?«

»Ich wusste, dass Claire da draußen auf mich wartet«, sagt er. »Sie war beim Lauftraining. Sie hat sich den ganzen Morgen darüber aufgeregt. Sie hasst die Kälte.« Einen Augenblick lang schweigt er. »Ich hab Chris gebeten, ihr bei Gelegenheit ein bisschen Eis von hinten unters T-Shirt zu stecken.«

Sein trockener Tonfall bringt mich zum Grinsen, aber ich kann nicht überhören, dass seine Stimme immer schwächer wird. Mir fällt nichts Besseres ein, als weiterhin mit ihm zu reden. »Wenn du mein Bruder wärst, würde ich dir mit einem Haufen Schneebällen auflauern. Obwohl du bestimmt wesentlich besser triffst als ich.«

Er macht es sich auf meinen Beinen bequem, und ich spüre, wie er sich entspannt. »Meinst du, dass es wirklich anfangen wird zu schneien? Ich würde das gern mal sehen. Tracy, meine ältere Schwester, die bei der Armee ist, hat mir erzählt, dass es mal geschneit hat, als sie noch zur Grundschule gegangen ist. Schon Tage im Voraus haben die Leute Vorräte eingekauft, als ob das Ende der Welt nahen würde. Der Unterricht wurde abgesagt, und die Läden hatten geschlossen. Und dann hat es angefangen zu schneien, große, weiche Flocken. Vielleicht zwei Stunden lang.« Sein Lachen geht in Husten über. »Alle hatten deshalb einen Tag frei, einfach so.«

Ich erinnere mich, dass Mom mir an dem Tag gezeigt hatte, wie man Schneeengel macht, obwohl der Schnee dafür kaum ausreichte. Ich war völlig fasziniert, aber es gefiel mir ganz und gar nicht, wie die Kälte durch meinen Mantel und meine Kleidung drang. Es war das letzte Mal, dass es richtig geschneit hat, nicht nur Raureif, den wir sonst immer haben und inzwischen für Schnee halten.

Matt fährt fort. »Claire würde keine Schneeballschlacht mit mir machen. Seit Tracy weg ist, weiß sie gar nicht mehr, was Spaß ist. Sie macht sich viel zu viele Sorgen.«

»Das machen wir wahrscheinlich alle«, entgegne ich. Möglicherweise machen wir uns viel zu viele Gedanken über unsere Geschwister. »Wenn Dad mich angeschrien hat, hat Ty mir zugehört. Wenn ich Mom vermisst habe, hat er mich getröstet. Er hat mir immer gesagt, dass er auf mich aufpassen würde. Ich wünschte, ich hätte dasselbe für ihn tun können.«

Ich weiß nicht, warum ich ihm das erzähle, aber es fühlt sich gut an, es laut auszusprechen. Matt schweigt eine ganze Zeit lang. Als er wieder spricht, hat er kaum noch Stimme. »Du solltest dir keine Vorwürfe machen, wegen dem, was dein Bruder geplant hat. Das Gleiche hat Claire zu mir gesagt, als Tracy sich verpflichtet hat. Ich hatte solche Angst, und ich wollte einfach nicht, dass sie geht. Deshalb hab ich sie von mir gestoßen. Aber Claire hat mir erklärt, dass Tracy es nicht wegen mir gemacht hat. Dass es ihre eigene Entscheidung war und dass ich sie dabei unterstützen kann, aber mich nicht schuldig fühlen soll.«

Ich drücke seine Hand. »Du bist ein großartiger Bruder. Sie haben allen Grund, stolz auf dich zu sein.«

Er versucht sich mir zuzuwenden, aber er ist zu schwach. Meine Finger sind ganz fest um seine geschlungen. Das ist das Einzige, was ich tun kann, um ihn davon abzuhalten, mir zu entgleiten.

»Autumn?«

»Ja?«

»Ich bin so müde.«

TOMÁS

Hirnverbrannte Schulbestimmungen. Warum sollten zwischen den Unterrichtsstunden alle Klassenräume abgeschlossen bleiben? Keiner bei Verstand würde versuchen, etwas aus der OHS zu klauen. Die Lehrbücher und die uralten, klotzigen Computer lohnen die Mühe nicht.

Wir sind gerade an der Ecke angelangt, als von unten wieder Schüsse heraufdringen. Wie angewurzelt bleiben wir stehen, Fareed, der eben dabei war, an einer Türklinke zu rütteln, und Sylvia mitten im Flur. Die Schüsse kommen näher, so dass ich sie schnell in den nächsten Türrahmen ziehe. Sie soll nicht das nächste Opfer werden. Sie wehrt sich dagegen, als ob ihr nicht klar wäre, dass ich es bin, doch dann beruhigt sie sich wieder.

Fareed huscht zu uns herüber. »Wir müssen weiter«, haucht er.

»Ms Millers Klassenzimmer?«, frage ich.

Er nickt.

Ich zerre Sylv an der Hand hinter mir her. Wir hasten zu einer der letzten Türen, der mit dem angesengten Sicherheitsschloss. Ich habe es aus Versehen vor den Winterferien verbrannt. Oder besser gesagt, in die Luft gesprengt.

Ich öffne die Tür ohne großen Aufwand. Obwohl wir uns hier keine Sorgen machen müssen, vor verschlossener Tür zu stehen, können wir uns eben auch nicht schützen. Doch Far hat recht. Wir müssen aus dem Flur weg.

Ich ziehe Sylv hinter mir her, und Fareed schließt die Tür hinter uns. Dann lehnt er sich dagegen, und wir halten alle einen Augenblick inne. Ich vernehme keine Schritte, bezweifle jedoch gleichzeitig, ob ich überhaupt etwas hören würde, wenn sich jemand anschleicht. Das wiederum versetzt mich in extreme Panik: Tyler könnte hier jede Sekunde auftauchen, ohne dass wir etwas davon mitkriegen.

Ich sehe mich in dem Raum um.

Die schweren Tische sind fest montiert und taugen nicht als Barrikaden. Sylv versucht einen der hohen Schränke wegzuschieben, doch der bewegt sich kein Stück weit. Zitternd gibt sie sich geschlagen.

»Hätten wir Tyler aufhalten können?«

Ich seufze. »Mit übermenschlichen Fähigkeiten vielleicht.«

In jedem anderen Moment hätte Sylv darauf mit einer Abfolge von Abuelas Lieblingsverwünschungen reagiert, jetzt verdreht sie nur die Augen. »So war das nicht gemeint.« Am liebsten würde ich sie jetzt in den Arm nehmen, so verzweifelt sieht sie aus.

Und zugleich kann ich nicht umhin, mich Ähnliches zu fragen. Haben wir das Richtige getan? Hat es geholfen, dass wir die Tür zur Aula geöffnet haben, oder sind dadurch nur noch mehr gestorben?

»Wir haben getan, was wir konnten«, beschwichtige ich sie.

»Aber was, wenn –«

»Du hast keine Schuld daran. Niemand käme auf die Idee, dich dafür verantwortlich zu machen. Es sei denn, du willst noch länger hier bleiben, und er kommt und knallt uns ab. Dann kriegst du aber wirklich was zu hören. Los, kommt schon, lasst uns das Fenster aufmachen«, raune ich ihnen zu.

Ich bewege mich durch den Raum und löse die Verriegelung am Fenster. Das Dach darunter ist flach, aber es gibt nichts, wo man sich verstecken könnte. Vom Fenster aus könnte uns Tyler ohne weiteres erwischen.

Fareed erklimmt den Sims und fordert Sylvia auf, ihm zu folgen.

Sie zögert noch. »Was wäre, wenn ich ihn hätte verhaften lassen können?« Ich kann kaum verstehen, was sie sagt, aber ich bleibe wie angewurzelt stehen.

Sie sieht mir nicht in die Augen.

Mir wird ganz kalt. »Sylv, was hat er dir angetan?«

CLAIRE

Stille legt sich über die versammelte Mannschaft aus Ärzten, Polizisten, Nachrichtenteams und Eltern. Vor der Schule machen sich drei SEK-Teams zum Einsatz bereit, eines davon soll den Bereich davor absichern, während zwei in die Aula eindringen. Die Polizei hat uns bereits gewarnt, dass sie die Verletzten nicht eher heraustragen können, bis die Schule restlos abgeschirmt ist, sonst könnten diejenigen auf den Bahren zu Zielscheiben werden. Aber sie würden sich um sie kümmern und so viele wie möglich retten.

Ich starre auf das Handy, das da immer noch zwischen mir und dem Polizeibeamten am Boden liegt.

Bitte, lass Matt in der Lage sein, auf seinen Krücken zu humpeln, zu laufen. Selbst wenn er noch so müde ist.

Ich brauche ihn zu Hause, damit ich für ihn die Schwester sein kann, für die er mich hält.

Chris legt mir die Hand auf die Schulter.

An Matts Geburtstag haben Chris und Matt auf dem Rasen hinterm Haus getobt. Matt hat Chris ein Paar seiner Krücken geliehen. Beide haben sich mit einer abgestützt und zum Spaß mit der anderen gekämpft. Ihr Atem ging in kalten Wolken, doch zu Moms Missfallen trug keiner von beiden einen Mantel. Matt war die Kälte vollkommen egal. Er sprang auf und ab, obwohl seine Beine ihn kaum trugen. Er rannte herum, ohne Angst, hinzufallen, und Chris behandelte ihn wie den kleinen Bruder, der ihm fehlte, jagte hinter ihm her und ließ sich jagen. Es war ein schöner Anblick, sie beide so glücklich zu sehen.

Ich hatte Matts Geburtstagstorte mit dem Star-Wars-Motiv ausgepackt.

»Wenn wir die jetzt schon servieren, werden sie nachher keinen Hunger mehr haben«, sagte Mom und stellte Teller bereit.

»Wenn es Pommes gibt, Mom? Ich glaube nicht, dass sie das davon abhalten kann. Und so wie Matt rumrennt, würde er wahrscheinlich ein ganzes Pferd verdrücken.« Ich streckte den Kopf zum Fenster heraus und rief »Essen« in den Garten und verteilte dann das Besteck.

»Ich wäre sehr erleichtert, wenn er das täte. Es war ihm in letzter Zeit öfter mal übel.«

Ich warf ihr einen fragenden Blick zu. »Bist du ganz sicher? Er hat gar nicht abgenommen.«

Sie nickte nur kurz. »Dad und ich müssen mit dem Kinderarzt reden. Wenn es sich dabei um seine Nieren dreht, muss er vielleicht –« Da polterten Chris und Matt zur Tür herein. Sie schluckte schnell »ins Krankenhaus« herunter. Mom gab mir mit einem Blick zu verstehen, dass wir später weiterreden würden. Da Dad Überstunden machte, um die Arztrechnungen bezahlen zu können, und Tracy im Ausland war, vertraute sich Mom zusehends mir an. Und es belastete mich schwer, zu erfahren, dass bereits die geringste, banalste Infektion das Leben meines Bruders bedrohte, schlichtweg weil der Lupus dafür sorgte, dass sein Immunsystem nicht in der Lage war, mehrere verschiedene Erkrankungen gleichzeitig abzuwehren – das war die übliche beschissene Situation.

Ich wäre lieber weiterhin völlig unbedarft gewesen, statt der Tatsache, dass ich Matt jederzeit verlieren kann, ins Auge zu sehen.

»Wahnsinn!« Matt sah seine Torte mit großen Augen an. »Davon müssen wir ein Foto machen!«

Mom nahm ihre Kamera von der Theke und machte eine Großaufnahme von ihm und Chris zu beiden Seiten der Torte. Mom erstellte Fotoalben, und vor einiger Zeit hatte auch Matt damit angefangen. Zuerst fand ich das schräg, aber nachdem Tracy ins Ausbildungslager gefahren war, habe ich den Wert dieser festgehaltenen Augenblicke schätzen gelernt.

Die Sonne ging gerade unter, und die Dämmerung fiel herein, als wir uns an den Tisch setzten, Matt auf Dads Platz, und für Tracy stellten wir auf einem Teller das Stück Torte mit der Han-Solo-Figur obendrauf vor den Computer. In dem Lichtschein um uns herum waren wir eine Familie. Ich wollte, dass es immer so blieb. Und nicht, dass Matt sich vor Schmerzen wand und Mom an seinem Bett saß und ihn tröstete, bis er eingeschlafen war, und sie danach in ihr Schlafzimmer ging und weinte, bis Dad nach Hause kam. Aber wie Tracy mir beigebracht hat: Wenn du Angst hast, denk an morgen, weil morgen ein neuer Tag ist. Morgen wird es neue Möglichkeiten geben. Morgen werde ich nach Hause kommen.

Durch das Handy hört man Schreie, dann Autumn, die sagt: »Sie sind da, Matt! Die Einsatzkommandos sind hier.«

Ich schluchze vor Erleichterung und lehne mich an Chris. Ich bin bereit für einen neuen Tag, einen Neuanfang. Ich sehe auf und küsse Chris ganz sanft.

Erst steht er wie erstarrt da. Dann erwidert er meinen Kuss. Es ist, als wüsste ich nicht mehr, wo er aufhört und ich anfange.

Zum ersten Mal heute fühlt sich etwas richtig an.

»Verlass mich bloß nie«, sage ich leise.

»In tausend Jahren nicht.« Seine Worte fallen warm auf meine Haut. Er beugt sich zu mir herunter und küsst mich noch einmal, als würde die Welt gleich untergehen. Und in der Tat, so ist es.

SYLV

»Sylvia, was hat er dir angetan?«, fragt Tomás noch einmal.

Mit funkelnden Augen steht er vor mir. Sie sind denen

von Mamá so ähnlich, braun mit grünen Flecken. Als er mit der Faust gegen die Wand haut, durchbricht er damit das Schweigen der letzten Monate.

Bevor Mamá krank wurde, war mein Leben noch heiter, und Tomás und ich waren unzertrennlich gewesen. Einen Sommer verbrachten wir auf der Farm, da waren wir zwölf und stahlen uns fast jede Nacht hinaus, um auf dem Hof und im nahen Wald nach verborgenen Schätzen zu suchen. Mamá hat nichts davon bemerkt, und Abuelo schlief während unserer nächtlichen Suchen, oder wenigstens tat er so. Zusammen erlebten wir die tollsten Abenteuer, bis ich einmal als Mutprobe auf das Dach der Garage stieg, herunterstürzte und mir dabei das Handgelenk verstauchte.

Wir hatten furchtbare Angst und wollten weder Abuelo aufwecken noch es Mamá beichten, aber mir war schlecht vor Schmerzen. Deshalb versteckten wir uns. Tomás kletterte zum Küchenfenster hinein, holte Eis für meinen Arm und durchforstete die Küchenschränke nach Snacks, während ich in unserem alten Baumhaus auf ihn wartete.

Als er zurückkam, tranken wir Limonade und aßen Schokoriegel, bis uns übel war. Aus dem Papier bastelte Tomás Flieger, und der Schmerz ließ allmählich nach.

Während die Morgendämmerung die Dunkelheit vertrieb, sichteten wir die Schätze der Nacht – ein paar Murmeln, ein Paar alte Schuhe und der fast unversehrte Schädel eines Fuchses. Der hatte es Tomás besonders angetan.

»Das ist ein historischer Fund«, behauptete er.

»Es ist ein Fuchs«, hielt ich dagegen. Ich hob die Schuhe hoch, uralte Lederstiefel. »Aber das hier, da steckt Geschichte drin.«

Er verdrehte die Augen, und ich musste grinsen. »Nicht nur eine Geschichte, ein Geheimnis, all diese Geheimnisse gehören uns, und wir bewahren sie auf.«

Er hat mich immer beschützt. Wenn wir heute hier sterben müssen, möchte ich nicht, dass er das Gefühl hat, mich im Stich gelassen zu haben.

Ich strecke die Hand nach ihm aus und verfluche mich selbst, als mir die Tränen die Wangen hinunterlaufen. Ich will nicht, dass er erfährt, dass Tyler mich vergewaltigt hat, aus demselben Grund, weshalb ich nicht möchte, dass Mamá es erfährt. Ich will, dass sie mich glücklich in Erinnerung behalten. Sie hätten absolut nichts dazu beitragen können, es zu verhindern. Opportunity birgt eine ganze Menge Geheimnisse.

Das Einzige, was jetzt zählt, ist, dass wir zusammen sind, dass wir leben.

»Nichts. Er hat mir nichts getan.«

MEIS ABENTEUER

Derzeitiger Standort: Opportunity High

Ich habe noch nie so viele Familien und Freunde meiner Mitschüler beisammen gesehen. Weder bei der Abschlussfeier noch beim Ball. Sogar ein paar meiner ehemaligen Klassenkameraden sind dabei. Absolventen, die nie aus Opportunity weg sind. Wir hängen aneinander.

Immer mehr Schüler quellen aus der Schule heraus. Ein Glück, dass es Überlebende gibt. Aber das macht es irgendwie noch schwerer. Diejenigen, die nicht dabei sind, fallen dadurch noch mehr auf. Haben wir sie verloren? Ich kann meinen Dad nicht sehen. Nirgendwo. Wir alle klammern uns an die Rettungsleinen des Lebens. An die Handys. Unsere Erinnerungen. Aneinander. Ich komme mir völlig nutzlos vor. Keiner von uns weiß eine Antwort.

Kommentare: [ausgeschaltet]

KAPITEL ZWANZIG

10.42 Uhr – 10.44 Uhr

AUTUMN

Als die Türen zur Aula gewaltsam aufspringen, fangen einige an zu schreien. Ich beuge mich vor, um nachzusehen, was passiert. Ein halbes Dutzend Beamte in Kampfanzügen stürmt den Gang hinunter.

Ich lehne Matt sanft gegen einen Rucksack. Sein Gesicht ist grau, die Konturen sind noch kantiger als zuvor. Seine blau angelaufenen Lippen verzerren das, was er sagen will.

Auf das erste halbe Dutzend des Sturmtrupps folgen noch einmal so viele Beamte, breiten sich über die Aula aus. Durch Handzeichen geben sie sich zu verstehen, dass der Raum sicher ist. Einer der Beamten in unserer Nähe unterdrückt ein Fluchen und übermittelt dann die Lage über Funk.

Ich komme auf die Beine und rufe um Hilfe. Dann beuge ich mich über Matt, um verstehen zu können, was er haucht, aber die Worte ersterben auf seinen Lippen, und sein Blick schweift ab. Ich lächle in der Hoffnung, dass er mich sehen kann, dass er denken möge, ich hätte ihn verstanden. »Wenn es schneit, machen wir eine Schneeballschlacht und bringen deine Schwestern dazu mitzumachen«, erzähle ich ihm. »Sie werden es dir nicht abschlagen können, nicht, wenn ich ihnen erzähle, wie tapfer du heute warst.«

Ein Leuchten huscht über sein Gesicht, das seine Lippen nicht mehr erreicht. Während einer der Beamten sich nähert, entgleitet sein Blick. Ich trete zurück und lasse ihn sich neben Matt niederknien und ihn untersuchen.

»Können Sie ihm helfen?«

Unter dem Visier seines Helms sieht er mich mit zusammengepressten Lippen ernst an. In seinem Blick liegt große Sorge. »Wir müssen dich und alle anderen, die laufen können, hier so schnell wie möglich rausbringen.«

Ich schüttle den Kopf. »Aber können Sie ihm nicht helfen?«

»Wenn alles abgesichert ist, können die Sanitäter rein und sich um die Verletzten kümmern.«

Ich starre ihn an, und er schüttelt kaum wahrnehmbar den Kopf. »Wir bringen dich jetzt raus. Wir können hier nichts tun.«

»Das ist nicht Ihr Ernst.« Ich weiche vor ihm zurück.

»Los, komm schon. Du musst hier raus«, sagt er noch einmal.

Matt ist totenbleich, aber er nickt schwach.

In der gesamten Aula werden Schüler wie Lehrer zu den Ausgängen geleitet. Die, die noch gehen können, gehen. Die anderen stützen sie. Die Schwerverletzten werden in dem Raum mit den Toten zurückgelassen.

Sie wollen mich nicht bei Matt bleiben lassen, aber ich kann auch nicht einfach so rausgehen. Nicht wenn Sylv noch irgendwo im Gebäude ist. Nicht, solange Ty sich noch irgendwo hier aufhält. Weil Matt recht hat, Ty ist mein Bruder. Er wird es immer bleiben, ganz gleich, was geschehen mag.

Der Beamte bringt mich zu einer Gruppe, die bei der Tür darauf wartet, aus der Schule geleitet zu werden. Es ist beinahe eine Erleichterung, dass keiner den anderen ansieht. Wenn sie alle so darauf bedacht sind, hier herauszukommen, wird keiner versuchen, mich davon abzuhalten, drin zu bleiben.

CLAIRE

Chris' Lippen bewegen sich, aber ich höre nicht, was er sagt. Ich umklammere das Handy. Über die Stimmen aus der Aula hinweg höre ich nur die eine Frage: *»Können Sie ihm nicht helfen?«*

»Wir können hier nichts tun.«

Chris legt mir die Hand auf den Arm, doch ich schüttle sie ab. »Matt?«

Das Schweigen hält so lange an, dass ich mir schon sicher bin, es ist zu spät. Dann vernehme ich ein schwaches Husten. »Claire, mir ist so kalt.«

Ich setze mich auf einen leeren Klappstuhl. »Ich wusste nicht, dass du verletzt bist.«

»Ich wollte es dir nicht sagen. Du machst dir sowieso schon zu viele Sorgen.«

Ich versuche zu lächeln. »Du Rabauke, dazu bin ich doch da. Ich werde mir immer Gedanken um dich machen.«

»Er hat nicht absichtlich auf mich geschossen«, sagt er jetzt. »Er –« Matt hustet noch einmal, diesmal klingt es noch schwächer.

Tyler hat auf ihn geschossen. Mein Exfreund hat auf meinen Bruder gezielt. Und Matt versucht immer noch, ihn in Schutz zu nehmen – genauso wie ich ihn in Schutz genommen habe.

»Spar deine Kräfte«, sage ich leise zu ihm. »Sie kommen wieder und holen dich da raus, und ich werde hier auf dich warten. Weißt du noch, dass ich dir versprochen habe, deine Figuren anzumalen. Das machen wir, sobald du wieder zu Hause bist. Die Ärzte flicken dich wieder zusammen. Das machen sie doch immer.« Mir versagt die Stimme, aber ich versuche es zu verbergen. »Wenn Tracy Urlaub hat und nach Hause kommt, machen wir zusammen einen Ausflug zum Strand, nur wir drei. So wie immer.«

Matt hustet wieder, aber ich stelle mir vor, wie er lächelt. Mein Kopf ist so blutleer, so als würde ich immer noch laufen und hätte seit Tagen keine Luft mehr geholt.

»Darauf habe ich richtig Lust«, sagt er.

Ich würde ihn so gern halten und ihm sagen, dass alles wieder gut wird, weil Tracy und ich uns immer um ihn kümmern werden. Aber wie soll ich ihm das jetzt vermitteln?

»Von uns dreien warst du immer der Coolste. Du bist kreativ. Du bist super tapfer.« Das wollte ich ihm schon längst mal sagen. »Es tut mir so leid, dass ich jetzt nicht bei dir sein kann.«

Chris hockt sich neben mich. Er weiß immer ganz genau, wann ich ihn am meisten brauche.

Meine Worte treffen auf Schweigen. Ich warte ab, um Matt Zeit zum Luftholen zu lassen, doch ich kann ihn nicht mehr atmen hören. »Matt?«

Meine Finger sind eiskalt.

»Matt?«

»Matt!«

SYLV

Vom Dach fegt ein kalter Windhauch herein. »Es ist in Ordnung auf dem Dach«, beschließt Fareed, nachdem er sich hinausgelehnt hat. »Es gibt nicht viel Schutz, aber wenn wir nah an der Wand bleiben, sind wir von drinnen nicht wirklich zu sehen.«

Ich schlucke den plötzlichen Anfall von Übelkeit, der mich überkommt, herunter. In diesem Klassenraum sind wir gefangen. Ich bin lieber draußen gefangen – auch wenn es auf dem Dach ist. Selbst wenn wir das Fenster hinter uns schließen könnten, was nicht der Fall ist, bräuchte Tyler nur eine Kugel oder den Pistolengriff, um damit die Scheibe einzuschlagen – schon hätte er uns. Dennoch ist es die einzige Chance, die wir haben, außer womöglich wieder in den Flur zurückzulaufen, was ebenso unser Tod sein könnte.

Fareed klettert bereits über den Sims. »Wenigstens regnet es nicht.«

Fareed hilft mir vom Dach aus und Tomás von drinnen zum offenen Fenster hinaus. Es ist ein wenig zu hoch, um einfach so darüberzusteigen, und ich bin nicht so beweglich wie Autumn, aber ich bringe das Bein hoch und über das Fensterbrett.

Während ich auf dem Fenstersims sitze, geht Fareed weiter zum Rand des Dachs und checkt die Lage ab, vermutlich um da unten nach der Polizei zu sehen und Hilfe anzufordern. Tomás drückt mich fest an sich. »Hast du Angst da oben?«

»Die Höhe macht mir gerade keine Angst.« Ich versuche zu lächeln, weiß aber nicht genau, wie ich es bewerkstelligen soll. »Das Dach ist es nicht, aber hier kann man sich nirgendwo verstecken.«

»Wir können jederzeit herunterspringen«, bemerkt Fareed aus einiger Entfernung. »Gebrochene Knochen sind das kleinere Übel.«

»Angenehmer Gedanke«, murmelt Tomás und zuckt zusammen, als abermals Schüsse fallen, diesmal näher. Dann zieht er mich zu sich heran. »Du hast keine Schuld daran«, flüstert er in mein Haar. »Du hättest ihn nicht aufhalten können, auch wenn du jemandem davon erzählt hättest. Ich liebe dich.«

Und ich weiß, dass er, ganz gleich, wie viele Geheimnisse ich vor ihm habe, immer für mich da sein wird.

Das gibt mir Sicherheit.

TOMÁS

Ich hoffe, dass sie wieder lächeln wird. Sie leuchtet, wenn sie lächelt. Was nicht wirklich überraschend ist, da sie natürlich die gleichen Gene hat wie ich. »Es tut mir leid, dass wir uns in diesem Jahr so viel gestritten haben. Wir haben damit so viel Zeit verschwendet. Wenn ich gewusst hätte, dass wir hier enden ...«

Sie drückt mich ganz fest. »Wenn du es gewusst hättest, hätten wir uns trotzdem gestritten. Das ist einfach das, was wir am besten können.«

Das ist wahr. Selbstverständlich ist es wahr.

Das Privileg von Zwillingen.

Ich ziehe diesen Augenblick so weit wie möglich in die Länge, mit Sylvia, die auf dem Fenstersims sitzt, vor mir und der Freiheit im Rücken. Die Zeit steht lange genug still, um ihr zu sagen: »Weißt du, du bist nicht die Einzige, die Geheimnisse hat. Ich wollte immer schon Archäologie studieren, wie ein moderner Indiana Jones, aber ein bisschen weniger rassistisch, mit dem Fokus auf unserer eigenen Kultur. Ich habe mir immer ausgemalt, dass es Abuelo freuen würde. Erzähl ihm davon, okay?«

Vielleicht versteht er es dann am Ende.

»Sag Mamá ... ich weiß gar nicht was. Sag ihr, dass ich die Schlösser zur Aula geknackt habe und dass es die beste Entscheidung war, die ich je getroffen habe, dass wir Herrn Herreras Schreibtisch mit Sekundenkleber eingeschmiert haben. Erzähl ihr davon, wie wir Lebensmittelfarbe in die Milch in der Cafeteria gemischt haben, bis sie grün wurde. Und wie wir im Lehrerzimmer Hühner versteckt haben. Sag ihr, dass ich das hübscheste Mädchen der Schule heute gefragt habe, ob sie mit mir ausgehen will, und sie hat nicht nein gesagt.« Während ich ihr aus dem Fenster helfe, hebe ich die Stimme. Sie hört mir so gebannt zu, dass sie anscheinend gar keine Furcht mehr hat, als Fareed sie aufs Dach hinunterhievt.

Ich rechne damit, dass sie anfängt mit mir zu streiten oder mich auszulachen, aber ihre dunklen Augen sind ernst. Und in diesem Augenblick liebe ich sie dafür, dass sie einfach nur da ist.

»Verflucht, sag Mamá einfach, dass ich eine wunderbare Schwester habe. Erzähl ihr von meinen tollkühnen Freunden.« In der knackigen Luft da draußen kann ich die Aussicht auf Schnee quasi schmecken »Sag ihr, dass ich glücklich war, okay?« Ich lächle. »Sag ihr, dass ich glücklich war, und pass auf, dass sie mich nicht vergisst.«

Ich lasse Sylvs Hand los und hoffe, dass sie mich ebenfalls lächelnd in Erinnerung behält. Dann schiebe ich das Fenster hinter ihr herunter und wende mich ab, damit ich ihren verwunderten Blick über meinen Verrat nicht sehen muss, wenn ihr bewusst wird, dass ich nicht mitkomme. Ich nehme einen tiefen, beruhigenden Atemzug und gehe wieder auf die Tür zu. Sie brauchen Zeit, und die kann ich ihnen verschaffen.

CJ Johnson @KadettinCJJ

Die Aula ist jetzt beinahe leer. Nur wir warten noch darauf, hier rausgeholt zu werden.

🕒 **10.43** | ♥ **272 likes**

CJ Johnson @KadettinCJJ

Jemand wird vorbeikommen, mich aufwecken und mir sagen, dass das alles nur ein Traum war, stimmt's? #OHS

🕒 **10.44**

Jay Eyck @JEyck32

@KadettinCJJ Ich wünschte, es wär so #OHS

🕒 **10.44**

KAPITEL EINUNDZWANZIG

10.44 Uhr – 10.46 Uhr

CLAIRE

Nichts hat mehr Bedeutung, nur noch die Stille am anderen Ende.

Zum sechsten Geburtstag von Matt hatten wir ein altes Dreirad so hergerichtet, dass es aussah wie ein Raumschiff. Dad hatte die Teile aus Karton ausgeschnitten, und Tracy und ich malten sie in den Farben an, die Matt sich aussuchte – Rot mit blauen Streifen, Lila mit grünen Punkten, schwarze Streifen mit weißen Sternen. Es war gar nichts besonders Großartiges, aber Matt war total begeistert davon und überglücklich. Dieses Raumschiff aus Pappkarton war der Anfang seiner Leidenschaft für alles, was Flügel hatte – das ging so weit, dass Dad einmal sagte, er und Mom müssten später eigentlich einmal Flugstunden statt Fahrstunden mit ihm machen. Allein der Gedanke daran ließ Matt daraufhin tagelang durchs Haus hüpfen.

Chris hält mir einen Pappbecher mit Wasser hin, aber ich habe keinen Durst. Ich warte irgendwie darauf, dass ich Matt husten, atmen höre, aber ich weiß, dass es vergeblich ist. Ich weiß es.

Als Matt zwölf war, sind wir mit ihm an die Küste gefahren, damit er das Meer sehen konnte, na ja, den Golf eben. Es war das erste Mal seit seiner Geburt, dass wir in Urlaub gefahren sind, von daher war dieser Sommer etwas ganz Besonderes. Dad hatte eine neue Arbeit angefangen und Tracy sich freiwillig bei der Armee gemeldet. Im Herbst wollte sie mit der Ausbildung anfangen.

Erst aßen wir zu Abend, dann gingen wir während des Sonnenuntergangs am Strand entlang, halfen Matt weiter, wenn seine Krücken im lehmigen Sand stecken blieben. Als die Dunkelheit glitzernd auf das Wasser fiel, hatten wir alle Sand in den Schuhen, in der Kleidung, im Haar und in den Ohren. Wir lagen auf dem Rücken und sahen hinauf zu den Sternen, die gerade herauskamen, und Tracy und ich hielten jeweils eine Hand von Matt. Er hat uns sämtliche Konstellationen genannt.

»Ich liebe es, dass der Himmel endlos ist«, sagte er. »Wenn ich nicht in den Weltraum komme, würde ich gern die Sterne erforschen. Habt ihr gewusst, dass das Licht, das wir jetzt sehen, eigentlich bedeutet, dass wir in die Vergangenheit blicken?«

»Bedeutet das, dass wir uns in der Zukunft befinden?«

»Nein, sondern dass wir genau am richtigen Ort zu genau der richtigen Zeit sind.«

Heute war ich weder das eine noch das andere. Als Chris das Handy ausschaltet, stopfe ich die Hände in die Hosentaschen und fange an auf und ab zu gehen.

Auf der anderen Seite des Absperrbandes nehmen sich Menschen in die Arme und weinen, halten sich bei den Händen und beten, sprechen sich gegenseitig leise Mut zu. Ich habe mich noch nie so allein gefühlt, trotz der vielen Leute und trotz Chris an meiner Seite. Ich wünschte mir, meine Eltern wären bei mir, aber zugleich bin ich noch nicht so weit, ihnen ins Gesicht sehen zu können. Noch nicht. Vielleicht nie wieder.

Als ich Officer Lee in der Menge entdecke, berühre ich ihn am Arm und suche nach einem ruhigen Platz. »Wie können wir helfen?«

»Du weißt, dass das nicht geht, Claire.«

»Können wir wirklich gar nichts tun?«

Der Officer schüttelt den Kopf. Wir zählen wie alle anderen zu den Opfern, deren Namen und Aussagen aufgenommen werden müssen.

Aber ich muss etwas tun.

»Bitte.«

Er beginnt zu schwanken, und ich verstärke den Druck. »Bitte. Ganz gleich was.« Irgendetwas, um mich davon abzuhalten, verrückt zu werden. Um mich von dem Gefühl abzulenken, dass ich alle im Stich gelassen habe.

Als Chris mich bei der Hand nimmt und meine Worte wiederholt, führt Officer Lee uns schließlich hinüber zu dem großen Zelt. »Wenn ihr helfen wollt, dann redet mit denen, die verängstigt sind. Es tut ihnen bestimmt gut, ein vertrautes Gesicht zu sehen. Unsere Beamten werden ihre Namen und ihre Aussagen aufnehmen. Das

Wichtigste, was ihr dazu beitragen könnt, ist, für sie da zu sein.«

Eine verständnisvolle Geste. Mehr haben wir gar nicht gebraucht.

»Nachdem die Personalien aufgenommen wurden und die Schüler untersucht sind, werden sie in das Notfallzentrum in der Stadt gebracht. Dort werden sie ihren Familien übergeben, sobald diese eintreffen.« Er zögert einen Augenblick, als wäre er sich nicht sicher, ob das eine gute Idee ist. »Wenn es euch irgendwie zu viel wird, sagt jemandem Bescheid, und wir werden dafür sorgen, dass ihr ebenfalls dorthin gebracht werdet. Dort solltet ihr auf eure Familie warten.«

»Opportunity High ist unsere Familie«, entgegne ich. »Wir können zuhören.«

Chris ergreift wieder meine Hand und drückt sie. Nach allem, was passiert ist, weiß ich gar nicht mehr, wer ich eigentlich bin.

Ich bin eine Schwester. War. Bin es.

Hoffe ich.

Ein paar der Schüler nähern sich uns, und trotz meiner zitternden Hände nehme ich Haltung an. Ein Mädchen schert aus der Gruppe aus und steuert auf mich zu.

Als ein paar Polizeibeamte eine Gruppe von Schülern aus der Aula geleiten, nehme ich die Gelegenheit wahr. Ich folge ihnen unauffällig, überquere bebend die Schwelle zum Flur. Ich registriere die Einschusslöcher in den Spinden, die Toten und die Blutspritzer auf dem Linoleum.

Ich lasse mich zurückfallen und versuche mich zu sammeln. Wo würde Sylv sich verstecken? Vielleicht ist sie bereits draußen. Vielleicht ist sie in Sicherheit. Hier drin gibt es zu viele Tote, zu viele Anzeichen dafür, dass Ty seinen Amoklauf fortgesetzt hat.

Wo würde Ty hingehen? Wenn er immer noch im Erdgeschoss oder bereits draußen wäre, hätte ihn die Polizei abgefangen, und die Sanitäter wären längst hier. Dann bräuchten wir uns nicht hinauszuschleichen.

Am einleuchtendsten erscheint es, dass er sich im Obergeschoss befindet.

Die Platzwunde brennt, und ich wische mir mit dem Ärmel über die Wange, was den Schmerz nicht besser macht. Ich bleibe zurück bei der Wand und lasse die Gruppe weitergehen. Das leise Knistern, das aus den Funkgeräten der Beamten dringt, wird schwächer.

Es bleibt mir nicht viel Zeit.

Sobald die Aula geräumt ist, werden sie durch die Schule preschen, vermute ich. Nachdem die Gruppe um die Ecke gebogen ist, laufe ich auf das Treppenhaus zu. Ich werde sehr behutsam vorgehen. Sehr leise. Wenn

Sylv da oben ist, ist es Ty auch. Ich werde sie nicht fallenlassen, ohne um sie zu kämpfen. Sie sind alles, was ich noch habe.

Von oben hallt ein Schuss.

»Wir müssen euch schleunigst hier rausbringen«, sagt einer der Beamten und dirigiert die Gruppe eilends weiter.

Alle laufen zur Vorderseite des Schulgebäudes in Sicherheit, zu beiden Seiten von Einsatzkräften flankiert. Niemand bemerkt mich.

Von oben kommt ein weiterer Schuss, und ich steuere auf das Obergeschoss zu. In dem schwachen Licht erscheint der Treppenaufgang gespenstisch und noch mehr, als ich zwei Schülerinnen über die Stufen ausgebreitet liegen sehe, deren leere Augen mich anstarren.

Keine von beiden ist Sylv.

Wir wollten zusammen nach New York. Nicht zu meiner Probe, die muss ich allein absolvieren, aber anschließend, falls ich angenommen würde. Wir wollten nach Sylvs Schulabschluss los, unsere persönliche kleine Reise. Ein Abstecher zum Juilliard College und dann hoch zur Brown University – weil sie mit Sicherheit einen Platz dort bekommt – und wo immer wir sonst noch gern hinwollten.

Wenn wir erst mal hier weg sind, steht uns die Welt offen. Wir wollten uns zusammen ein neues Zuhause aufbauen.

O Gott, ich hoffe, ich komme nicht zu spät.

Leise ziehe ich die Tür hinter mir zu und entferne mich. Tyler wird keine Probleme haben, den einzigen Raum zu finden, der nicht abgeschlossen ist, aber er wird dafür eine Weile brauchen – Zeit, die uns zugutekommt, weil mit jeder Sekunde mehr Schüler entkommen und die Polizei immer näher rückt.

Das müssen sie auch. Sie müssen uns retten.

Lauf, Sylvia, lauf.

Ich beeile mich, möglichst schnell möglichst weit von dem Werkraum wegzukommen. Am anderen Ende des Flurs probiert es Tyler gerade an einer anderen Tür. Abgeschlossen. Als er sich mit der Waffe in der Hand und einem zornigen Blick in den Augen abwendet, entdeckt er mich und hält abrupt inne. Er sieht inzwischen alles andere als gepflegt und makellos aus. Sein Hemd ist blutbespritzt und sein sorgfältig gegeltes Haar zerzaust.

»Dieser verschwitzte Look steht dir nicht besonders gut«, sinniere ich.

Tyler gerät für einen Moment ins Wanken. »Ich hätt's mir ja denken können. Du willst deine Schwester beschützen? Und wie willst du das anstellen? Etwa, indem du mich wieder verprügelst?«

»Ich werde sie immer und überall beschützen«, sage ich, und obwohl ich erwartet hätte, dass es mir schwerfiele, meinen Zorn unter Kontrolle zu halten, muss ich eigentlich nur an Sylvia und Fareed denken, wie sie inzwischen laufen, laufen, laufen. Solange sie in Sicherheit sind, ist alles andere gleichgültig.

Meine Ungerührtheit scheint ihm zuzusetzen, doch auf seinem Gesicht breitet sich langsam ein Grinsen aus. Ich kann mir keine unheimlichere Reaktion von jemandem mit einer Waffe vorstellen.

»Du hältst dich wohl für was ganz Besonderes, stimmt's? Der Witzbold der Schule«, sagt er. »Und hast du jetzt Angst? Diesmal liegt dein Schicksal in meiner Hand, und es gibt nichts, was du dagegen tun könntest.«

»Du wirst mich erschießen. So sieht's aus. Und nein, ich hab keine Angst.« Ich zucke mit den Schultern, während mir der Schweiß den Rücken und die Arme herunterrinnt. »Das Merkwürdige daran ist, dass es bedeutet, dass ich immer noch Herr der Lage bin.«

Er drückt ab, und ich verziehe das Gesicht. Die Kugel bohrt sich neben mir in die Wand. Ich wünschte, ich könnte Tyler seine Häme heimzahlen und ihn attackieren. Aber ich weigere mich, ihm dieses Vergnügen zu bereiten.

»Du wirst mich zu meinen Bedingungen umbringen«, sage ich, und es nervt mich, dass meine Stimme zittert und bebt.

Zugleich wirkt Tyler, nachdem er abgedrückt hat, wieder zuversichtlicher. Er macht einen Schritt auf mich zu und zielt auf meinen Kopf. »Wenigstens wirst du mir dann nicht mehr im Weg stehen. War das vielleicht dein großartiger Plan? Deine Schwester zu schützen, indem du dich opferst? Stell dir mal vor, was ich alles machen kann, ohne dich.«

»Nicht mehr als mit mir.« Tief in meinem Inneren zieht sich alles zusammen, weil ich weiß, wie recht er hat. »Siehst du, wir haben Freunde. Ja, ja, das ist für dich wahrscheinlich schwer zu verstehen, aber ich weiß, dass sie sicher ist, und sie weiß, dass sie geliebt wird. Während du nur ein Wurm bist und bald schon ein toter Wurm sein wirst. Womöglich bin ich dann selbst nicht mehr am Leben, doch du wirst ihr nichts mehr anhaben können.«

Er zieht die Augenbraue hoch. »War es das wert, mir das zu sagen?«

Ich sehe in den Lauf und spüre quasi, wie Sylvia mich umarmt, sehe ihre Augen, wenn ich sie zum Lachen brachte, wenn Autumn tanzte, wann immer wir alle zusammen auf der Farm waren und Mamá einen guten Tag hatte. Ich kann sie nicht vor jeder Gefahr schützen, aber ich kann dafür sorgen, dass ihr mehr Tage zum Lieben bleiben.

Ihm das zu sagen, das war es bestimmt nicht wert. Aber ihn lange genug hinzuhalten, bis Sylvia entkommen ist?

»Es war es mehr als wert.«

Nein, nein, nein, nein, nein.

Das kann er nicht machen – er kann mich nicht einfach so allein lassen.

Auf der anderen Seite des Fensters werden die Geräusche mit dem Wind zu uns getragen – Eltern, Polizei, Kamerateams. Fahrzeuge treffen ein und fahren ab. Hubschrauber schwirren durch die Luft. Es ist, als wären wir wieder in der Realität gelandet, zurück im wahren Leben. An der Dachkante hat Fareed Kontakt zur Polizei aufgenommen, doch ich will Tomás an meiner Seite haben.

Zerrissenes Schluchzen dringt aus meiner Kehle, während ich versuche, mich an dem Fenster festzukrallen. Auf dieser Seite gibt es keinen Griff, und ich weiß noch nicht mal, ob es sich überhaupt von außen öffnen lässt, aber das hält mich nicht davon ab, es zu probieren. Ich kratze an dem Rahmen.

»Sylv.« Fareeds starke Hände lenken meine von der Scheibe weg. Er ist so nah, dass ich am liebsten auf ihn einhämmern würde, aber er hält mich unbeirrt fest, während ich mich gegen seine Hände wehre, gegen das Fenster ankämpfe, gegen alles, was mich von meinem Bruder fernhält. Auch gegen seine Stimme kämpfe ich an, will nicht, dass sie zu mir durchdringt, nicht hören, was er mir sagen will.

Fareed lässt sich allerdings nicht davon beeindrucken. »Tomás weiß genau, was er macht. Er wollte –«

»Wag es nicht, mir zu sagen, was er tun wollte«, unterbreche ich ihn. »Oder dass alles schon wieder gut wird.«

»Er hätte nicht gewollt, dass du da noch mal reingehst.«

»Ich kann nicht hier draußen bleiben.« Ich schüttle den Kopf, kann mit dem Kopfschütteln nicht mehr aufhören. »Ich verspreche dir, ich bleib im Klassenraum, aber ich kann nicht hier bleiben, ich kann nicht hier bleiben.«

Ich sehe hinunter, und es kommt mir vor, als würde sich der Boden unter meinen Füßen drehen und wenden, als ob die Schule versuchen wolle, uns abzuschütteln. Fareed lässt ein wenig locker, und ich sinke aufs Dach. Meine Arme zittern, ich schürfe mir die Knie an der Dachpappe auf.

Vor uns kreist ein Helikopter und jemand in schwarzer Uniform ruft uns etwas zu. Der Radau verzerrt seine Worte, so dass es unmöglich ist, ihn zu verstehen.

Ich krümme mich noch mehr zusammen, während Fareed mich loslässt. Er beugt sich in Richtung des Hubschraubers und ruft dem Beamten etwas zu.

Jetzt, wo Fareed abgelenkt ist, stehe ich auf und versuche noch einmal, das Fenster hochzuschieben. Wir hatten es aufgemacht. Tomás hat es nicht mehr verriegelt. Es sollte mir möglich sein, es noch einmal zu öffnen. Ich muss es schaffen. Der Kunststoffrahmen ist zu glatt, als dass ich ihn gut greifen könnte, doch das Fenster bewegt sich, nur ein paar Zentimeter, aber immerhin.

Fareed dreht sich zu mir um und versucht mich aufzuhalten, doch sobald ich einen festen Halt habe, ist das Übrige einfach. Ich ziehe mich hoch und schiebe mich durch das offene Fenster, entgehe so seinem Griff und stürze kopfüber zu Boden.

Ich richte mich auf, schließe das Fenster hinter mir und damit den Krach und Fareed aus, bis die Stille mich abrupt innehalten lässt. Sie ist erdrückend.

Auf der anderen Seite der Tür hallen Schüsse durch den Flur.

Eins.

Zwei.

Drei.

Darauf Tylers unverkennbare Stimme. »Gewonnen.«

Jay Eyck @JEyck32

Es gibt momentan keine Worte für das hier heute. Vlt nie mehr. #OHS

🕐 **10.45**

Abby Smith @nochSoEinA.Smith

@JEyck32 Es tut mir so leid. #OHS

🕐 **10.45**

Familie North @FamNorthOpp

@JEyck32 Wir beten für euch. #OHS

🕐 **10.45**

Pater Williams @HeiligGeistOpportunity

@FamNorthOpp @JEyck32 Wir werden heute Abend eine Kerzenandacht abhalten und laden alle herzlich dazu ein.

🕐 **10.45**

KAPITEL ZWEIUNDZWANZIG

10.46 Uhr–10.47 Uhr

SYLV

Opportunity ist von einer grauen Wolkendecke überzogen. Tomás hat solche Tage geliebt. Er hat es immer gemocht, bei bedecktem Himmel draußen zu sein, auch wenn er die Farmarbeit gehasst hat. Als wir noch Pferde hatten, wartete er bei Gewitter im Stall ab, bis es aufhörte; dann sattelte er eine der Stuten und ritt los, sobald der Himmel wieder aufriss, während die Luft noch ozongeschwängert war.

Nachdem Mamá ihre Diagnose erhalten hatte, wartete er für gewöhnlich nicht mehr, bis der Regen vorbei war. Nachdem wir die Pferde verkauft hatten, rannte er raus, sobald die ersten Regentropfen ans Fenster trommelten, und kehrte tropfnass, aber glücklich wieder zurück.

Abuelo hat sich immer wieder darüber ausgelassen. »Eines Tages wird es ihn noch erwischen«, sagte er oft. »Er wird sich den Tod holen, und der wird ihn in seine Arme schließen, ehe er sich's versieht.«

Zu diesen Bemerkungen zuckte Tomás lediglich mit den Schultern. »Ich laufe mit dem Wind um die Wette, und niemand wird mich jemals einholen, nicht mal der Tod«, pflegte er zu sagen.

Ich taumle gegen die Wand und sacke zusammen, als ein weiterer Knall meine Erinnerungen erschüttert. Ich sage mir, dass es nur Donnerkrachen war. Ein Gewitter, das ihn von den Beinen geholt hat.

Das gekommen ist, um ihn fliegen zu lassen.

CLAIRE

»Ich weiß nicht, wo Rae ist. Sie saß neben mir, als die Türen aufgingen, aber als wir losgelaufen sind, habe ich sie aus den Augen verloren. Ist sie hier?« Das Mädchen zittert. Ihr blondes Haar klebt ihr an der Stirn.

Der Beamte neben mir blättert eilig durch seitenlange Notizen, aber er findet nichts über sie. »Kleinbusse werden euch in das Notfallzentrum nach Opportunity bringen. Falls sie rausgekommen ist, wirst du sie dort treffen.«

»Was meinen Sie mit ›falls‹?« Die Stimme versagt ihr, und jemand führt sie sanft davon. Dann ist ein anderer Schüler an der Reihe, der sehr gefasst seinen Namen angibt.

»Steve Johnson.« Er hat schwarze Haare und ist ganz in Schwarz gekleidet. Obwohl Steve noch in der Elften ist, haben wir ab und zu gemeinsamen Unterricht. Seine jüngere Schwester ist in meinem Drill-Team. Ich würde ihn gern nach ihr fragen, nach dem entschlossenen Mädchen mit den Zöpfen, das zum Rückgrat unserer Gruppe geworden ist. Sie wollte auf dem Campus eine Fahnenwache ins Leben rufen. Wir wollten diese Woche zusammen Kaffee trinken und uns darüber unterhalten, wie wir es organisieren können.

Ich würde ihn gern nach ihr fragen, aber das brauche ich gar nicht. Anscheinend haben wir alle denselben fragenden Blick: *Was hast du gesehen? Wen hast du verloren? Was kannst du uns berichten?*

»Ich weiß nicht, wo CJ ist«, sagt er leise. Er wischt sich über die Augen und verschmiert den schwarzen Kajal über seine Wangen, bevor er zu einem Kleinbus weitergeleitet wird, der ihn zum Zentrum in Opportunity bringt.

Es kommen noch mehr Schüler und ab und zu Lehrer oder andere Mitarbeiter heraus, ein jeder mit seiner eigenen Geschichte von Verlust und Fragen zu den Vermissten. Und das Einzige, was wir tun können, ja, tun müssen, ist zuhören und hilfsbereit sein.

»Ich weiß, dass sie noch lebt. Sie muss, wir wollten diesen Sommer zusammen nach Europa reisen. Nur wir beide mit unseren Rucksäcken. London, Paris, Rom. Wir werden uns den Big Ben ansehen und vor dem Eiffelturm ein Picknick machen und das Kolosseum besuchen. Sie wollte auch nach Berlin. Ihre Familie ist ursprünglich aus Deutschland. Sie wollte –«

»Er hat ihn vor meinen Augen umgelegt. Die Kugel hat seinen Hals durchbohrt. Es gab so viel Blut. Wirst du es seinen Eltern erzählen? Was wollte er denn von uns? Was haben wir ihm denn getan?«

»Ich weiß nicht, wo sie ist.«

Nachdem wieder eine Gruppe von Schülern weggebracht wurde und wir auf die nächste warten, lasse ich mich auf einen Stuhl fallen. Mein Herz ist leer und mein Kopf voll. Die Geschichten purzeln durcheinander. Wir sind zu Seelsorgern geworden, einfach nur, indem wir vor Ort sind. Mittlerweile kann ich verstehen, warum uns Officer Lee nicht hier haben wollte. Mir war bisher nicht klar gewesen, dass Beherztheit so zermürbend sein kann.

Aber selbst wenn die Geschichten an sich der Horror sind, ist jeder, der durch dieses Zelt geht, Teil eines gemeinsamen Verständnisses.

Es füllt die Leere in uns auf.

Als Chris mich umarmt, spüre ich seine Stärke. Sein Herz schlägt an meiner Wange. Ich lege ihm die Hand in den Nacken, streiche über seine Gänsehaut. Er fährt mit den Händen von meinen Schultern zu meinen Ohren und schiebt eine Haarsträhne beiseite.

»Du bist so tapfer«, brummt Chris leise mit seiner tiefen Stimme.

Das Obergeschoss nimmt nur etwa ein Drittel der Fläche des Untergeschosses ein, auch wenn der Flur den Eindruck erweckt, er würde gar nicht enden. Die Türen zu beiden Seiten sind verschlossen. Ich halte mich nahe an der Wand. Von unten dringen Stimmen zu mir hoch. Die abgehackten Befehle der Sondereinsatzkräfte, die in die Schule vordringen und von Freiheit und Sicherheit zeugen.

Dieser Flur scheint von der Gewalt unten unberührt. Aber bei genauerem Hinsehen entdecke ich die in den Holztüren und Wänden steckenden Kugeln.

Wenigstens liegen hier keine Toten herum. Keine Sylv. Ich hoffe, sie haben es aufs Dach geschafft.

Ich ducke mich und linse vorsichtig um die Ecke. Ty steht mitten im Flur und fuchtelt wild mit der Kanone um sich.

»Du wirst mir nicht noch mal in die Quere kommen«, raunzt er. »Du kannst mich nicht davon abhalten, deiner Schwester zu zeigen, wo sie hingehört. Du kommst zu spät. Hast du das kapiert? Du hast verloren.«

Ich schleiche mich näher heran, um zu sehen, mit wem er spricht, und bleibe abrupt stehen, während sich die Szene vor mir entfaltet.

Zu Tylers Füßen am Boden liegt Tomás' lebloser Körper.

MEIS ABENTEUER

Derzeitiger Standort: Opportunity High

Jedes Mal, wenn wir auf Überlebende treffen, keimt die Hoffnung wieder neu auf. Vielleicht sind unter den nächsten, die herauskommen, unsere Freunde, unsere Geliebten. Wenn wir uns an den Händen halten, gelingt es uns vielleicht, eine Art Sicherheitsnetz zu bilden für diejenigen, die immer noch ziellos umherirren. Beispielsweise als Mrs Morales mit ihrem Vater kam. Sie taucht nur noch selten in der Öffentlichkeit auf. In ihrem Blick lag Panik, aber dann brachte ihr jemand eine Tasse Tee, und die Frau des Colonels hat sich zu ihr gesellt und leise beschwichtigend auf sie eingeredet. Die anderen haben einen schützenden Kreis um sie herum gebildet. Dad war Mitmenschlichkeit immer ein großes Anliegen. Deshalb ist er auch Lehrer geworden. Ich hoffe, sie wurde ihm da drinnen zuteil. Hier draußen wird er sie jedenfalls vorfinden. Wenn er da rauskommt – falls er da rauskommt.

Kommentare: [ausgeschaltet]

KAPITEL DREIUNDZWANZIG

10.47 Uhr–10.48 Uhr

AUTUMN

Mir verschlägt es den Atem, und das plötzliche Einsaugen des Luftstroms lässt Ty hochschrecken. Er wirbelt zu mir herum. »Was machst du hier?«, herrscht er mich an.

Die Verbitterung in seiner Stimme ist spürbar. Mein Blick gleitet an ihm herab auf Tomás am Boden. Ich ignoriere die Pistole in der Hand meines Bruders, dränge mich an ihm vorbei und knie mich neben Tomás, drücke ihm die starren Augen zu.

»Die Einsatzkommandos sind unten«, bemerke ich. »Es kann nicht mehr lang dauern, bis sie hier sind. Es ist vorbei.« *Du hast verloren*, würde ich am liebsten hinzufügen, aber ich kann mich beherrschen. Es würde ihn nur noch mehr aufbringen. Wenn jemand verloren hat, sind wir es. Opportunity. Sylv, die, wenn Tomás hier ist – war, ganz in der Nähe sein muss. »Gib auf, Tyler.«

Er reagiert nicht darauf, aber immerhin hat er mich bisher noch nicht erschossen.

Die Waffe baumelt nutzlos an seiner Seite. Diesmal

versuche ich allerdings gar nicht erst, mich ihm zu nähern.

»Weißt du, nachdem Mom gestorben war, warst du außer Sylv der Einzige, der mich hat tanzen sehen. Der Ballettschuhanhänger, den du mir letztes Jahr zum Geburtstag geschenkt hast?« Während ich ihm das blutbespritzte Armband um mein Handgelenk zeige, halte ich die Augen weiterhin gesenkt. »Ich habe ihn noch nie abgenommen.«

Von der Treppe her ist das Stampfen der Stiefel, die sich auf der Ausschau nach einem Hinterhalt langsam und vorsichtig nähern, immer deutlicher zu vernehmen. Als Ty mein Handgelenk streift, bricht mir die Stimme. »Ich wollte es zu meiner Probevorstellung tragen. Du warst immer bei mir. Du musstest nie allein sein, Ty.«

CLAIRE

Mit dem Auszug der Schüler dringen gleichzeitig immer mehr Nachrichten über die Toten nach draußen.

Der junge Beamte neben dem Zelt nimmt ihre Namen auf. Wir sollten sie eigentlich nicht hören. Der Bericht ist Bestandteil der Ermittlung am Tatort, und solange die Toten nicht herausgebracht und identifiziert wurden, ist ihr Tod noch nicht offiziell bestätigt.

Auch wenn das für die Eltern oder für Chris und mich

wenig Trost bietet. Wir hören alle die Namen und erkennen zu viele davon.

Mit der Nachricht von jedem Überlebenden geht eine Welle der Erleichterung durch die Menge. Doch Erleichterung und Schmerz folgen dicht aufeinander, denn den Namen der Überlebenden folgt ebenso das Gefühl der Leere angesichts derjenigen, die es nicht geschafft haben. Der Tod bringt das Leben, das Leben den Tod. Es gibt keine Worte für den flüchtigen Moment zwischen Hoffnung und Gewissheit. Es ist unmöglich zu beschreiben, wie ein Herz hüpfen und gleichzeitig brechen kann, wie die Sonne durch die Dunkelheit bricht und zugleich ihre Schatten auf alles wirft.

Was durch diesen Augenblick trägt, sind Hände, die sich halten, solidarisch um Schultern gelegte Arme.

Mit jedem neuen Namen bricht jemand zusammen und steht jemand bereit, um ihn oder sie aufzufangen. Am Eingang des Schülerparkplatzes weisen Polizeibeamte die Angehörigen an, sich für das weitere Vorgehen und mögliche Befragungen bei der Kirche in Opportunity zu melden. Aber nur wenige verlassen das Gelände, die meisten bleiben stattdessen lieber hier in der Gemeinschaft. Und selbst diejenigen, die sich auf der Suche nach Trost entfernen, sind weiterhin erreichbar. In Opportunity bleibt nichts ein Geheimnis. Nicht mehr. Nicht nach dem, was heute geschehen ist.

Hier sind wir zu Hause.

Autumns Stimme kreist um mich herum, ganz nah und doch so fern. *Einsatzkommandos oben. Polizei draußen*, wiederhole ich in Gedanken.

Es ist vorbei.

Es ist vorbei.

Madre de Dios. Ich hoffe, sie hat recht. Aber es ist so, so unglaublich, unvorstellbar, nach all dem, was heute passiert ist. Der Tag wird nie vorübergehen. Heute wird nie mehr vorüber sein.

Wenn Tomás doch nur ein klein wenig länger gewartet hätte –

Fareed steigt durchs Fenster ein, und ich rechne damit, dass er versuchen wird, mich wieder hinauszuziehen.

Ich ziehe die Knie dicht zu mir heran und schüttle den Kopf.

Er lässt die Schultern sinken und sackt neben mir an der Wand zusammen. Er legt mir den Arm um die Schultern, und ich lehne mich an ihn. Wir sind mucksmäuschenstill. Ich höre, wie Autumn versucht auf Tyler einzureden. *Bitte, hör mir zu. Bitte mach dem Ganzen ein Ende.*

»Alle, die ich geliebt habe«, flüstere ich. »Alle, die ich liebe, gleiten mir aus den Händen.«

Fareed senkt den Kopf. »In den ersten Wochen nachdem wir hierher gekommen sind, sagte mein Vater zu mir jeden Abend: ›Du kannst diejenigen, die du liebst, nicht immer mitnehmen und um dich scharen. Du kannst dein gesamtes Leben nicht immer an einem Ort zusammenführen. Die Welt besteht aus Veränderung. Aber solange du deine Erinnerungen wertschätzt und unterwegs immer wieder neue sammelst, ist es gleich. Du wirst immer ein Zuhause haben.‹«

Jay Eyck @JEyck32

Ich weiß nicht mehr, was ich noch unternehmen könnte. Alle warten. #OHS

🕒 **10.47 | 🔁 150 retweets | ♥ 134 likes**

KAPITEL VIERUNDZWANZIG

10.48 Uhr–10.50 Uhr

SYLV

Fareed hat mich an etwas erinnert, was mir Mamá einmal gesagt hat, und das macht den Schmerz noch schlimmer.

Als Autumn anfing, Tylers Glücksanhänger zu tragen, das Einzige, was verriet, dass sie an der Aufnahme für Juilliard arbeitete, leuchteten ihre Augen sanft, und ihre Wangen waren leicht gerötet. Sie war so stolz darauf. Sie sagte, dass es, seit ihre Mutter gestorben war, das erste Mal sei, dass jemand verstand und anerkannte, was ihr das Tanzen bedeutete, und damit verspottete sie mich. Ich erinnere mich daran, wie ich an diesem Tag von der Schule nach Hause gerannt bin, Raum für mich brauchte. Als ich zu Hause ankam, saß Mamá gerade auf der Veranda. Sie hatte für uns beide Tee gekocht, und auch wenn er schwarz wie Kaffee war und die Kekse, die sie hervorgekramt hatte, alt und trocken, lächelte sie.

»Wie war's in der Schule, Niña?«

Als ich ihr Gesicht, in dem ihre Locken klebten, und ihre Hände, die ruhig im Schoß lagen, sah, habe ich den Anhänger und Tyler einfach vergessen. Stattdessen habe ich meine Schultasche abgestellt und mich zu ihr auf die Veranda gesetzt.

»Es war gut in der Schule, Mamá«, sagte ich. »Ich habe meine College-Bewerbung abgeschickt.«

»Ich bin so stolz auf dich.« Das sagte sie immer, auch wenn sie nur noch selten klare Tage hatte. »Du und dein Bruder, ihr werdet was aus euch und eurem Leben machen.«

Sie hatte nicht protestiert, als meine Brüder nach Hause kamen, um sich um sie zu kümmern, jeder war mal dran, und sie hat es durchaus zu schätzen gewusst. Und es war ihr wichtig, dass Tomás und ich aufs College gehen, mehr als jedem anderen von uns, ganz besonders in den letzten Monaten.

Ich knabberte an meinem Schokokeks. »Ja, Mamá.«

»Vergesst nicht, woher ihr kommt. Vergesst die Geschichten eurer Familie nicht.«

»Nein, Mama.« Meine Antworten waren stereotyp, weil ich sie nicht unterbrechen wollte, mir wünschte, dass sie weiterredete. Wir mussten gar keine tiefschürfenden Unterhaltungen führen. Es war schon etwas Besonderes, einfach nur mit ihr dazusitzen und über gewöhnliche alltägliche Dinge zu reden – die Schule, die Hausaufgaben, die Zukunft.

Aber sie war wach und aufmerksam an diesem Tag, und sie hob eine Augenbraue und meinte: »Sprich nicht so mit mir, junge Dame.« Dann lachte sie, ein kehliges, warmes Lachen. Sie lachte, als wäre es das Komischste von der Welt. Aus meiner Brust stieg ein Kichern auf, das ich nicht länger zurückhalten konnte, und dabei prustete ich den Tee wieder heraus, schluckste und lachte zur gleichen Zeit.

»Nein, Mamá.«

Damit ging es wieder von vorn los. Abuelo, der gerade die Auffahrt hochkam, blieb mit offenem Fenster im Truck sitzen und starrte uns an, als wären wir völlig übergeschnappt. Wir konnten einfach nicht mehr aufhören zu lachen, und es heilte die Kluft zwischen uns, die all jene unausgesprochenen und vergessenen Worte geschaffen hatten.

Ein paar Minuten später ging Abuelo an uns vorbei ins Haus, und Mamá beruhigte sich wieder. »Du fehlst mir, meine wundervolle Tochter. Ich wünschte, ich könnte immer bei dir bleiben und zusehen, wie du zu der Frau wirst, von der ich immer wusste, dass du sie sein wirst. Du bist stark, aber versprich mir, dass du dich um deine Brüder kümmerst.«

Ich legte den Kopf in ihren Schoß, und sie strich mir übers Haar. Ich versprach es ihr: »Immer, Mamá.«

Immer.

»Fareed?« Ich setze mich auf, sehe ihm aber nicht in die Augen. »Wie erkläre ich Mamá, dass Tomás nicht nach Hause kommen wird?«

Er weiß darauf genauso wenig eine Antwort wie ich.

Obwohl die Idee, ein Notfallzentrum einzurichten, in dem die Schüler mit ihren Familien zusammengeführt werden sollen, in der Theorie gar nicht schlecht ist, stellt sie sich in der Praxis in erster Linie als unbrauchbar heraus, da alle an ihren Angehörigen vorbeimüssen, um zur Straße zu gelangen. Die meisten werden bereits vorher abgefangen und in ihren Familien aufgenommen, noch ehe sie die Kleinbusse erreicht haben. Es gibt nichts Schöneres als Lächeln und Freudentränen, vor allem nachdem die Beamten mit einer weiteren Gruppe herauskommen. Sie deuten an, dass bald noch mehr folgen werden, und eine ungestüme Hoffnung macht sich breit. Ein Teil von mir wartet noch immer darauf, dass Matt herauskommt.

Nur, dass uns mit jedem eingetroffenen Schüler der Geist eines anderen heimsucht. Mit jedem Namen, der auf der Strichliste abgehakt wird, kommen die Toten näher.

»Sarge!«

Eine Stimme erhebt sich über die anderen und lässt mein Herz hüpfen. CJ führt eine Gruppe Geretteter an.

»Du weißt gar nicht, wie oft ich mir heute gewünscht habe, zum Laufteam zu gehören«, sagt sie, während sie mich umarmt. Sie versucht es gelassen zu nehmen, aber die Spur von Bitterkeit in ihrer Stimme ist nicht zu überhören. Ich kann mir gar nicht vorstellen, was sie alles durchgemacht haben muss.

Sie steht ganz aufrecht. Ihr Haar ist immer noch zu ordentlichen Zöpfen geflochten, ihre Kleidung unauffällig, aber ihr Kajal ist verlaufen. Und mit jedem ihrer Worte wird ihre Stimmung düsterer. »Ich wünschte, ich hätte eins von unseren Übungsgewehren zur Hand gehabt. Dann hätte ich ihn erledigt oder es wenigstens versuchen können. Das hätte ich tun sollen – es tut mir so leid –« Die starke, unverwüstliche CJ bricht zusammen. »All die Toten. Wie konnte es nur dazu kommen? Warum konnten wir nichts dagegen ausrichten?«

Ich weiß keine Antwort, doch ich nehme ihre Hand in meine. »Wenn du irgendetwas hättest tun können, hättest du es getan. Das weiß ich. Steve sucht dich. Er ist im Zelt.«

Sie strahlt übers ganze Gesicht. Dann fängt sie an zu schluchzen. Ich halte sie fest und streiche ihr übers Haar, während ihre Schultern beben.

»Es ist in Ordnung«, sage ich leise. »Ihr seid jetzt beide in Sicherheit. Ihr seid beide am Leben und sicher.«

Sie sieht zu mir auf mit tränenverschmiertem Gesicht. »Ich – ich habe seine Freunde sterben sehen.«

AUTUMN

»Ich liebe dich, weißt du? Ich wollte immer nur, dass wir eine Familie sind. Das war das Einzige, worum ich dich gebeten habe«, sage ich.

Mit der Pistole schiebt sich Ty eine lose Haarsträhne aus dem Gesicht. Er schwitzt so stark, dass das Haargel nicht mehr hält. Mit seiner freien Hand wischt er das Blut von dem Armband.

»Mehr wollte ich auch nicht von dir«, sagt er ruhig. Der Wahnsinn in seinen Augen ist erloschen. »Wir hätten füreinander da sein sollen.«

Er lässt mein Handgelenk los, und ich sacke zusammen, rutsche an der Wand entlang und neben Tomás' leblosem Körper zu Boden.

Ty steckt die Waffe in den Hosenbund und zieht den Blazer aus. Er weist mit dem Kinn auf Tomás und fixiert mich dann starr. »Die Welt hat sich gegen uns verschworen. Das solltest du begreifen, damit sie dich nicht umbringt.«

Von demjenigen mit der Pistole in der Hand klingt das reichlich absurd. Diese monotone Stimmlage bereitet mir noch viel mehr Angst als seine Wüterei.

»Ergib dich, Ty«, probiere ich es. »Du gewinnst nichts dadurch, dass du andere erschießt.«

»Nein, wirklich nicht«, entgegnet er. Er faltet sein Jackett ordentlich zusammen und legt es auf den Boden. Er zieht die Pistole wieder hervor und setzt sich vor mich hin.

Die Schritte und Stimmen sind inzwischen hier oben angekommen. Die Beamten sind noch zu weit weg, als dass man verstehen könnte, was sie sagen, aber sie bewegen sich relativ zielstrebig auf uns zu.

»Mich wirst du nicht erschießen.« In meine Stimme

mischt sich Panik. »Wir sind eine Familie. Das muss dir doch etwas bedeuten.«

»Tut es auch.« Er nimmt seine Armbanduhr ab und starrt sie an. Ich frage mich, wie viel Zeit wohl vergangen ist. Minuten. Vielleicht eine ganze Stunde. Es fühlt sich an wie Tage, eine Ewigkeit. Es ist unvorstellbar, dass sich die Welt um uns herum in ihrem gewohnten Rhythmus weiterdreht. Ty faltet die Uhr zusammen und steckt sie in die Hosentasche. »Unsere Familie hat mir mal alles bedeutet.«

»Für mich ist das genauso.« Es gibt so viel, was ich anders gemacht hätte, wenn ich die Gelegenheit gehabt hätte.

Ty starrt mich an. Ich möchte mich aufrichten, weg, solange es noch geht, aber der Lauf der Pistole sagt mir, dass ich mich besser nicht rühre. »Wer wird um dich trauern, Autumn?«

Seine Frage und die Antwort, die mir dazu einfällt, lassen mich erstarren. Außer Sylv wird niemand um mich trauern.

Ich erhebe mich. »Die Polizei wird jeden Moment hier sein. Das ist dann das Ende, und du hast überhaupt nichts erreicht.«

Mit zuckenden Mundwinkeln fixiert er mich über den Lauf der Pistole hinweg. Ein Schmunzeln. Dann ein Grinsen voller Vergnügen und Missgunst.

Als er den Hahn abzieht, spüre ich den Schuss mehr, als dass ich ihn höre. Schmerz übermannt mich. Der Boden tut sich um mich herum auf. Das Letzte, was ich sehe, bevor ich ohnmächtig werde, ist, wie Ty die Pistole auf sich richtet. Das Letzte, was ich höre, ist, wie Ty sagt: »Ich will einfach nicht mehr allein sein.«

Dann pustet er sich das Hirn weg.

CJ Johnson @KadettinCJJ

Das Licht ist zu grell hier in der #OHS

10.49

CJ Johnson @KadettinCJJ

Manchmal hasse ich diese Welt regelrecht.

10.49

CJ Johnson @KadettinCJJ

Aber mein Bruder ist am Leben. Wir haben Glück gehabt.

10.50

KAPITEL FÜNFUNDZWANZIG

10.50 Uhr–10.53 Uhr

SYLV

Als ich die Schüsse höre, rolle ich mich zitternd zusammen. Die Tür knallt gegen die Wand, und ich fange an zu schreien. Ich schreie, doch Fareed zieht mich zu sich heran und erstickt damit den Lärm. Der Geruch von Blut und Rauch ist überwältigend.

Drei Polizisten stürmen herein, die Waffen im Anschlag, und schreien, wir sollen die Hände hochnehmen.

Fareed lässt mich vorsichtig los und folgt den Anweisungen. Einer der Beamten schiebt das Visier seines Helmes hoch, aber er lässt das Gewehr nicht sinken.

»Seid ihr bewaffnet?«

»Nein, Sir«, sagt Fareed.

Ich schüttle bloß den Kopf.

»Wie seid ihr hier hereingekommen?«

»Wir haben die Türen zur Aula geöffnet«, erwidert Fareed. »Mein Freund und ich. Ich war es, der vom Büro der Direktorin aus die Polizei angerufen hat.« Er fährt fort, aber die Worte rauschen an mir vorbei. Ich war dabei – ich muss da nicht noch einmal durch.

Ich werfe einen Blick zur Tür, wo die anderen beiden Beamten anscheinend zufriedengestellt ihren Streifzug durch den Raum beendet haben. Vom Flur her dringen Laute herein. Und mit jedem neuen Paar von Schritten, hebt sich mein Herz und sinkt wieder. Vielleicht hatte Fareed recht, und Tomás wusste tatsächlich, was er tat. Vielleicht habe ich mir die Schüsse nur eingebildet. Es wäre nicht das erste Mal, dass ich meinen Bruder unterschätzt habe. Er hatte schon immer ein Talent dafür, mit allem unbeschadet davonzukommen.

Als es an die Tür klopft, fahre ich fast aus der Haut.

»Miss.« Einer der Beamten kniet sich vor mich hin und legt mir eine wohlmeinende, tröstende Hand auf die Schulter. Mir stellen sich die Haare auf. Bebend schüttle ich ihn ab.

»Nicht. Fassen Sie mich nicht an.«

Fareed sagt hastig: »Sylv, es ist die Polizei. Es ist in Ordnung.«

Die Beamten besprechen sich untereinander, dann macht einer kehrt und verschwindet wieder.

»Wir holen euch hier raus.« Der Beamte richtet sich wieder auf, und Fareed beugt sich zu mir, um mir aufzuhelfen.

Mit je einem Beamten auf beiden Seiten begeben wir uns zum Gang. Sobald wir über die Schwelle treten, setzt mein Herzschlag aus.

Fareed drückt meine Hand.

Hier, weiter weg von den Fenstern, ist das Licht schwächer, und wahrscheinlich wäre es besser, wir würden gar nichts erkennen. Vielleicht wäre es einfacher, nicht zu sehen, was wir verloren haben.

Ich blinzle.

Tomás liegt schlaff gegen die Wand gelehnt. Meine Knie geben nach, und mein Magen stülpt sich um.

Tomás.

Mein Bruder.

Tyler liegt ihm gegenüber. Sein Gesicht ist völlig zerstört. Und wenn ich erwartet hätte, dass mich das mit Genugtuung erfüllt, weit gefehlt. Hier an diesem kaputten Ort ist Leere das Einzige, was ich empfinde.

Ein paar Schritte weiter liegt Autumn zusammengerollt und zitternd. Ich breche in Schluchzen aus. Sie ist von Beamten umringt, von denen einer neben ihr kniet und versucht, sich bemerkbar zu machen. Sie reagiert nicht. Sie windet und wälzt sich und wehrt sich gegen sie. Ihre Finger sind um Tylers Hand geschlungen. Sie ist kreidebleich. Das Linoleum um sie herum ist rot.

Sie ist wegen uns hier. Für ihren Bruder, für mich.

Am Ende ist sie doch noch gekommen, wegen uns.

CLAIRE

Einer der Beamten geleitet CJ zu den Kleinbussen, die sie nach Opportunity bringen werden, zu Steve. Chris führt mich zu einem schwarzen Mädchen beim Zelt. Ihr Mund ist zu einem wütenden Strich zusammengezogen, und sie ringt die Hände. Ich weiß von ihr nur, dass sie mit mir in die Zwölfte geht, weil wir in der Zehnten zusammen Englisch hatten, aber ansonsten haben wir in den letzten vier Jahren keinen Kontakt gehabt.

»Meine Schwester war in derselben Klasse wie dein Bruder. Sie haben sich gut verstanden.« Sie knallt mir die Worte um die Ohren. »Dein Freund hat meine Schwester erschossen. Deinen Bruder auch.«

Einen Verdacht zu haben oder etwas zu wissen glauben ist noch lange nicht dasselbe, wie es bestätigt zu bekommen. Ich kann mir nichts mehr vormachen. Ich schwanke. Das Einzige, was mich aufrecht hält, ist Chris, der mich unterm Ellbogen stützt.

»Ich glaube, dass er aus Versehen angeschossen wurde, weil er nicht laufen konnte. Als man uns hinausdrängte, blieb er zurück.« Sie starrt mich an, der Blick so intensiv wie die Farben in ihrem Haar, aber ihre Stimme kippt. »Ich glaube, sie sind zu spät gekommen.«

»Herzliches Beileid« ist alles, was ich hervorbringe.

Sie atmet zitternd ein. »Gleichfalls.«

Es ergibt nicht wirklich einen Sinn, aber ich nicke anerkennend. Sie verschwindet unter all den anderen Gesichtern. Chris ist der Einzige, den ich wiedererkenne, und da breche ich zusammen.

»Lass es mich wissen, wenn du was von dem Stipendium erfährst, auch wenn's mitten in der Nacht ist. Ich bin so stolz auf dich.« Tracy stand vor dem Camp, eine Hand auf meine Schulter gelegt.

In ihrer makellosen Uniform, das Lieutenant-Abzeichen

auf Hochglanz poliert, wirkte sie unantastbar. Ihre Augen leuchteten, und selbst ihr Haar sah perfekt aus. Ich wollte wie sie sein. Wir umarmten uns, und ich fragte sie leise: »Hast du Angst?«

Sie lachte: »Ich habe eine Heidenangst.«

»Oh, wie gut, ich nämlich auch.«

»Du schaffst das schon. Pass gut auf Matt auf, okay? Jetzt bist du die Älteste. Opportunity High wird erst mal ganz schön schwer für ihn werden, zumindest die ersten Monate. Aber sag ihm, dass es in Ordnung ist, sich zu fürchten. Das tun wir alle. Es gehört zum Erwachsenwerden dazu.«

Chris greift nach meiner Hand, und alles, was ich tun will, ist, mich in seine Arme zu werfen und mich an ihm festzuhalten, um die Gewissheit zu haben, dass es wenigstens einen Teil in meinem Leben gibt, der stabil und sicher ist.

Ich verabscheue mich für meinen Wunsch, glücklich zu sein.

»Ist alles in –« Chris schluckt die Frage herunter. »Blöde Frage. Es tut mir leid.«

Ich verschränke meine Hände mit seinen. »Und bei dir?«

Er schüttelt den Kopf. »Nein.«

»Bei mir auch nicht.« Ich halte inne. »Aber ich bin froh, dass du da bist.«

Chris traut sich ein schwaches Lächeln. »Ich werde immer für dich da sein.«

»Ich weiß«, sage ich, und zu meiner eigenen Überraschung ist es so. Was heute geschehen ist, lässt uns mit einer Menge Fragen zurück. Von all denen, die heute gestorben sind, hat irgendwer wirklich den anderen gekannt? Vor was sie sich fürchteten, was sie sich erhofften, wer sie gern gewesen wären?

Aber eins weiß ich genau: Chris wird immer für mich da sein, wenn ich ihn brauche.

»Ich will nicht mehr allein sein.«

Die Dinge haben sich verändert zwischen uns. Wir müssen herausfinden, wer wir sein wollen, wer wir sein können, wer wir sind. »Ich möchte gern unterrichten«, sprudelt es aus mir heraus.

Chris schüttelt den Kopf und beginnt zu lachen. Das hört sich schräg an in all der Trauer, aber zugleich auch wunderbar heilsam.

Ein Mädchen kommt hereingerannt. Ich habe sie schon im Flur gesehen, aber ich weiß nicht, wie sie heißt. Sie weint, genauso wie wir alle, aber dann stellt sie sich mitten ins Zelt, und wir lassen alles liegen und stehen und hören ihr zu.

»Er ist tot. Er hat sich selbst erschossen, ich habe es gerade über Funk gehört.« Sie wendet sich an den Beamten am Zelteingang, doch der schüttelt entschuldigend den Kopf. Er darf nichts sagen. Aber sie kann es. Und das tut sie.

»Es ist vorbei.«

Da ist nur noch Schmerz. Kurze, lebendige Augenblicke wechseln mit intensiver Dunkelheit. Lärmen. Alles tut weh.

Wenn ich die Augen schließe, verspottet mich Ty mit seinem Halblächeln. Als er die Waffe auf mich richtete, strahlte er genauso, wie wenn Mom Schoko-Orangen aus England mitbrachte. Ich wollte ihn schon so lange mal wieder glücklich sehen, aber dann drückte er ab.

Als ich die Augen wieder aufmache, winde ich mich in einer endlosen Pirouette, als hätte mich jemand angeschubst, und ich könnte nicht mehr aufhören, mich zu drehen. Das Linoleum unter meiner Wange fühlt sich kühl an. Alles, was ich will, ist loslassen.

»Miss.«

Über mir erscheint ein Gesicht.

»Miss, können Sie mich hören?«

Tausende von Messern stechen mir ins Bein. Mir wird übel von dem ganzen Geschrei.

»Station? Wir brauchen hier einen Sanitäter.«

Sie werden nicht kommen, denke ich bei mir. Weil ich immer noch Matt in der Aula vor Augen habe. Sie werden nicht kommen. Sie werden niemals kommen. Rettet diejenigen, die die meisten Chancen haben, die Bergung zu überleben. Fangt bei denen an.

Aber die Gefahr ist vorüber. Wir sind sicher.

Wenn das so stimmt, warum fühle ich mich dann

nicht sicher? Warum kann ich mich nicht bewegen? Warum schreit da jemand, dass mir die Kehle heiser wird? Schreie ich so?

Jemand versucht mich hochzuheben, aber ich zucke zurück.

»Wie heißt sie?«, fragt jemand.

»Autumn«, antwortet eine vertraute Stimme. »Autumn Browne.«

Sylv.

»Autumn?« Da. Wieder ihre Stimme, beruhigend und tröstlich. »Wir werden versuchen, dich besser zu lagern, aber dazu müssen wir dich bewegen. Zuerst werden wir dein Bein ruhigstellen.«

Mein Bein? Ich nicke, aber als ich versuche, Sylv die Hände entgegenzustrecken, gehorchen sie mir nicht mehr. Ich bin mir nicht sicher, ob sie es jemals getan haben.

»Golondrina.«

Heiße Tränen fallen auf mein Gesicht, während kühle Hände sich auf meine Stirn legen. Sie reißen mich aus meinen Albträumen.

Ich öffne die Augen, und die Farben verschwimmen. »Sylv …« Ich sage es noch einmal, um sicherzugehen, dass ich ihren Namen richtig ausspreche. Aber sie antwortet nicht. Sie streichelt mir lediglich die Wange.

Sie hält meine Hände, weil ich immer noch nicht weiß, wie ich mich bewegen soll. Sie führt meine Hände an ihre Lippen, und ich möchte sie umarmen, ganz gleich, wer es sehen kann.

Sie sieht zu meinen Beinen hinunter. Ihr Mitleid und ihre Hilflosigkeit sind ganz offensichtlich.

So sehr wollte ich tanzen, dass es mich zerrissen hat. Fürs Tanzen war ich bereit, alles zu opfern. Aber als Ty auf mich zielte, hat er mich zerstört. Ich werde nie wieder heil.

Ty hat sein Versprechen gehalten. Ich musste gar nicht sterben, und er hat mich trotzdem erledigt. Er hat einfach die Pistole nach unten gerichtet und abgedrückt. Die Kugel hat mein Knie zertrümmert.

Jay (@JEyck32) → Kevin (@KeviiinDR)
Ich werde auf dich warten, bis ich dir Ade sagen kann. Oder vielleicht, vielleicht, vielleicht Hallo.
🕓 **10.53**

Jay (@JEyck32) → Kevin (@KeviiinDR)
Ich wünschte mir, ich hätte vorher gewusst, dass uns nur noch so wenig Zeit bleibt.
🕓 **10.53**

KAPITEL SECHSUNDZWANZIG

10.53 Uhr–10.55 Uhr

SYLV

Während die Sanitäter Autumn auf eine Bahre legen und zur Treppe transportieren, halte ich ihre Hand. Die Sicherheitstruppe geleitet uns hinaus, doch Tyler und Tomás lassen sie liegen. Es erscheint völlig falsch, sie da beieinanderliegen zu sehen, zusammen und unvereinbar.

Um Tomás' Mund spielt ein Lächeln.

Fast warte ich darauf, dass er aufsteht und mit uns hinausgeht.

Doch er tut nichts dergleichen.

Autumn stöhnt. Hin und wieder ist sie ganz da, aber kurz darauf driftet sie wieder weg. Ihr Bein sieht schlimm aus, und es ist mir schleierhaft, wie sie das wieder hinkriegen sollen. Ich kann mir nicht vorstellen, dass sie jemals wieder tanzen wird, jemals wieder durch die Luft wirbelt.

Ich wollte sie festhalten, wollte ihr Zuhause sein und sie zugleich losfliegen sehen, selbst wenn ich mir nichts sehnlicher wünsche, als dass sie zu mir zurückkehrt.

Aber auf keinen Fall unter diesen Umständen.

Als wir ins Untergeschoss kommen, sind die Flure leer. Da sind nur noch die Leichen und die Blutspritzer und die Schreie, die gespenstisch durch die Schule hallen. Auf dem Weg zum Haupteingang kommen wir an den Türen zur Aula vorbei. Sie stehen sperrangelweit offen. Die Stuhlreihen sind leer. Sanitäter kümmern sich um die Verwundeten, und Polizisten und Kriminalbeamte suchen den Raum nach Hinweisen ab.

Aus dieser Perspektive, mit den durchtrennten Schlössern und den geöffneten Türen, wirkt die Aula kleiner. An jedem anderen ersten Schultag hätte man hinter den Türen Lachen und muntere Unterhaltungen über die Ferien gehört. Dann wären die Türen aufgesprungen, und wir wären zu unseren Spinden gelaufen. Zum Spanischunterricht, zu meiner Zwischenprüfungsbesprechung in Geschichte. Die Türen hätten sich dem Leben geöffnet.

Die Schulglocke läutet zum Ende der dritten Stunde.

Autumn auf der Bahre stöhnt. Sie reißt die Augen auf. »Gehen wir raus? Sind wir frei?«

Ich drücke ihre Hand. Würde sie am liebsten küssen und ihr sagen, wie leid es mir tut und dass ich sie nicht auf diese Art und Weise halten wollte.

Stattdessen nicke ich und blinzle ins Sonnenlicht, während wir aus der Tür treten.

Ab hier lassen wir Opportunity hinter uns.

Das Stimmengewirr der Angehörigen und der Nachrichtenteams, die Blaulichter der auf dem Campus eintreffenden und wieder abfahrenden Rettungswagen – alles verschwimmt im Hintergrund.

Als die ersten Krankenwagen die Verletzten wegbringen, macht die Menge ihnen den Weg frei. Die auf dem Gelände verbliebenen Schüler richten schweigend den Blick zum Haupteingang der Schule. Es hat sich herumgesprochen, auch wenn es von offizieller Seite noch nicht bestätigt wurde. Erleichterung legt sich über die Sorge.

Es ist vorbei.

Ich laufe im Schutz der Zelte und der Polizeieinheiten am Rand des Parkplatzes entlang. Am südlichen Ende der Schule wird das Polizeiaufgebot immer spärlicher.

Je weiter ich mich von der Befehlszentrale entferne, desto weniger Einsatzwagen stehen da. Ich ducke mich unter dem Absperrband hindurch. Auf dieser Seite des Parkplatzes stehen nur noch die Wagen der Schüler. Ich erinnere mich an all die Male, wo Tracy hier geparkt hat, um mir beim Laufen zuzusehen. Erinnere mich an die vielen Male, die wir in ihrem Cabrio mit offenem Verdeck herumgefahren sind, ich vorn, Matt hinten auf der Rückbank, der Wind, der uns durch die Haare fegte, so dass es sich anfühlte, als würden wir fliegen.

Ich gehe auf den Wald hinter der Schule zu. Von hier

aus sieht man zwar immer noch das Blaulicht permanent aufblitzen, doch ansonsten zwitschert nur hin und wieder ein Vogel. Niemand hier, der mich aufhält. Die dunklen kahlen Bäume schweigen. Matt hat immer herumerzählt, dass der Wald heimgesucht wird. Er plant – plante, mit uns hier eines Tags auf Gespensterjagd zu gehen. Mit uns allen zusammen.

O Gott, ich sollte meine Schwester anrufen. Ich sollte ihr Bescheid sagen.

Ich sollte nach Hause gehen.

Ich höre, wie jemand nach mir ruft und wie die Sirenen abermals die Stille zerreißen.

Ich stütze den Kopf in die Hände und weine.

AUTUMN

Draußen ist es kalt. Sylv hält weiterhin meine Hand, während die Sanitäter zu beiden Seiten der Bahre mich ohne großes Aufhebens hinaustragen. Zwischendurch werde ich immer wieder ohnmächtig. Es ist ein Segen, weil ich mich in diesen Momenten nicht fragen muss, wer ich bin oder wer ich sein sollte.

Ich möchte mich noch nicht dieser Welt stellen müssen, dieser Welt, die Ty geschaffen und dann verlassen hat. Heute Morgen habe ich mir noch gewünscht, sonst wohin zu gehen, sonst was zu sein. Und nun sind alle meine Träume mit einem Mal unerreichbar geworden. Ich frage mich, ob ich jemals wieder nach Hause komme.

Aber Sylv ist noch da, und ich will sie niemals mehr loslassen. Nach all dem, was wir verloren haben, haben wir uns gegenseitig gewonnen. Vielleicht ist das alles, was wir jetzt brauchen.

Das ist unser Augenblick.

Sylv ist bei mir, während wir an den Eltern, Polizeibeamten und Nachrichtenteams vorbeiziehen. Sie ist da, als die Sanitäter mich in einen Rettungswagen schieben. Sie ist bei mir.

Wenn wir jetzt aufgeben, hätte Ty doch noch gewonnen. Wenn wir uns der Angst beugten. Wenn wir uns selbst und einander verleugneten. Deshalb werde ich mich, solange ich kann, an Sylvs Hand klammern. Gemeinsam können wir unsere Träume wieder neu aufbauen.

Sylv beugt sich vor, um mein Haar zu küssen. Ich recke mich ihr entgegen und küsse sie auf den Mund. Mit einem Kuss versuche ich ihr alles zu sagen, was ich ihr noch nicht sagen kann. Dass es mir leidtut, so sehr. Dass ich über so vieles nachdenken muss. Wer ich war und wer ich sein kann. Aber dass mein Herz auf jeden Fall ihr gehört. Und falls sie mich annehmen kann, es das Beste ist, was ich ihr geben kann. Wir haben vermutlich nicht ewig Zeit.

Aber wir haben immer noch eine Zukunft.

Als sie sich löst, taumeln dicke Schneeflocken um uns herum, genauso wie wir umeinander kreisen.

MEIS ABENTEUER

Derzeitiger Standort: zu Hause, am Warten

Ich habe die Tweets und Online-Meldungen gelesen. Ich weiß, dass einige Lehrer umgekommen sind. Ich weiß, was man über Dad erzählt. Aber er hat mir beigebracht, zwischen den Zeilen zu lesen und dort Hoffnung zu finden. Also gebe ich nichts auf sie. Noch nicht.

Dad hat immer gesagt, es gibt mehr Geschichten in der Welt als Sterne am Firmament. Und in jeder Geschichte steckt ein Funken Hoffnung. Das ist auch der Grund, warum sie am Ende des Abschlussjahres die Laternen in den Himmel steigen lassen, um zu beweisen, dass die Dunkelheit nie vollkommen dunkel ist.

Kommentare: [abgeschaltet]

EPILOG

23.59 Uhr

SYLV

Fareed ist heute Nacht in die Schule eingebrochen. Auf dem gleichen Weg, wie er versucht hat herauszukommen, was ihm nicht gelungen ist, ist er, nachdem alles abgesperrt war und die Beamten sich am Abend zurückgezogen hatten, übers Dach eingestiegen. Nur diesmal war er vorbereitet.

Dann ist er wieder hinausgeklettert und hat an fast alle in den Abschlussklassen eine SMS geschickt. Die haben wir an unsere Geschwister, Freunde, Nachbarn und Bekannte weitergeleitet. Keiner von uns schlief, keiner hätte schlafen können. Deshalb sind wir alle mitten in der Nacht zur Highschool aufgebrochen. In Autos, auf Rädern, zu Fuß. Diejenigen ohne Transportmittel wurden abgeholt.

Es könnte ebenso gut ein ganz normaler erster Schultag nach dem Ferienende sein, so wie die Wagen auf dem Weg zur Schule jetzt zusammenströmen. So wie die Schüler daraus hervorquellen. In der sternklaren Nacht scheint hell der Mond auf uns herab.

Auf uns alle.

Auf Schüler wie Lehrer, auf ganz Opportunity.

Aber wir sind nicht vollzählig, sind uns sehr wohl der neununddreißig Toten, ebenso wie der fünfundzwanzig Verletzten, die im Krankenhaus liegen, bewusst, als wir uns bei den Händen fassen.

So viele Verluste, so viele Versehrte.

Autumn wird am Knie operiert werden. Sie wird nicht zur Aufnahmeprüfung nach Juilliard fahren können. Sie wird womöglich nie wieder tanzen können, aber wer weiß, vielleicht kann sie es im nächsten Jahr noch einmal versuchen, wenn sie ganz hart daran arbeitet. Ihr Vater wird sie nicht mehr davon abhalten können. Er wird sie nie wieder anfassen.

Meine Autumn, die immer alles für das Tanzen gegeben hat, doch nach dem heutigen Tag ist nichts mehr gewiss. Die Straße hat sie zu Fall gebracht, wie fast alle. Wir sind weder Teil der nahrhaften, guten Erde noch des ewig weiten Horizonts.

Wir sind an Opportunity gebunden, und vielleicht soll das einfach so sein. Hier pflanzen wir unseren Samen, verwurzeln uns und erblühen.

Fareed zu meiner Linken drückt ganz fest meine Hand. Er betet leise vor sich hin. Ich öffne den Mund und schließe ihn wieder. Ich weiß nicht, was ich sagen soll. Ich sehe einfach zu, wie unser Kreis immer weiter anwächst und noch mehr Gebete in die Nacht geschickt werden. Jemand hat Kerzen mitgebracht, und jeder nimmt sich welche, auch für diejenigen, die nicht mehr unter uns sind.

Ich strecke die Hand aus und erwarte für einen kurzen Augenblick, Tomás schwielige Hand in meiner vorzufinden, seinen Daumen, mit dem er meine Handfläche kitzelt. Ich rechne damit, dass er sich zu mir beugt, mich an den Haaren zieht und mir zuflüstert: »Lass uns schnell die Kerzen verstecken.«

Ich würde ihm in die Rippen knuffen und ihm zischend zuraunen, sich nicht wie ein Idiot aufzuführen.

Ah, Dios, ich würde sonst was drum geben, wenn ich ihn noch einmal einen Idioten nennen könnte. Stattdessen streckt sich mir eine schlanke, starke Hand entgegen. Das Mädchen neben mir sieht mich an. Sie war es, die einmal beim Abschlussball der Elften für mich eingestanden ist, als diese Geschichte hier ihren Lauf nahm. Aber vielleicht hat sie auch schon lang davor begonnen.

Claire lächelt mir höflich zu. Ihr Blick spiegelt ebenso den schmerzlichen Verlust ihres Bruders wider.

Es ist eine neue Art der Verwandtschaft zwischen uns.

Als nach und nach alle Gebete gesprochen sind, wird es still, und alle wenden sich Fareed zu.

Sein Akzent färbt seine Worte deutlich, als er zu sprechen beginnt: »Wir sind nicht besser, weil wir überlebt haben. Noch intelligenter, noch haben wir es mehr verdient. Wir sind auch nicht stärker. Und dennoch sind wir jetzt hier. Wir sind hier, doch dieser Tag wird uns ewig in Erinnerung bleiben. So soll es auch sein. Wir werden uns an die Verletzten und die Toten erinnern.«

Er läuft in die Mitte des Kreises, wo die Gaben seines Beutezugs auf uns warten. Mehr als drei Dutzend Himmelskerzen sind über den Rasen verteilt. Es ist noch nicht an der Zeit für das Laternenfest. Es gibt kein Lagerfeuer, keine Marshmallows und keine Geschichten zu erzählen.

Nur diese einzige Geschichte von den neununddreißig, die wir verloren haben. Mit jedem Namen, den Fareed laut vorliest, tritt ein Schüler vor und hebt eine der Laternen auf. Wenn es der Name eines Lehrers ist, ist einer der Lehrer dran und tut es uns gleich. Als Matt am Ende der Liste genannt wird, hebt meine Nachbarin eine Laterne auf.

Als Tomás' Name an der Reihe ist, tue ich es ihr gleich. Ich kehre zu Fareed zurück und biete ihm einen zerknitterten Brief an, der fest zusammengerollt als Anzünder dienen und zusammen mit der Erinnerung an den heutigen Tag verbrennen soll. Während er ihn ansteckt, lächelt er sanft. »Wir werden uns heute Nacht an die neununddreißig erinnern. Wir werden uns morgen an sie erinnern. Wir werden uns an jedem folgenden Tag an sie erinnern, an Tausenden von ihnen. Lasst uns dafür sorgen, dass es gute werden. Wir sind Opportunity, und wir werden uns nicht der Angst beugen. Wir sind Opportunity, und wir werden leben.«

Das Papier glimmt nur, aber es reicht aus, um die Zündschnüre anzustecken. Eine Himmelslaterne nach der anderen wird entzündet. Nach und nach lassen sich die Worte auf den Papierlaternen erkennen. Mr Jameson hat die Abschlussklasse immer dazu aufgefordert, ihre Hoffnungen und Wünsche auf die Laternen zu schreiben. Jetzt stehen hier statt Wünschen Namen.

Ich starre auf Tomás' Namen, während er unter meinen Tränen verschwimmt. Ein paar kostbare Momente lang bin ich allein mit meiner Laterne und meinem Bruder.

Die Laterne zieht leicht nach oben. Jetzt ist sie warm genug, bereit, losgelassen zu werden. Ich halte sie noch einen letzten Moment fest. Dann werden um mich herum die anderen Laternen steigen gelassen. Sie steigen über unseren Köpfen in die Dunkelheit auf, hin zu der Aussicht auf einen neuen Tag.

Ich atme tief ein und streiche sanft über das Reispapier zwischen meinen Fingern.

Dann lasse ich los.

DANK

Meine Welt ist durch Geschichten reicher geworden und mein Leben durch die Gemeinschaft, die mir diese Geschichten zuteil haben werden lassen. Danke an die Autoren, deren Bücher mir so viel darüber erzählt haben, was es bedeutet, Mensch zu sein. An die Schriftsteller, deren Reiseerfahrungen, Manuskripte und endlose Unterstützung ich teilen durfte. An die Leser, deren grenzenlose Liebe dem Ganzen einen Sinn gibt. Und ganz besonders an: Dahlia Adler, Sarah Benwell, Corinne Duyvis und Hannah Weyh. Ohne euch würde es *54 Minuten* nicht geben. Dank an euch für Freundschaft, Unterstützung, Einsicht, Begeisterung, Abenteuer, Gespräche, Gästezimmer, Herz und Inspiration. Ihr macht meine Welt zu einem besseren Ort.

Dank an meine Agentin Jennifer Udden, der vehementesten Verfechterin von Büchern, wie man sie sich nur wünschen kann. Beinahe möchte ich sagen, dass es mir leidtut, dass du in der U-Bahn weinen musstest, aber es würde nicht ganz der Wahrheit entsprechen. Danke, dass du an mich geglaubt hast. Ich schätze mich glücklich, dich auf meiner Seite zu haben.

An meine Lektorin, Annette Pollert-Morgan, die diese

Figuren ebenso sehr liebt wie ich und direkt ins Herz der Geschichten sehen kann, die ich gern erzählen möchte. Mit euch zusammenzuarbeiten ist, als wäre ein Traum wahr geworden. Danke für euer Verständnis und fürs Voranbringen auf dem Weg, eine bessere Autorin zu werden.

(Honigwaffeln für immer für euch beide!)

Es ist mir ein besonderes Vergnügen und eine Ehre, Teil der Sourcebooks-Familie zu sein. Danke an alle, die mich willkommen geheißen haben. Dominique Raccah und Todd Stocke für ihre Leidenschaft und den Rückhalt. Sarah Cardillo, Kelly Lawler, Nicole Komasinski, Isaiah Johnson und Elizabeth Boyer für ihre Sorgfalt bei der Entstehung dieses Buchs. Heather Moore, Beth Oleniczak und Alex Yeadon für ihre Kreativität, ihren Enthusiasmus und ihre Großartigkeit ganz allgemein. Chris Bauerle, Valerie Pierce, Helen Scott, Sean Murray, Heidi Weiland und Sara Hartman-Seeskin für ihre Unterstützung, dieses Buch in die Welt zu bringen. Und an alle anderen, mit denen ich das Vergnügen hatte zusammenzutreffen.

Es gab eine ganze Menge Leute, die mir dabei geholfen haben, dass das Buch Form annimmt, und deren Großzügigkeit mich demütig macht. Hay Farris, Caroline Richmond und Cindy Rodriguez, die meine Fragen über eine Unzahl von Themen entgegengenommen haben, gebührt großer Dank, ganz besonders Alex Brown, der so liebenswürdig war, relevante Erkenntnisse über das Trauma von Schießereien mit mir zu teilen. Wenn ich etwas richtig gemacht habe, war es dank euch, falls ich Fehler gemacht habe, sind diese einzig und allein mir selbst zuzuschreiben.

Francesca Zappia, Brenda Drake, Erica Chapman, Darci Cole, Jaye Robin Brown, Natalie Blitt und Jen Malone haben verschiedene Versionen dieser Geschichte gelesen und mir unschätzbares Feedback gegeben. Danke für eure Gunst und Ehrlichkeit.

Von ebenso unschätzbarem Wert war und ist die Unterstützung von befreundeten Schriftstellern: Katherine Locke, Rebecca Coffindaffer, Maggie Hall und Gina Ciocca. Danke für die Abenteuer in New York/Edinburgh/Paris/Atlanta, die so viele meiner Tage erhellt haben, mehr als ich sagen kann.

Es ist mir eine Ehre, auf dieser Reise zu sein und sie mit so vielen begnadeten Menschen zu teilen. Ich wünschte, ich könnte euch alle nennen. Danke euch allen, dass ihr da seid. Ein besonderes Hoch auf die *#TeamCupidsLC*-Mannschaft, die für diese Geschichte losgelaufen ist, auf die *Sweet Sixteens* für unser bevorstehendes Debüt-Jahr und auf Alex Lidell, die mich mit auf eine Fahrt durch New Jersey genommen hat, wo die Idee für *54 Minuten* entstanden ist.

Und zum Schluss, aber bestimmt nicht minder erwähnenswert, wäre all das bedeutungslos ohne die Hilfe meiner engsten Freunde und meiner Familie, die von Anfang an dabei waren. An Lotte, Lian, Hilda und Rachael. An meine Schwestern, meinen Neffen und meine Mutter. Das hier geht an euch, in Liebe.

Nach einer wahren Geschichte

Paul ist sechzehn und war schon immer ein bisschen eigen: Er lernt Japanisch und hört Musik, die keiner in seinem Alter kennt. Er ist unheimlich schlau und könnte alles erreichen, wären da nicht seine Ängste und Abgründe. Über die spricht er lange nicht, erst in der Jugendpsychiatrie. Dort lernt er die junge Alina kennen, die seine Liebe zu Katzen teilt und ihn Jesus nennt. Nach der Zeit dort kehrt er zurück in sein *normales* Leben, und alle haben riesige Hoffnung. Außer einem, der sich längst verabschiedet.

Ein aufrüttelnder Roman über Depression und Suizid bei Jugendlichen, für den Martin Schäuble über Monate mit Hinterbliebenen und Betroffenen gesprochen hat.

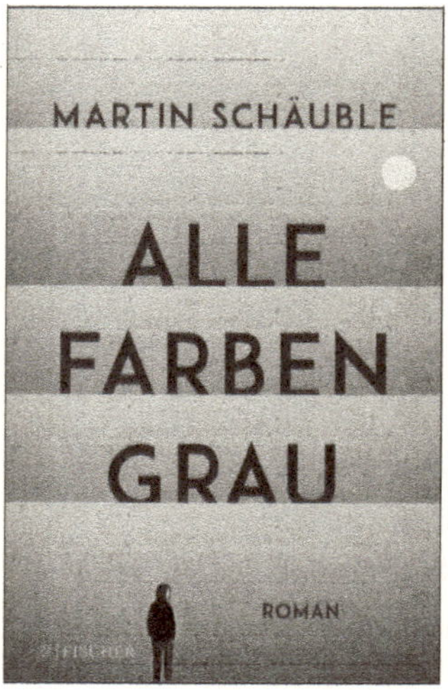

Martin Schäuble
Alle Farben grau
Roman
272 Seiten, gebunden

Weitere Informationen zum Kinder- und Jugendbuchprogramm der S. Fischer Verlage finden Sie unter *www.fischerverlage.de*

Das Tagebuch der besten Freundin ist tabu …

… es sei denn, diese Freundin hat sich das Leben genommen und das Buch unter deinem Bett versteckt. Dann musst du es lesen. Am Abend hatte Ingrid noch gesagt: »Ich werde immer da sein, wo du auch bist, Caitlin.« Am nächsten Morgen war sie fort. Für immer. Ihre beste und einzige Freundin hat sich umgebracht. Caitlins Welt bricht auseinander und ihr Herz gleich mit. Warum hat sie nicht gemerkt, dass es Ingrid so schlecht geht? Warum hat Ingrid nicht mit ihr geredet? Dafür sind Freunde doch da: Sie verstehen, was Eltern nicht verstehen. Doch dann macht Caitlin eine Entdeckung und erfährt Dinge über ihre Freundin, von denen sie nicht einmal geahnt hat. Fast mehr, als sie ertragen kann. Endlich kann sie Abschied nehmen.

Nina LaCour
Hold still
Aus dem amerikanischen
Englisch von Nina Schindler
Illustriert von Mia Nolting
544 Seiten, broschiert
978-3-7335-0763-3

Weitere Informationen zum Kinder- und Jugendbuchprogramm der S. Fischer Verlage finden Sie unter *www.fischerverlage.de*